T0370029

ESE NO ES MI NOMBRE

MEGAN LALLY

ESE NO ES MI NOMBRE

Traducción de
Ana Isabel Sánchez

MOLINO

Papel certificado por el Forest Stewardship Council®

Título original: *That's Not My Name*

Primera edición: enero de 2025

Publicado por acuerdo con Sourcebooks LLC,
a través de International Editors & Yáñez Co' S. L.

© 2024, Megan Lally
© 2025, Penguin Random House Grupo Editorial, S. A. U.
Travessera de Gràcia, 47-49. 08021 Barcelona
© 2025, Ana Isabel Sánchez Díez, por la traducción

Printed in Spain – Impreso en España

ISBN: 978-84-272-4633-1
Depósito legal: B-19.316-2024

Compuesto en Fotoletra S. L.
Impreso en Rodesa
Villatuerta (Navarra)

MO 46331

A mi padre.
Habrías sido al que más ilusión
le habría hecho esto. Te extraño siempre.

UNO

CHICA

Creo que podría estar muerta.

Intento orientarme, pero no veo. No siento nada. Ni siquiera mi propio cuerpo. La ausencia de sensación, el modo en que el silencio me envuelve en un abrazo y me oprime... es perturbador. Quiero que se acabe...

Hasta que llega el dolor.

Es como recibir el impacto de un puñetazo en todo el cuerpo a la vez. Mi mente lucha por enumerar qué me duele, pero me duele todo.

La mano se contrae al tocar algo que tengo debajo y que me araña. Estoy tumbada boca abajo y algo puntiagudo me oprime las costillas. Muevo la barbilla y noto el roce de la tierra húmeda en el pómulo. Huele a descomposición y a hojas viejas.

El miedo me acelera el pulso.

¿Estoy al aire libre? ¿Cómo narices he llegado hasta aquí? Intento mirar a mi alrededor, pero los párpados me escuecen como si tuviera las pestañas hechas de cristal y clavos. Se me cierran de golpe antes de que alcance a atisbar nada.

Un motor ruge y me tenso, una punzada de dolor me baja por

los brazos. El pelo me azota las mejillas cuando un vehículo pasa a toda velocidad a mi lado; después, vuelve a reinar la calma.

Estoy al lado de una carretera. ¿Me habrá visto el conductor? ¿Por qué no ha parado? Desesperada, vuelvo a intentar ver algo. Esta vez, los ojos se me llenan de lágrimas. Parpadeo para aclararme la vista y sacudo la cabeza para quitarme el cabello de la cara.

Me cago en todo. Qué oscuro está.

No hay farolas ni casas. Ni siquiera hay estrellas en el cielo.

Poco a poco, la vista se me va adaptando a la falta de luz. No me extraña que el coche no se haya parado. Estoy tendida en una zanja larga, sumergida entre hojas y helechos. Hay ramas y palos que se retuercen hacia el cielo como garras. La zanja está pegada al arcén de un camino de tierra estrecho que se extiende recto ante mí y luego desaparece entre un borrón de árboles temblorosos.

El pánico me anida en la garganta y la mente se me llena aún de más preguntas para las que no tengo respuesta.

¿Dónde coño estoy?

¿Cómo he llegado hasta aquí?

¿Estoy en peligro?

¿Por qué me duele tanto todo?

Tengo que levantarme. No sé a dónde voy a ir, pero moverme me parece más seguro que quedarme aquí tirada. Clavo los dedos en la tierra mientras intento arrastrar las rodillas hacia delante. Y, por primera vez, me doy cuenta del frío que tengo. Apenas siento la yema de los dedos.

Aunque los brazos amenazan con fallarme, consigo ponerme en pie.

Los moratones me cubren los huesos y un gemido involuntario se me escapa de los labios. Durante un momento, me olvido de cómo se respira. El dolor está por todas partes. Los latidos del corazón me retumban en los oídos, y cuento al menos once bum-bum antes de que logre volver a respirar.

Las lágrimas me ruedan por la cara y me escuecen en las mejillas. Me llevo los dedos como témpanos a la nariz. La noto caliente. Hinchada. Cuando los aparto, están oscuros y húmedos. La boca me sabe a sangre.

Joder. Creo que tengo la nariz rota.

Hay que largarse de aquí.

El camino parece idéntico en la otra dirección, solo tierra y árboles. Despacio, salgo de la zanja. Las zarzas me arañan los brazos desnudos. Me agacho para pasar bajo la rama de un árbol y sus tallos tiran de mí como si fueran manos.

Una imagen me invade la mente sin previo aviso: unas puertecitas cuadradas, con cerradura, en una caja junto al camino. ¿Buzones comunitarios, tal vez? Una farola quemada. Unas manos grandes que se estiran hacia mí.

Retrocedo de un respingo y llego dando tumbos hasta el centro del camino.

El corazón me golpea la caja torácica hasta que me duelen los músculos del pecho.

¿Qué cojones ha sido eso?

¿Me ha agarrado alguien?

Son preguntas sencillas, pero mi cerebro me proporciona un total de cero detalles. Se limita solo a palpitar. Es como si hubiera un muro ante mí que me impide comprender lo que está ocurriendo. Aprieto los dientes y me obligo a dar otro paso. Necesito ayuda. A lo mejor pasa otro coche o encuentro una casa. Tengo que seguir moviéndome.

No sé cuánto tiempo paso avanzando a trompicones, pero me parecen horas. Mi mente se desconecta y se reinicia tantas veces que me pregunto si no estaré perdiendo el conocimiento.

Puede que ya lo haya perdido. Es posible que estos pasos estén solo en mi cabeza y que aún siga en esa zanja. O, incluso peor, a lo mejor sí que estoy muerta y esto es el infierno. Un eterno purgatorio de dolor y soledad por el que estoy condenada a vagar hasta el fin de los tiempos buscando una ayuda que nunca llegará.

A mi espalda, un parpadeo de luces rojas y azules llena el camino de colores. El ulular de una sirena de policía me sobresalta tanto que estoy a punto de caerme, pero un alivio intenso me mantiene en pie. Alguien va a ayudarme. Los neumáticos crujen sobre la tierra al detenerse y las luces crean una silueta con mi forma en la tierra. Empiezo a darme la vuelta...

—No se mueva. ¡Las manos donde pueda verlas! —grita un hombre.

Levanto las manos automáticamente y, un instante después, se oye un portazo.

¿Qué es esto? ¿He hecho algo malo? ¿Por eso he acabado aquí? ¿Estoy huyendo de la policía?

¿Debería escapar ahora?

—¡Dese la vuelta!

Obedezco y entorno los ojos para protegerme del destello de los faros del coche patrulla. Hay un agente junto al vehículo, con el rostro sumido en las sombras y una mano en la pistola que aún está enfundada. Siento que la poca sangre que me quedaba en la cara se desvanece, porque, cuando bajo la mirada hacia mi cuerpo iluminado, no veo más que tierra y sangre.

Hay muchísima sangre.

—Por Dios, no es más que una cría —dice el agente, que aparta la mano del arma. Se encamina hacia mí—. ¿Qué te ha pasado? ¿Quién te ha hecho esto?

Abro la boca para responder, pero me fallan las rodillas y me desmorono. El policía intenta sujetarme, pero ambos nos estampamos con fuerza contra el suelo.

Agarra el receptor de radio que lleva al hombro, pero el rugido que me atruena los oídos y el animal enjaulado que se me agita en el pecho me impiden oír lo que dice. Me miro las manos, los *leggings* vaqueros y la parte delantera de la camiseta gris claro... Están cubiertos de manchas de barro seco y de ríos de sangre oscura.

Unas manos me agarran por los hombros. Levanto la vista hacia el agente. Sus palabras se desempañan en mi cabeza.

—¿Me oyes? El personal sanitario está en camino, pero necesito saber quién eres —dice con voz suplicante—. ¿Cómo te llamas?

¿Quiere saber mi nombre?

Lo miro con estupor y busco la respuesta; sin embargo, por más que lo intente, siempre choco con ese muro que se ha alzado en mi mente. ¿Cómo me llamo? ¿Por qué es una pregunta tan difícil? Intento respirar, pero todo esto es demasiado. Empiezo a hiperventilar. Se me vuelven a llenar los ojos de lágrimas.

—¿Cómo te llamas?

Me agarro la cabeza palpitante.

—¡No lo sé!

DOS

CHICA

Las paredes grises de la comisaría parecen tan inertes como me siento yo.

El policía que me ha encontrado, el agente Bowman, está sentado a la mesa frente a mí. Estamos en una sala de reuniones, o quizá sea de interrogatorios. Solo hay una ventana, pero da al interior de la comisaría y está oscurecida. Eso sí, ha dejado la puerta abierta, así que no debo de ser alguien a quien quieran mantener encerrada. Eso es una buena noticia, al menos.

Desde que rechacé el tratamiento médico, no ha dejado de mordisquearse el labio, preocupado.

Puede que no sepa quién soy, pero tengo más claro que el agua que nadie puede obligarme a ir al hospital si no me da la gana. Luces brillantes y ruidos fuertes, más caras que no reconozco, ningún modo de saber quién es una amenaza y quién no... No, gracias.

Hace unas cuantas horas, los sanitarios me limpiaron la sangre de la piel y, al parecer, toda procedía de la nariz. Está magullada, no rota, pero, aun así, duele un huevo. Y tengo un chichón en un costado de la cabeza. Me dijeron que, durante los próxi-

15

mos días, esté atenta a posibles síntomas de conmoción cerebral. Me aseguraron que el resto de las heridas son superficiales y me vendaron las que pudieron.

—Tiene muy mal aspecto —me señaló el agente Bowman cuando los sanitarios fracasaron en su último intento de hacerme ir al hospital—. En estos casos, hay un proceso, un procedimiento que debemos seguir. Tendría que examinarla un médico. Hacerle pruebas para ver si la han agredido sexualmente...

El resto no lo escuché. Hay cosas en las que ni siquiera soy capaz de empezar a pensar. Hoy no. Puede que nunca. Esa es una de ellas.

Cuando se dieron cuenta de que no iba a cambiar de opinión sobre lo de ir a Urgencias, los dos sanitarios y el agente Bowman intercambiaron una mirada y me dejaron sola dentro de la ambulancia, en una camilla, mientras ellos hablaban fuera. Si no querían que los oyera, tendrían que haber susurrado. Aquel camino espeluznante estaba sumido en un silencio sepulcral que no contribuyó en nada a evitar que me llegaran sus voces.

—Todos los hematomas parecen nuevos. Yo diría que se han producido en el último par de horas. La hinchazón es reciente —dijo el sanitario alto y enjuto—. Eso, sumado a las heridas de la cara, podría apuntar a algún tipo de impacto. Quizá un accidente de coche. No tiene magulladuras causadas por el cinturón de seguridad, pero la lesión de la nariz podría habérsela provocado un airbag o el volante. Teniendo en cuenta que la contusión se encuentra en el lado izquierdo de la cabeza, es muy posible que se golpeara con la ventanilla del conductor. Pero no es más que una hipótesis. En cualquier caso, sus constantes vitales están bien. No corre ningún peligro médico inmediato.

Me aferré a esa versión de los hechos y apreté las sábanas de papel de la camilla en los puños. Un accidente de coche era mejor que otras posibilidades más oscuras. Y no requería de un kit de violación.

Bowman tomó notas mientras Alto-y-Enjuto subía de nuevo a la ambulancia y me daba una bolsa de frío nueva.

—Buena suerte —me dijo cuando me ayudó a bajar.

Esa compresa de hielo está ahora mismo sobre la mesa, entre el agente Bowman y yo, aunque ya está caliente. Llevo horas aquí. Me mira con los ojos medio entrecerrados, como si estuviera esperando a que me ponga a gritar o a que me dé vueltas la cabeza. Y, quién sabe, a lo mejor se pone a darlas. Porque, básicamente, soy un personaje de una película de terror para adolescentes.

¿Cubierta de sangre? Requisito cumplido.

¿Magullada a tope? Requisito cumplido.

¿Vagar por ahí aterrorizada en plena la noche? Requisito cumplido.

Hay una taza de chocolate humeante junto a la bolsa de frío ahora templada, pero no la cojo. No me muevo. No digo ni una palabra. Envuelta en la manta rasposa que el agente me ha echado sobre los hombros, intento no pensar. Porque lo contrario significaría navegar por los agujeros de mi memoria, y no soportaría hacerlo más de lo que ya lo he hecho.

La silla del agente Bowman cruje cuando se echa hacia delante. Es joven... o casi. Debe de rondar los veintiséis o veintisiete años. Tiene una cara de niño y unos ojos azules e impacientes que hacen que parezca un lémur con placa.

—Debería bebérselo —me dice al mismo tiempo que señala la taza con la cabeza—. Es posible que esté en shock.

Me encojo de hombros.

Cuando los sanitarios se marcharon, Bowman cambió de actitud, al parecer decidido a hacerme sentir mejor fuera como fuera. Me trajo en coche a la comisaría, aunque no recuerdo gran cosa del trayecto. Cuando se fijó en que tenía las zapatillas destrozadas —no sé de qué color eran antes, pero la sangre seca y el lodo del bosque las habían teñido con una especie de efecto *tie-dye*—, me dio un par de calcetines negros limpios que sacó de su bolsa de trabajo y una sudadera. Es azul marino y, en la parte superior derecha, pone «Departamento de Policía de Alton». Me queda como una cortina de ducha, pero el tejido es muy suave y cálido.

Una vez que estuve seca, sonrió.

—¿Se siente mejor ahora?

Sí, me sentía mejor. Hasta que vi mi reflejo en la ventana interior oscurecida y no reconocí a la persona que me devolvía la mirada. Ahora no quiero hablar. Nunca más. De todas formas, tampoco tengo nada que compartir con él. No soy nadie, no tengo nombre y mi cara es la de una desconocida.

—Señorita, ¿me oye? —pregunta Bowman.

Hago un gesto de asentimiento.

—Señorita, tiene que beber algo. Me encantaría que me dejara llevarla al hospital. Está muy pálida.

La mera idea de ir a Urgencias hace que otra punzada de ansiedad me recorra de arriba abajo. Estar pálida es la menor de mis preocupaciones. Digo que no con la cabeza.

El agente Bowman suspira.

—Señorita...

Lo fulmino con la mirada.

—Deja de llamarme señorita.

Se recuesta contra el respaldo de su silla, que cruje de nuevo.

—De acuerdo. ¿Cómo debo llamarte?

Vaya, buena pregunta.

—No lo sé. Pero así no.

Oigo mi voz a miles de kilómetros de distancia. ¿Era este uno de los síntomas de conmoción cerebral que me comentó el sanitario? Tendría que haberle prestado más atención.

El agente Bowman empuja la taza para acercármela.

—Te propongo un trato: tú bebes un poco de esto e intentas ayudarme a averiguar de dónde has salido, y yo dejo de llamarte señorita y me relajo con lo de ir al hospital. De momento.

Lo miro de hito en hito.

—Tienes un buen chichón, pero estás alerta y reaccionas a los estímulos. Puedes caminar sin ayuda y las luces de la sala no parecen molestarte. Si empiezas a trabarte al hablar, pierdes el equilibrio, vomitas, te desmayas o muestras cualquier otro síntoma de conmoción cerebral, nos vamos a Urgencias. Hasta entonces, te traeré una bolsa de frío nueva y charlaremos. ¿Trato hecho?

Lo que tú digas. Asiento y bebo un sorbo.

No pienso reconocerlo, pero el calor me sienta bien en la garganta y me cae en el estómago como una piedra que se hunde en una poza, lo cual me recuerda que hace mucho tiempo que no como nada.

El agente sale de la habitación y vuelvo a arrebujarme la manta alrededor de los hombros. La lana me pica en el cuello, aunque no logro reunir la energía suficiente para que me importe. Entre la manta y la sudadera, he creado una capa protectora de calor a mi alrededor, pero sigo sin poder parar de temblar.

Bowman vuelve con la compresa de hielo. Con cuidado, me la llevo al nacimiento del pelo. Escuece, pero aplaca el dolor punzante.

Se saca un bloc de notas del bolsillo y se sienta.

—Bueno, vamos a charlar. Quiero que quede constancia de que no estás metida en ningún lío. Solo quiero averiguar qué te ha pasado ahí fuera.

¿Cómo va a saber si estoy metida en un lío o no si ninguno de los dos tenemos ni idea de dónde he salido? Podría haberle clavado un puñal en la cara a alguien y Bowman ni siquiera lo sabría.

—Pues ya somos dos.

Frunce el ceño.

—¿No recuerdas nada? ¿Nada de antes de despertarte en la zanja?

Niego con la cabeza.

—Me pareció ver unas manos que se estiraban hacia mí, pero a lo mejor fue solo el miedo a la oscuridad.

Escribe en la libreta.

—¿Sabes cuántos años tienes?

—No.

—¿Y la familia? ¿Sabrías decirme quiénes son tus padres?

Miro fijamente el reloj que hay en la pared, observo cómo avanza el segundero.

—No.

—Vale. Pareces lo bastante joven como para ir aún al instituto. ¿Recuerdas a cuál vas? ¿La mascota, quizá? ¿Un número de teléfono al que podamos llamar? ¿Algo?

Vuelvo a encogerme de hombros.

—No lo sé.

—¿Te has escapado?

—Eso tampoco lo sé.

—¿Podrías haber sufrido un accidente de coche?

Dejo escapar un suspiro de lo más épico. ¿Cuántas veces tengo que repetirlo antes de que «no me acuerdo» se le quede grabado en el cerebro?

Como no respondo, vuelve a fruncir el ceño y se da golpecitos en la barbilla con el bolígrafo.

—Muy bien. Nuevo plan. Ahora vuelvo. —Desaparece en la sala principal y reaparece un minuto después con un portátil—.

Si te soy sincero, esto supera con creces las responsabilidades de mi cargo. Me dedico, sobre todo, a poner multas de tráfico. He llamado a mi jefe, pero seguramente no conteste hasta mañana, cuando la comisaría vuelva a abrir, y no quiero esperar tanto para empezar a conseguir respuestas.

Ya somos dos.

—Así que, mientras tanto, haremos lo que podamos. Como no tienes ningún documento identificativo, buscaremos en los informes de personas desaparecidas, primero aquí, en la ciudad, y luego iremos ampliando el rango de la búsqueda. Alguien tiene que haberte echado de menos, y tu cara podría aparecer en la base de datos, asociada a un nombre y a la información de contacto de tu familia. Es posible que tardemos un rato, pero saber quién eres es el primer paso para averiguar qué te ha pasado. Así que a ver qué descubrimos por aquí, ¿vale?

Asiento y empieza a teclear.

Pasamos la siguiente hora examinando archivos. Descartamos a los lugareños casi de inmediato. Solo hay una persona desaparecida en la ciudad, y es un anciano con aspecto de Papá Noel que «se esfumó» mientras iba de bar en bar. Bowman hace algún que otro comentario acerca de que tienen que buscar a ese tipo casi todos los meses y luego pasa a la lista de personas desaparecidas del condado. Resulta que Alton está más o menos hacia la mitad de la costa de Oregón.

Espero a ver si algo de todo esto me resulta familiar, pero no es así. Ni siquiera soy capaz de decirle si vivo en este estado. Así de jodida está la cosa.

Paso la mayor parte del tiempo sentada sin hacer nada, bebiéndome el chocolate. Me convence de que me tome otra taza y, finalmente, el bocadillo que se había preparado para el turno de noche.

—Bueno, está claro que no tienes once años, así que esta no eres tú —murmura Bowman a eso de la una y media de la madrugada.

Clica en otro listado y escudriña la pantalla con los ojos entornados.

Empiezo a plantearme cuánto tiempo podremos seguir con esto. En algún momento tendré que marcharme de aquí, ¿no? Me muero de miedo solo de pensarlo. ¿Dónde voy a ir?

—¿Qué pasa si no logras averiguar quién soy?

Levanta los amables ojos de lémur y me mira.

—Si te fijas, a pesar de la sangre, se ve que llevas ropa buena. Zapatillas de marca. Estás sana. Tu aspecto no es el de alguien que haya estado malviviendo en la calle. Tienes que tener familia. O encontramos a tu gente, o ellos te encontrarán a ti. Aunque puede que mañana por la mañana tengamos que trasladar el caso a una comisaría más equipada. Estas son unas instalaciones pequeñas para una ciudad pequeña. No contamos con los mismos recursos que las comisarías grandes. Aquí hay que consultar los informes uno por uno, y apenas he revisado los de la mitad de los desaparecidos de este condado, así que de los del resto del estado o del país mejor ni hablamos.

Digo que sí con la cabeza. Tiene lógica. Esta comisaría está compuesta, básicamente, por un espacio abierto con dos mesas, la sala de reuniones en la que estamos, un pasillo corto con unos baños, una sala de descanso con una fotocopiadora y un calabozo.

Desde la entrada de la comisaría, nos llega un golpeteo estruendoso. Me levanto de la silla de un salto y me acurruco en una esquina de la sala.

El agente Bowman se asoma por la puerta y después se da la vuelta con las manos levantadas y las palmas hacia mí. Un gesto destinado, sin duda, a calmar al animal asustado que tiene delante. Hay alguien llamando a la puerta delantera.

—Estás a salvo. Aquí nadie va a hacerte daño.

Asiento. Me palpita la cabeza por haberme levantado tan rápido, y los latidos del corazón me retumban con la misma fuerza que un estribillo de Lizzo.

Anda, mira. Por lo que se ve, a Lizzo sí la recuerdo. Si todo lo demás sale mal, al menos sé que me gusta la buena música.

—Quédate aquí. Vuelvo enseguida —me dice Bowman.

Sale y oigo el chirrido de metal contra metal que hace la puerta al abrirse.

—¿Puedo ayudarle en algo?

Ya no veo al agente, no desde este ángulo. Me envuelvo bien la manta alrededor del cuerpo y me encamino con sigilo hacia la puerta. Siento curiosidad por saber qué tipo de persona se presenta en una comisaría cerrada a estas horas de la noche.

—Dios, eso espero —contesta un hombre. Su voz es mucho más grave que la de Bowman, pero también mucho más suave. Tengo que inclinarme hacia la puerta para oír el resto de lo que dice—. Mi hija adolescente ha desaparecido. No consigo contactar con ella por teléfono; llevo horas dando vueltas por ahí en el coche, buscándola. Creo que tengo que denunciar su desaparición.

Hostia. ¿Hija desaparecida? ¿Tendría razón Bowman? ¿Me habrá encontrado mi gente?

Avanzo un poco más, hasta que alcanzo a ver la entrada de la comisaría. Bowman está de pie junto a la puerta entornada y bloquea el espacio abierto con todo el cuerpo. No veo al hombre que tiene delante.

—¿Cómo se llama? —pregunta el policía.

—Wayne Boone.

—Bien, señor Boone, ¿qué edad y qué aspecto tiene su hija?

—Tiene diecisiete años, el pelo castaño y corto, pecas y los ojos verdes. Mide alrededor de un metro sesenta y siete.

Bowman vuelve la cabeza por encima del hombro y me mira a los ojos. Después, desvía la vista hacia la sala de reuniones y vuelvo a adentrarme en ella de mala gana, conteniendo el impulso de examinarme la nariz hinchada en el reflejo del cristal para ver si tengo pecas.

—Entre, por favor. Voy a necesitar algún tipo de documento identificativo.

La puerta chirría y, un segundo después, oigo el clic que emite al cerrarse.

—Por supuesto —dice la voz grave, ahora más cerca—. También tengo fotos de ella, por si las necesita para la denuncia.

—Lo cierto es que tengo aquí a alguien que coincide con esa descripción y...

—¿Está aquí? —grita el hombre—. ¿Mary está aquí?

«¿Mary?». Mis palpitaciones a lo Lizzo se aceleran. ¿Se refiere a mí?

Vuelvo a asomarme por la esquina. Los hombres están junto a la entrada, al lado de un mostrador largo de madera. El señor Boone es algo nervudo. Tiene los brazos un poco más cortos de lo que le correspondería para su estatura. Da la sensación de que su pelo está pensando en encanecer, pero todavía no se ha decidido por completo a dar el cambio. Aunque alrededor de las orejas le sobresalen varios mechones plateados, lo lleva todo peinado hacia atrás. Pero no con un producto, sino como si llevase tanto tiempo pasándose las manos por él que el cabello se hubiera visto obligado a obedecer. Viste un jersey negro y vaqueros oscuros.

Creo que no lo había visto en mi vida.

Pero ¿qué sé yo?

—Tenemos a una persona —dice el agente Bowman con cautela.

El señor Boone se cruza de brazos con aire impaciente y, cuando recorre la comisaría con la mirada, me descubre observándolo. Deja caer los brazos y el rostro se le ilumina de alivio.

—¿Mary?

Me quedo paralizada.

Intenta dar un paso hacia mí, pero Bowman lo detiene poniéndole una mano en el pecho.

—Madre mía. Llevo horas buscándote. ¿Estás bien? ¿Qué te ha pasado en la cara?

Lo dice todo del tirón, sin respirar. Cada palabra más rebosante de pánico que la anterior, y me estremezco porque sé muy bien a qué se refiere.

Yo también quedé impactada la primera vez que me vi la cara. Tengo pinta de haber perdido una pelea contra un tablón de madera.

Continúo mirándolo y espero... ¿a que se produzca una revelación repentina? ¿A que una bombilla gigante ilumine este aturdimiento y me diga quién soy? ¿A que su rostro desbloquee un recuerdo? No sucede nada. Sigue siendo un extraño.

—Está bien, un poco magullada. Es posible que tenga una conmoción cerebral —dice el policía mientras bloquea sus avances—. Ahora, necesito que le deje un poco de espacio mientras compruebo su identificación y verifico quién es.

El hombre mira al policía y, por fin, da un paso atrás.

—¿A qué viene esto? Mary está ahí mismo, ella puede confirmarle quién soy.

El desconocido me mira como si no entendiera por qué no he salido corriendo hacia él.

—Señor Boone, la chica no recuerda nada. Venga, por favor, siéntese mientras resolvemos esto.

El hombre vuelve a mirarme y su confusión se transforma en inquietud.

—¿No te acuerdas de mí?

No sé qué decir. ¿Cómo es posible que mi supuesto padre esté justo delante de mí y yo siga sin acordarme de él?

—Lo demostraré —dice—. Puedo demostrar quién soy. Tengo fotos en el móvil.

¿Fotos? Me desplazo lentamente hacia un lado, hasta salir por completo de la sala de reuniones. La posibilidad de obtener pistas me impulsa hacia delante. El señor Boone se saca el teléfono del bolsillo y desliza el dedo por la pantalla varias veces. Sin hacer ruido, me acerco por detrás del agente Bowman justo cuando el hombre le da la vuelta al móvil para mostrarnos la pantalla.

No cabe duda, soy yo. La misma extraña del reflejo, la misma chica que él ha descrito junto a la puerta. Pelo castaño oscuro hasta la barbilla, ojos verdes, nariz pecosa..., aunque mi cara parece distinta cuando no está tan llena de moratones e hinchada. En la foto, estoy sentada en unos escalones de ladrillo sonriendo a la cámara y sacando la lengua. Desliza el dedo por la pantalla de nuevo y ahora estoy con un grupo de gente de mi edad en el embarcadero de un lago o de un estanque. Desliza el dedo otra vez y soy más joven, estoy sentada en un restaurante rodeada de bolsas de regalo rematadas con papel de seda rosa. Delante de mí, hay una tarta de cumpleaños cubierta de fideos de colores, con una vela gigante del número 15 que gotea cera rosa. En la foto, le dedico una sonrisa de satisfacción a la cámara y el hombre que ahora mismo tengo enfrente está sentado a mi lado, sonriendo como si le fuera la vida en ello.

No hay nada que me resulte familiar en ninguna de estas imágenes... ¿Excepto las velas, quizá? No sé si de verdad me suenan de algo o si estoy tan desesperada por encontrar una conexión que mi cerebro se la está inventando.

Pero la de las fotos soy yo. No hay discusión posible.

—¿De verdad no te acuerdas de nada? —pregunta el hombre.

Parece tan disgustado que casi me entran ganas de fingir que lo recuerdo todo, pero eso no ayudaría a nadie. Como no digo nada, niega con la cabeza. Su expresión de tristeza desaparece, sustituida por algo parecido... ¿a la determinación?

Me tiende la mano.

—Soy Wayne Boone —dice—. Y tú eres mi hija, Mary Boone. Tienes diecisiete años. Eres muy querida y me alegro mucho de haberte encontrado al fin.

Miro al agente Bowman, que asiente, así que estiro un brazo vacilante y le estrecho la mano a Wayne. Tiene la piel suave y la mano caliente, mientras que la mía parece hecha de hielo.

—¿Y si nos sentamos en la sala de reuniones y terminamos de resolver esto? —sugiere el policía, que vuelve a interponerse entre nosotros con sutileza.

Asiento y vuelvo a mi silla arrastrando los pies. Wayne se sienta frente a mí, al otro lado de la mesa, y Bowman, a mi izquierda. Escruto al señor Boone sin ningún tipo de disimulo. Tiene un aspecto un tanto ajado. La piel de las mejillas se le ve áspera, como si el viento se la agrietara constantemente, pero va bien afeitado. Todos sus rasgos son afilados: los pómulos, la línea de la nariz, el ángulo de la mandíbula. Es como si alguien lo hubiera tallado en granito y se hubiese olvidado de pulir los bordes.

Me sonríe y parte de la dureza se desvanece.

—Empecemos por el principio —dice el agente Bowman mientras le da golpecitos a la libreta con el bolígrafo—. ¿En qué momento se separó de su hija?

Wayne se inclina hacia delante, con los antebrazos apoyados en la mesa.

—Nos están reformando la casa, vamos a cambiar todos los suelos. Así que, para no tener que andar todo el rato de puntillas entre tablas levantadas, herramientas, muebles apilados y polvo, Mary y yo decidimos trasladarnos a mi cabaña de pesca durante unas semanas, hasta que terminen las obras. Yo cargué mi furgoneta, ella cargó su coche y quedamos en que nos veríamos allí, pero no apareció.

Lo miro con intensidad. Nada de lo que dice me suena bien, pero tampoco me suena mal.

—¿Cuándo dice que ocurrió todo esto? —pregunta Bowman.

—Salimos de casa alrededor de las cuatro de esta tarde. Hay una hora en coche. Vivimos en McMinnville. Yo llegué a la cabaña primero, obviamente, y, cuando empezó a oscurecer, a eso de las cinco y media, me preocupé. La llamé por teléfono, pero no contestó. Así que me puse a buscarla.

—¿Dónde está la cabaña? —pregunta ahora el agente.

—En Ridge Road. Por el camino que sube a la montaña desde aquí.

El policía asiente como si supiera dónde está.

—Está cerca de donde la encontré, bajándola.

Un destello de bosque me inunda la mente. La oscuridad, las ramas como garras que se estiran hacia mí... Me miro las manos rasguñadas. Quiero que todo esto termine.

—¿La encontró bajando la montaña en este estado? —La alarma que oscurece la voz de Wayne es palpable. Señala, sin lugar a duda, el espectáculo que tengo montado en la cara—. ¿Alguien ha visto lo que le ha pasado? ¿Dónde está su coche?

—No hemos recibido ninguna llamada referente a un vehículo. Cuando la encontré, iba a pie y ya estaba herida. —Boone parece a punto de hacerle otra pregunta, pero Bowman levanta un dedo—. Espere, por favor. Acabemos con su declaración antes de que nos desviemos del tema. ¿Qué pasó después de que dejara la cabaña para buscar a su hija?

Wayne se revuelve en su asiento, sin duda molesto por no poder hacer más preguntas.

—Deshice la ruta que habíamos seguido, primero rodeando la montaña y luego de vuelta hasta McMinnville. Comprobé los desvíos, las tiendas y las gasolineras. Llamé a los hospitales, pero no la habían ingresado en ninguno. Incluso llamé aquí. Dos veces. Pero nadie respondió al teléfono. Solo he venido porque he visto la luz encendida. He recorrido la ciudad un millón de veces esta noche.

El agente Bowman frunce el ceño.

—Lo siento. Somos una comisaría pequeña y demasiado rural para tener personal las veinticuatro horas del día. Por lo general, las instalaciones cierran a las seis y el turno de noche es solo de patrulla. Solo hemos venido por ella —dice, y me sonríe—. Tendría que haber llamado a emergencias. Habrían enviado a alguien para ayudarle o me habrían llamado a mí para que viniera a la comisaría.

Wayne suspira.

—Sí, eso tendría que haber hecho. —Niega con la cabeza—. Estaba tan nervioso que ni lo pensé.

Parece... destrozado.

—No creo que hubiera cambiado nada —digo en voz baja, y ambos me miran—. Habría dado igual a quien llamaras, porque estaba inconsciente en el bosque. Si tú has subido y bajado la montaña con el coche y no me has visto, ¿habría hecho algo distinto la policía? Igualmente, me habría levantado y habría echado a andar por el camino cuando lo hice. Nadie podría haber evitado que esto ocurriera.

Con cuidado, me toco la piel hinchada de debajo de los ojos.

Wayne me mira.

—Sí. Sí, puede que tengas razón.

Bowman carraspea.

—¿Puede explicar el estado de su hija, señor Boone? Tiene muchas lesiones.

La mirada preocupada de Wayne no se aparta de mí en ningún momento.

—Estaba bien la última vez que la vi. Si la encontró caminando, supongo que ha tenido un accidente de coche. Es la única razón posible para que no llegara a la cabaña. La dirección asistida le ha dado algún que otro problema últimamente, pero no pensé que fuera algo tan grave como para provocar algo así. A lo mejor se le estropeó del todo y perdió el control. Esos caminos de montaña están llenos de giros y curvas.

Mientras habla, me imagino caminos sinuosos y el volante bloqueado. Me choco con un árbol. Mi cara se estampa contra un airbag. Mi cuerpo da bandazos dentro del coche. Me golpeo la cabeza con la ventanilla.

Un hormigueo de alivio me recorre de arriba abajo. Puede que sí fuera un accidente.

—¿Qué coche conduce? —pregunta Bowman.

—Un familiar, un Oldsmobile del 96. Un chisme enorme, gris azulado y con los asientos rosas. Estoy seguro de que a estas alturas ya tiene que haberlo encontrado alguien. ¿No hay ninguna denuncia del accidente?

El agente dice que no con la cabeza mientras lo anota todo.

—No que yo sepa, pero puedo volver a consultarlo.

—Se lo agradecería.

Wayne me pilla mirándolo y me guiña un ojo.

Una sacudida repentina de familiaridad me azota como una ráfaga de aire caliente y me echo hacia atrás en la silla.

A lo mejor me acuerdo de él.

Boone levanta la mirada hacia el reloj.

—Perdone, pero ¿sabe cuánto tiempo más va a llevarnos esto?

Bowman levanta una ceja.

—Voy a necesitar que me facilite bastante más información. ¿Tiene prisa?

Wayne se frota la cara con las manos.

—No, claro que no. Pero es muy tarde y... —Agita una mano hacia mí como si mi cara tuviera que terminar la frase por él—. Ha sufrido mucho esta noche y me gustaría llevármela a casa para que descanse.

—Lo entiendo, señor Boone, de verdad que sí. Pero no puedo dejar a una menor, y mucho menos a una menor que ha sufrido un trauma, bajo la custodia de un desconocido.

Wayne cierra los ojos. Aprieta la mandíbula y se le tensan los hombros.

—No soy un desconocido. Soy su padre.

—¿Puede demostrarlo? —El agente Bowman me mira y luego se vuelve hacia mi tal-vez-padre—. ¿Tiene una copia del carnet de conducir de la chica o algún otro documento que verifique su identidad? Necesito confirmar no solo quién es usted, sino también quién es ella. Para que todo el mundo esté a salvo.

El hombre se desespera.

—El carnet debía de llevarlo ella en el coche, supongo que en la cartera. Si usted no lo tiene, yo tampoco. Y, desde que empezó el segundo año de instituto, está escolarizada en casa, así que no tiene ningún carnet de estudiante en vigencia. —Se saca la cartera del bolsillo—. Pero creo que tengo uno antiguo. No paraba de perder la dichosa tarjetita, así que se la guardé yo.

Desliza hacia nosotros un sencillo trozo de cartón plastificado. Un rostro me devuelve la mirada desde un carnet de un instituto de McMinnville. Pelo castaño cortado hasta la barbilla. Ojos verdes. Sonrisa alegre. Camisa rosa... Parece que aquí el rosa es un tema recurrente. La misma desconocida de las fotos de su teléfono, aunque algo más joven. Más redonda, más suave. Mucho menos magullada.

Y ahí, impreso en letras mayúsculas grandes junto a mi cara: Mary Boone.

Pronuncio el nombre moviendo solo la boca, dejando que la forma de las sílabas encuentre su historia en mis labios.

Mary Boone.

Puede que no recuerde lo que me ha pasado esta noche, y puede que me duelan hasta las pestañas, pero tengo un nombre. Y un padre que recuerda todo lo que yo he olvidado. Es mucho más de lo que tenía hace una hora.

Wayne prosigue:

—Tengo su partida de nacimiento y su tarjeta de la Seguridad Social en la cabaña. Puedo traérselo todo o, si quiere, puede seguirnos hasta allí. Así le echa un vistazo a la casa y a la documentación para asegurarse de que todo está en regla. Firmaré lo que necesite que firme. Dígame lo que tengo que hacer para demostrar que es mi hija.

El agente Bowman parece indeciso.

—Bueno..., supongo que con eso valdría —dice—. Si me proporciona la documentación que verifique la identidad de la chica, puedo dejarla bajo su custodia. Pero voy a aceptar su oferta de visitar la cabaña. Y me gustaría que mañana por la mañana me informara de en qué estado se encuentra. También tendrá que rellenar un informe completo sobre el accidente y sobre el vehículo desaparecido antes de marcharse. Necesitaremos su información de contacto, su dirección postal y también los datos de su vehículo.

Boone asiente con vigor.

—Por supuesto. Lo que haga falta.

Ambos me miran. ¿De repente la decisión depende de mí?

—¿Puedo volver a ver las fotos? —le pregunto a Wayne.

Me pasa el teléfono.

—Claro.

Esperan en silencio mientras voy pasándolas y deteniéndome en cada una de ellas. Hay cientos, algunas de hace más de ocho años. En algunas de las imágenes la chica es tan joven que casi parece otra persona. Mientras deslizo el dedo por la pantalla, va haciéndose mayor poco a poco y vuelve a convertirse en mí. No reconocer tu propia cara es rarísimo. Pero tengo la prueba justo delante. Su cara es mi cara. En muchas de sus fotos, Wayne me sonríe, me pasa el brazo por los hombros o aparece al fondo, riéndose.

Una sensación de rotundidad se apodera de mí. Esta soy yo. Este es mi padre. Mi sitio está a su lado y esta vida es mía.

Soy Mary Boone.

TRES

DREW

La vida se te jode de verdad cuando todo el mundo piensa que has matado a tu novia.

La pantalla me muestra otro mensaje de error y le doy una patada a la base de la fotocopiadora. El estruendo del zapato contra el metal resuena por toda la biblioteca y uno de los ancianos voluntarios me lanza una mirada de fastidio desde la sección de viajes. Pero, en serio, ¿cuántos errores puede dar esta cosa en solo diez minutos?

Le señalo la máquina con cara de «Eh, este chisme es una mierda y lo sabes». El viejo niega con la cabeza y vuelve a concentrarse en organizar guías de viaje fingiendo que no existo.

Como hace todo el mundo.

Presiono con el dedo índice en la pantalla táctil, que no responde, hasta que se enciende el botón de «copiar» y me pregunta cuántas copias necesito.

Por fin.

Me saco un papel doblado del bolsillo trasero, lo aliso y lo coloco sobre la máquina. El de Lola me devuelve la mirada y, de repente, siento demasiado calor en este asco de biblioteca. Paso el dedo por el pliegue que le atraviesa los ojos y frunzo el ceño. No tendría que haber doblado la octavilla, pero no quería perderla en el instituto y, si hubiera intentado hacer este recado antes de clase, habría llegado tarde. Otra vez.

Con el sheriff sacándome de clase un día sí y otro también para hacerme las mismas puñeteras preguntas, no puedo permitirme perder más horas. Parece que mi abogado ha conseguido ponerle freno a la situación, pero el daño está hecho. Si me gradúo, será por los pelos, y mis padres son los únicos a los que les importa una mierda.

Porque, cuando tu novia desaparece de la faz de la tierra, te conviertes, automáticamente, en la persona que tuvo algo que ver con ello. Al menos en el tribunal de la opinión pública. Y, si el sheriff Roane tiene algo que decir al respecto, puede que también en los tribunales reales.

La rabia me sube por el cuello y me palpita en los oídos, pero perder los nervios no me servirá de nada. Desde luego, no convencerá ni a los padres de Lola ni a la ciudad ni al Departamento de Policía de Podunk de que no soy la razón por la que mi novia no haya vuelto a casa.

Deslizo la octavilla por el cristal de la fotocopiadora y pulso botones hasta que la pantalla dice doscientas copias. Dudo y saco la cartera para comprobar cuánto dinero llevo encima. Cambio a setenta y cinco copias e introduzco los billetes en la máquina mientras me cago en la impresora que tengo en casa por haberse quedado sin tinta.

Y en la gente desconocida que se para a señalarme cada vez que salgo de casa.

Y en los policías por no hacer su trabajo.

Y, sobre todo, en el mundo en general por seguir con su vida como si no importara que haya desaparecido.

La máquina cobra vida con un zumbido y la preciosa cara de Lola se multiplica una y otra vez sobre la bandeja lateral de la fotocopiadora. Con la palabra DESAPARECIDA impresa con letras gigantes en la parte superior. Supongo que su grosor debe de ser lo que ha acabado con mi cartucho de tinta.

Alguien me da unos golpecitos en el hombro y pego un salto que hace que me estampe contra el lateral de la fotocopiadora. Me doy la vuelta, esperando encontrarme al voluntario de la biblioteca, pero es mi primo.

Max levanta ambas manos y da un paso atrás.

—Ostras, Drew, relaja.

Me cubro la cara con las manos y las bajo hasta la barbilla.

—Joder. No te acerques así, sin avisar.

—No me he acercado sin avisar. Te he llamado dos veces. —Se aparta el pelo negro y rizado de la frente. Le sale disparado en todas direcciones, algunos mechones más largos que otros, y me pregunto si mi tía habrá intentado cortárselo otra vez. Nunca ha tenido tan buena mano con las tijeras como ella cree, pero a Max no parece importarle. Me pone una mano en el hombro—. ¿Estás bien?

Me la sacudo de encima.

—Sí, claro. Muy bien.

Max se mete los pulgares en los bolsillos de los vaqueros y me lanza su mirada de «mientes más que hablas». Paso de él y recojo mis octavillas. La foto de Lola —una en la que está sonriendo y que le sacó mi padre en el porche antes de la barbacoa que su familia organiza todos los años el 4 de Julio— ocupa casi todo el espacio. En la parte inferior he incluido sus datos de la forma más sencilla posible.

Nombre: Lola Elizabeth Scott
Edad: 17 años
Color de pelo: castaño oscuro
Color de ojos: verde
Vista por última vez: a las 22.55 del 29 de septiembre
en el embarcadero del río Willamette, en Washington City.

Y, al final, en negrita, «Si ve a esta chica o tiene alguna información sobre su paradero, por favor llame al...» y mi número de teléfono. Porque la policía de Washington City no parece estar siguiendo ninguna pista últimamente. Ya no. No cuando ya tienen a su principal sospechoso.

A mí.

Max asoma la cabeza por encima de mi hombro.

—¿Más octavillas?

Doy unos golpecitos con los papeles en la parte superior de la máquina para alinear la pila y camino hacia la puerta. Ni la voluntaria del mostrador de recepción levanta la vista cuando paso ni yo respondo a la casi-pero-no-del-todo-pregunta de Max.

Aunque el hecho de que pase de él no va a detenerlo. Max es muchas cosas, pero inconstante no es una de ellas, es casi tan obstinado como alto y delgado.

Abro la puerta de un empujón y, unos dos segundos después, oigo que la hoja vuelve a batirse. Me tiro de los cordones de la sudadera para evitar que el aire frío de noviembre me baje por el cuello y me preparo para el momento en el que mi primo va a intentar que me sienta culpable.

—Espera —me llama Max, que echa a correr para alcanzarme—. Solo intento saber cómo te encuentras. Ver cómo te van las cosas.

Sigo andando. Mi todoterreno está aparcado a la vuelta de la esquina. Esta parte de la ciudad está llena de árboles hundidos en círculos en la acera y de murales pintados por alumnos de primaria. Incluso en pleno otoño, está asquerosamente viva y colorida. Prefiero concentrarme en mis pies y en el asfalto envejecido.

—Tus padres están superpreocupados por ti, tío.

Ah, ahí está. La culpa. Me detengo y echo la cabeza hacia atrás hasta que apunto al cielo cada vez más oscuro con la barbilla.

Dejo escapar una exhalación que me pesa como el cemento en los pulmones.

—Ya sé que están preocupados.

—Pues para un segundo y habla de ello, *bro*. Estamos intentando ayudarte.

Bajo la barbilla.

—Lo único que quiere hacer la gente es hablar. Ya me he cansado de eso, Max. Hablar no hará que Lola vuelva. —Me doy la vuelta y blando las octavillas—. La policía ya apenas la busca. Esto es lo único que se me ocurre para intentar que vuelva a casa. Nadie me deja hacer nada más.

Se muerde el labio y a mí se me bajan un poco los humos.

Vale, cierto. Las octavillas no han demostrado ser precisamente útiles. Llevo semanas colgándolas y he recibido un total de diez llamadas. Nueve de ellas eran bromas, y la otra era una señora mayor diciéndome que debería avergonzarme de mí mismo. Pero no sé qué otra cosa hacer.

Los bondadosos ojos marrones de Max se llenan de tristeza y una expresión de decaimiento le inunda la cara.

—Lleva mucho tiempo desaparecida...

—Perdona, pero ¿qué quieres decir con eso? ¿Crees que debería rendirme?

—¿Qué? No, claro que no. Aunque puede que tengas que aceptar...

—Por favor, para. Te quiero y sé que estás intentando ayudarme, pero no puedo. No puedo dejar de buscarla. Porque eso significaría que podría no volver nunca y todo es...

«... culpa mía».

—Es ¿qué? —pregunta Max, que da otro paso hacia mí.

Una mezcla brutal de culpa, angustia y furia me oprime el pecho, me asfixia.

—Es insoportable —consigo decir con la voz ahogada.

Me abraza. Quiero apartarme, estar solo, pero este abrazo es por su bien, no por el mío.

Retrocede tras darme una palmada en el hombro y sonríe.

—Vamos a tu casa. Todo el mundo va a ir a cenar allí. Tus padres están haciendo hilachas. ¿Qué te parece?

Me parece otra de esas cosas que antes me hacían feliz y ahora son una pesadilla. Pero no voy a decírselo.

Mi familia es... muy intensa. De piel clara por parte de papá, guatemaltecos por parte de papi, y a todos les encanta juntarse. Mis dos padres me adoptaron tres semanas antes de que cumpliera tres años —la verdad es que no recuerdo nada anterior a ellos— y, desde entonces, estas enormes reuniones familiares han sido mi vida. Todo el mundo hablando, feliz, metiéndose en los asuntos de los demás... justo lo que acaba de hacer Max. Y eso estaba bien cuando me daban la lata para que invitara a Lola a la fiesta de principio de curso del primer año del instituto, o cuando se agolpaban a su alrededor, una vez que se convirtió en una habitual de las cenas familiares, para enseñarle mis fotos de la época de preescolar, cuando me faltaban dientes y jugaba al tee-ball, esa forma simplificada y ridícula de béisbol para niños. Pero ahora significa sonrisas forzadas y no hablar de lo único que me consume. Todos quieren ayudar, pero no pueden hacer nada.

Como no contesto, la sonrisa de mi primo se ensancha, como si pensara que estoy a punto de ceder.

—Lo siento, Max. Ya iré a la próxima, ¿vale? Hoy no me va nada bien. Tengo que hacer una cosa.

La decepción se le nota en la cara, pero asiente.

—Ya. Vale.

—¿Les dices a mis padres que volveré a casa cuando acabe? —digo mientras me vuelvo con las octavillas en la mano.

El suspiro de Max inunda la acera a mi espalda.

—Vas al río, ¿no?

Me detengo y doy media vuelta.

—¿Por qué iba a ir al río?

Tengo la impresión de que los ojos están a punto de salírsele de las órbitas.

—Me refería al Dairy Queen. Y su... río de batidos.

Sabe que no he vuelto a acercarme al río desde la noche de la desaparición de Lola, así que ¿por qué iba a ir hoy? A no ser que haya un motivo para hacerlo.

—¿Qué pasa hoy en el río, Max? —le pregunto con los dientes apretados—. ¿O prefieres que coja el coche y vaya a verlo con mis propios ojos?

Una explosión de pánico le cambia la cara. Deben de haberle dado instrucciones para que me impida hacer precisamente lo que acabo de sugerir. ¿Han sido mis padres? ¿Su madre? ¿Todos ellos?

—Si te lo digo, ¿me prometes que no irás?

Lo fulmino con la mirada.

—Vale, vale. Bueno, el caso... Puede que hoy hayan hecho otra búsqueda, y tus padres querían que me asegurara de que no interferías en ella. Pero supongo que a estas horas ya habrán terminado, así que no tiene sentido que vayas. Por otro lado, yo no te he dicho ni una palabra de esto.

La cabeza me da vueltas mientras trata de entenderlo.

—Pero ¿qué sentido tiene eso? ¿Por qué la buscan junto al río cuando ya han peinado ese bosque diez veces? Hace semanas.

—No tengo ni idea. —Levanta las manos—. No conozco los detalles, así que finjamos que no te he dicho nada y vámonos a cenar a tu casa. Estoy muerto de hambre.

Decenas de pensamientos me bombardean la mente a la vez.

Lola lleva desaparecida cinco semanas, casi exactas, y a lo largo de ese tiempo he visto cómo la búsqueda pasaba de la preocupación por que se hubiera escapado a una investigación de persona desaparecida en toda regla, con alerta AMBER incluida. La policía no se dejó nada en el tintero. Montaron controles de carretera por todo el condado, distribuyeron su foto en todas las cadenas de noticias locales y la publicaron en todas las redes sociales. Han buscado por todas partes, empezaron por el embarcadero donde fue vista por última vez y fueron ampliando el radio en función de los indicios y los posibles avistamientos, hasta que, al final, se les agotaron las pistas.

¿Por qué habrían querido volver a la zona cero con un grupo de búsqueda? No tenía ninguna lógica. ¿Qué se creen, que Lola lleva todo este tiempo alimentándose de lo que encuentra junto a la orilla y esperando a que la encuentren? «Hola, chicos, gracias por venir, me estaba hartando de la corteza de árbol y el agua con algas».

La única forma de que siga en el río es que...

Doy un paso atrás.

No están buscando a Lola.

Están buscando sus restos.

Me siento como si las octavillas que tengo en las manos estuvieran a punto de echar a arder.

—... y es un gran día para comer hilachas, ¿o no?

Parpadeo; Max no ha dejado de hablar en todo este rato.

—¿Qué?

Suelta un gruñido.

—Sorpresa, sorpresa, no me estás haciendo ni caso. Tú... vente conmigo a tu casa, ¿vale? De todas formas, no estás autorizado a estar allí abajo y la alternativa es comer. ¡Vamos!

—No tengo hambre.

Max manotea en el aire.

—Es una idea malísima, tremendamente mala.

Me dirijo a toda prisa hacia mi coche y hago como si no lo oyera. Me subo a mi abollado Isuzu Trooper blanco y lanzo las octavillas hacia el asiento del acompañante. Ya no me parecen tan importantes como hace diez minutos. Tengo una nueva misión.

Meto la marcha del Trooper al mismo tiempo que la puerta del pasajero se abre de golpe. Max, con su cuerpo alto y larguirucho, entra de un salto y la cierra con tal fuerza que hace temblar el todoterreno.

—¿Estás loco? Estaba a punto de pisar el acelerador —le grito.

—Bien. Entonces he llegado justo a tiempo. —Se abrocha el cinturón de seguridad y se aparta los rizos de la frente—. No voy a dejar que vayas solo. Alguien tiene que evitar que te manden al calabozo de una patada en el culo.

Me planteo si sería muy difícil echarlo del vehículo, pero la expresión resuelta de su cara y la fuerza con la que se ha aferrado a la agarradera de «uf, mierda» me dicen que está preparado para un ataque por sorpresa.

—No puedes librarte de mí —dice—. Si quieres meter las narices donde no te llaman, yo las meto contigo. Ya estás tardando.

—Eres un plasta, ¿lo sabes?

Me vuelvo hacia la carretera y arranco antes de que no pueda contenerme y le pegue un puñetazo. Mi tía me la liará parda si le toco un solo pelo de la preciosa cabecita, y él lo sabe.

Apenas tardo unos minutos en llegar a las afueras de la ciudad, donde se encuentra el embarcadero, pero el trayecto se me hace larguísimo. No he estado a menos de un kilómetro y medio del río desde que Lola desapareció y, cuanto más me acerco, mayor es la sensación de estar hundiéndome en un agujero negro de recuerdos horribles y dolor.

Sigo una curva de la carretera y, cuando se endereza, el embarcadero aparece ante mi vista.

El río bordea Washington City como un brazo que envuelve a un viejo amigo, pero esta es la única zona de la orilla lo bastante baja como para permitir acceder al agua. El embarcadero es un aparcamiento estrecho, casi oculto entre los árboles, con una rampa de hormigón que baja hacia el helado río Willamette.

En esta época del año, suele estar desierto, pero hoy parece temporada alta de navegación. Nueve de las diez plazas de aparcamiento están ocupadas, y hay coches alineados a ambos lados de la carretera.

La leal gente del pueblo reunida para encontrar algo que ayude a la familia de la pobre Lola a poner punto final a esta historia. Deberían estar por ahí, buscándola en el mundo, no aquí, buscando huesos. Pensarlo me revuelve el estómago. Todo este lugar me pone enfermo. El aparcamiento, el agua, el atardecer de noviembre filtrándose entre los pinos. Lo odio todo. Odio todo lo que ocurrió aquí y lo que eso me ha hecho. Lo que le hizo a Lola.

Aparco en el arcén, detrás de otro coche, y apago el motor. Apoyo los brazos cruzados en la parte superior del volante y me inclino hacia el parabrisas. Parece que la búsqueda está a punto de acabar. La gente sale de entre la vegetación del extremo más alejado del aparcamiento y se une a la pequeña multitud que espera junto al límite del bosque. Entre ellos hay un par de ayudantes del sheriff que charlan entre ellos. Ni rastro de él.

He aparcado demasiado cerca. Decenas de pares de ojos se vuelven hacia el Trooper y me lanzan dagas a través de la luna delantera. A veces pienso que este coche tiene tan mala reputación como yo. Si lo hubiera pensado más de un segundo, le habría pedido a Max que me trajera. Su coche es del mismo color que los árboles y quizá hubiera pasado desapercibido.

La he vuelto a cagar.

Una ancianita con un portapapeles me mira con los ojos entornados y me pregunto si será la misma que me dejó el mensaje de voz.

«Deberías avergonzarte de ti mismo».

Podría habérselo ahorrado, ya estoy muy avergonzado de mí mismo.

—Bueno, ¿cuál es el plan, Drew? —Max aprieta las piernas increíblemente largas contra el suelo, se saca la pila de octavillas de debajo del culo y las lanza hacia el asiento trasero—. ¿Nos hemos colado en esta fiesta con algún propósito?

Le sostengo la mirada a la anciana durante un minuto más y la mujer termina enseñándome el dedo del medio.

Como no recibe respuesta, mi primo dice:

—Porque, a ver, lo de acercarte y unirte a ellos como que no. En menos de diez minutos, te arrestarían por acoso o por cometer gilipolleces de adolescente.

Un sonido asqueado y gutural me brota del fondo de la garganta y vuelvo a recostarme contra el respaldo del asiento. Max tiene razón. Ni Roane ni sus agentes dudarían en esposarme si me acercara a ese grupo de hermanitas de la caridad. Y más teniendo en cuenta que en los últimos tiempos el sheriff no ha parado de presionarme, desesperado como está por evitar que el caso de una chica desaparecida se convierta en una chapuza mientras él ocupe el cargo. Qué coño, la única razón por la que Roane no me ha metido ya entre rejas es porque soy un chico blanco al que le va muy bien en los estudios y que pertenece a una familia con la suficiente estabilidad económica como para poder pagarme un abogado. Si, por casualidad, me pareciera más a papi y a la parte de los Díaz, quizá no hubiera sido así.

El hecho de que Roane no tenga ninguna prueba real contra

mí y toda su investigación parezca depender de que acabe confesando también ayuda. Aun así, sé que estoy tentando a la suerte al estar aquí.

—No quiero unirme a ellos. No tiene sentido. Lola no está ahí. Siento que me clava la mirada en un lado de la cara.

—¿Y eso lo sabes porque...?

—No empieces. No sé dónde está, pero sé que no está en ese bosque. No está muerta.

—¿Por qué lo tienes tan claro? ¿Cómo puedes estar tan seguro?

—Porque no puede estar muerta. Eso es... imposible. —Me paso los dedos por el pelo—. Ha huido, o la han secuestrado, o... No lo sé. Pero no está muerta. Se equivocan y voy a demostrarlo.

Mi primo cambia de postura en su asiento y se echa hacia delante esbozando una mueca de dolor.

—Vaaale, pues, si no tienes intención de montar un drama, ¿qué estamos haciendo aquí?

—Buena pregunta.

Desvió la mirada hacia el otro lado del aparcamiento y la poso en la única plaza vacía. La que alberga el santuario de Lola. Se ve hecho polvo incluso desde aquí.

Flores mustias y velas a medio quemar, fotos enmarcadas de Lola sacadas de su Insta y ahora empapadas y olvidadas. Hay un uniforme azul y dorado extendido sobre el firme, parcialmente cubierto de hojas. Antes había uno idéntico junto a su taquilla, hasta que algún miembro del personal lo quitó la semana pasada.

Monumentos, detalles de los compañeros que se volvieron locos de preocupación cuando desapareció, pero que perdieron muy rápido tanto el interés, una vez que se les pasó la impresión de que se hubiera desvanecido, como la capacidad de seguir fingiendo que la echaban de menos. Igual que los participantes en esta partida de búsqueda, que preferirían tropezarse con un cadáver en el bosque y acabar con esto de una vez para siempre.

—Solo quería ver quién había venido —le digo—. Creo que me habría sentido mejor si no hubiera tantos coches. Significaría que todo el mundo piensa lo mismo que yo, que esto es inútil.

—No veo ni al señor ni a la señora Scott. Eso es una buena señal, ¿no?

Tal vez.

Examino de nuevo los coches y pongo mala cara al detectar un Volkswagen viejo y abollado aparcado al otro lado de la carretera. Autumn anda por aquí. ¿Qué sería de un grupo de búsqueda sin los sollozos de la mejor amiga? Supongo que eso explica por qué no ha ido hoy al instituto.

Max tiene razón. No veo el Wrangler del señor Scott ni el sedán de la señora Scott. Un aguijonazo de esperanza me sacude el cuerpo. ¿Es posible que ellos tampoco se hayan rendido?

O a lo mejor han venido en el coche de los ayudantes del sheriff y aún no han salido del bosque...

—Deberíamos largarnos de aquí antes de que alguien llame a Roane —dice Max.

Sé que tiene razón, pero no soy capaz de apartar la vista del límite del bosque. El grupo de la partida de búsqueda no para de crecer. Ya son casi cincuenta y todavía hay gente saliendo del bosque.

«Por favor, no estéis aquí con ellos».

Marco un ritmo ansioso tamborileando con los dedos sobre el volante.

—¿Drew? Venga, vámonos. No tenemos por qué ir a la cena familiar, podemos ir donde tú quieras. Te invito a un helado. Lo que haga falta con tal de sacarte de aquí. ¿Por favor?

Suspiro y acerco la mano al contacto justo cuando la multitud se separa y una figura alta emerge de entre los árboles. Al verlo, me quedo tan helado como si me hubieran tirado un cubo de agua fría espalda abajo.

Y ahora tengo náuseas.

—Uf, mierda —susurra Max—. Su madre también ha venido.

Los veo reunirse con los demás. Me doy cuenta de que, desde septiembre, al señor Scott se le ha puesto la mitad del pelo gris, y su mujer ha perdido tanto peso que puede que la brisa que sopla desde el río sea suficiente para llevársela volando. Se arrebuja el abrigo negro a la altura de la garganta y se aparta el largo pelo oscuro de la cara. Alguien le dice algo al señor Scott y el padre de Lola se vuelve y me fulmina con la mirada. Como un esqueleto viviente que promete atormentarme hasta el día de mi muerte.

Me arde la cara de vergüenza. Este hombre, que me conocía casi tan bien como mis propios padres, y aun así me dio la espalda como todos los demás.

Meto la marcha del Trooper, hago un cambio de sentido y me alejo.

Él no tendría que estar aquí. Ninguno de los dos tendría que estar aquí.

¿Quién sigue buscando a Lola?

—¿Estás bien? —me pregunta Max con cautela, como si hubiera pasado mucho tiempo escogiendo sus palabras.

Niego con la cabeza y tomo la curva demasiado rápido.

—Tenías razón. No debería haber venido.

CUATRO

DREW

Llevo a Max de vuelta a la biblioteca. No dice ni una sola palabra en todo el trayecto —debe de haberle costado la vida—, pero tampoco se mueve cuando aparco en doble fila junto a su Liberty, así que sé lo que me espera.

Le hago un gesto con la mano.

—Venga, dime lo que tengas que decirme antes de que me pongan una multa.

Juguetea con su cinturón de seguridad, lo retuerce entre las manos como si fuera un trozo de regaliz. Cuando lo suelta, la correa se recoge hasta insertarse en el soporte con un golpe metálico.

—Sabes que te quiero, y no me gustaría que pensaras que no estoy de tu parte, porque lo estoy. Pero presentarte así en el embarcadero hace que parezcas culpable. Lo pillas, ¿no?

Quiero rebatírselo, pero no puedo. Así que no digo nada.

—Los malos siempre vuelven a la escena del crimen, y eso es justo lo que ha visto toda esa gente cuando te has plantado allí. A Drew el culpable. Y eso por no hablar de que tus padres van a volverse locos cuando se enteren de que has estado allí y de que mis días estarán contados cuando mi madre se entere de que me he ido de la lengua. En resumen, que no ha sido una buena decisión.

Acaricio el emblema del volante con el pulgar. Odio que tenga razón.

—Lo sé. ¿Qué te parece si yo no digo nada si tú no dices nada?

Exhala un gran suspiro y niega con la cabeza.

—Por lo que a mí respecta, hemos ido a tomar unos helados. Y eso es lo que diré si me preguntan, pero tío, déjate ya de mierdas.

Asiento, el estómago se me llena de ácido y arrepentimiento.

—Necesito que alguien la encuentre.

—Como todos. Pero así no vas a conseguirlo. Usa ese enorme cerebro tuyo y encuentra otra manera de hacerlo. La búsqueda de hoy no significa nada. Lola lleva mucho tiempo desaparecida y cada uno busca las respuestas como puede.

—Pero es que están perdiendo el tiempo, Max. Cada hora que pasan en ese bosque es una hora que no están más cerca de encontrarla.

—Pues dale a Roane menos razones para preocuparse por ti y más para buscar en otra parte. —Señala el desorden del asiento trasero con el pulgar—. ¿De verdad esas octavillas están ayudando a Lola en algo? No eres el único que necesita que vuelva a casa sana y salva. Todos lo estamos pasando mal, y no podemos perderte a ti también.

Se baja y da un portazo al salir del coche. En el repentino silencio, casi me entran ganas de que vuelva.

Casi.

Max arranca el coche y lo veo desaparecer por la calle Mayor. Debería seguirlo. Debería ir a casa a cenar con mi familia, porque es lo correcto y porque todos se pondrán muy contentos. Sin embargo, en este preciso momento, preferiría comerme mis octavillas a tener que enfrentarme a mi familia.

Rodeo Washington City por las afueras, con cuidado de mantenerme alejado del río, y aparco en un barrio situado en la otra punta de la ciudad con respecto a mi casa. Recojo las octavillas del asiento trasero.

Hora de cabrear a unas cuantas comunidades de propietarios.

Porque Max solo tiene razón a medias: Lo más seguro es que las octavillas no me lleven hasta Lola. Pero son algo. Son la prueba de que no he dejado de buscarla. Y, cuando vuelva a casa, vaya adonde vaya, habrá una foto de su cara junto a mi número de teléfono y sabrá que nunca me rendí. Que es lo único que puedo ofrecerle ahora.

Pillo la mochila y la grapadora del asiento de atrás y me pongo manos a la obra. Engancho su cara en todas las farolas y señales de stop con los que me cruzo hasta que una luz se enciende justo encima de mí. Levanto la vista, sorprendido. Ha oscurecido rápido.

Miro hacia arriba y hacia abajo por la calle. He entrado en una especie de trance zombi y me he metido de lleno en el barrio de Lola. De hecho, su calle sin salida está solo una manzana más allá.

El menguante montón de papeles que llevo en las manos parece de plomo.

No debería acercarme más. Lo sé muy bien. Su familia ya está sufriendo bastante, no necesitan verme merodeando a su alrededor dos veces en un mismo día. Guardo el material en la mochila, pero, como si tuvieran voluntad propia, mis pies me llevan a la esquina de Lola. No será más de un minuto.

La enorme casa gris y estilo Craftsman de los Scott está solo un número más abajo. Las luces de la planta baja iluminan con calidez el amplio porche y el césped perfectamente cortado. Al otro lado del cristal no se mueve nada y el camino de entrada está vacío, así que me adentro unos pasos en la carretera.

Recuerdo la primera vez que vi esta casa. El día en que Lola me presentó a sus padres. Con sus grandes ventanales, el balancín blanco brillante en el porche y los setos bien cuidados, me pareció imponente. Ya no tiene un aspecto tan imponente. Tiene un aspecto triste. Como si hasta las paredes sintieran de la misma manera que yo la ausencia de la chica del dormitorio de la esquina.

La luz de su habitación me abre un agujero familiar en el pecho. Lola la dejó encendida la noche de su desaparición, y sus padres no la han apagado desde entonces. Es como si no pudieran soportar sumir en la oscuridad lo que queda de ella. Lo entiendo y lo detesto al mismo tiempo. Yo tampoco sería capaz de apagarla, pero, cada vez que veo esa ventana iluminada en el primer piso, mi cabeza se hace un lío. Me engaña y me hace creer que podría haber vuelto, que está ahí dentro charlando con Autumn de lo imbécil que estoy siendo o del parcial de Historia.

Pero Lola no está ahí dentro, mi minuto ha terminado y este no es mi sitio. Esta ciudad está llena de sitios en los que ya no encajo.

Me doy la vuelta y veo un Wrangler rojo parado en la carretera detrás de mí. Todos y cada uno de los huesos de mi cuerpo se convierten en piedra cuando el señor Scott me mira a los ojos por encima del volante.

Durante un instante brutal se me ocurre que quizá vaya a atropellarme y a acabar con el sufrimiento de ambos. Sin embargo, el jeep me adelanta y gira hacia el camino de entrada. El señor Scott aparca y cruza el césped dando grandes zancadas.

Me preparo para su ira, pero se detiene en la acera y apenas susurra:

—Ven aquí.

Por alguna razón, el hecho de que no levante la voz es el doble de aterrador que si me hubiera pegado cuatro gritos. Acercarme a él es lo último que me apetece hacer. Si ni siquiera soy capaz de mirarlo a los ojos; ¿cómo se supone que voy a hablar con él?

Avanzo dando pasos lentos, con el miedo aferrado a todas las partes del cuerpo, hasta colocarme justo delante de él.

—¿Qué estás haciendo aquí?

No está tan furioso como esperaba. Está... vacío. Tiene los ojos inyectados en sangre y las mejillas hundidas. Lleva una camisa abotonada hasta el cuello, pero da la sensación de que el hombre esquelético que hay debajo intenta desaparecer, igual que su hija. La puerta del pasajero del jeep se cierra de golpe y su mujer se detiene junto a la parte trasera del vehículo. Me atraviesa con la mirada.

La culpa me rodea la garganta y aprieta.

—Octavillas —respondo con la voz ronca.

—¿Por qué no nos dejas en paz? ¿No has hecho ya suficiente?

«Sí».

Una extrañísima necesidad de defenderme se desborda dentro de mí. Respeto un montón a este hombre. Siempre lo he respetado. No quiero que me mire como lo hacen los demás.

—Estoy intentando encontrarla. Igual que ustedes. Señor Scott, he comido un millón de veces en su casa. Nuestras familias se fueron de acampada juntas el verano pasado. Usted iba a todas mis competiciones de natación. Me conoce. Y sabe que nunca le haría daño a Lola. Jamás.

Su mirada asesina me arde por dentro y creo que es posible que se esté arrepintiendo de no haberme atropellado cuando ha tenido la oportunidad.

—El chico que yo conocía jamás la habría dejado sola de noche. No habría esperado hasta el día siguiente para llamar y ver si había llegado bien a casa. No habría dejado de cooperar con la policía. A ti no te conozco de nada.

La verdad de sus palabras me embiste de golpe y hace que la presa de la culpa se me tense alrededor de la garganta. No podría hablar ni aunque lo intentara.

Toma una bocanada de aire larga y pensada, pero, antes de que me dé tiempo a decir nada, la señora Scott aparece por detrás de él y se agarra con fuerza al brazo de su marido rodeándoselo con una mano, como si necesitara apoyo para mantenerse en pie. Levanta sus enormes ojos verdes y me mira.

—Tú solo dinos qué hiciste, ¿vale? Dinos dónde está para que todo esto termine. Yo... No podemos... Necesito que me digas qué pasó —suplica—. El sheriff dice que, después de tanto tiempo, hay pocas esperanzas. Están buscando un cadáver y no sabemos si es la decisión correcta. Hasta la última fibra de nuestro ser nos grita que sigamos buscándola con vida. Y tú eres el único que tiene las respuestas.

Dios. Tendrían que haberme atropellado con el coche. Habría dolido menos.

Soy incapaz de formar una sola palabra con los labios. No tengo respuestas. No sé qué decirle. No sé respirar.

La señora Scott ahoga un sollozo.

—Por el amor de Dios, Drew. ¡Es mi hija! ¡Dime dónde está de una puta vez!

—Le juro que no le hice daño. ¡Se lo juro por mi vida! —La bilis me sube por la garganta a toda velocidad—. Siento haber venido hasta aquí. No pretendo hacerle daño a nadie, y menos a usted o a su familia.

Una lágrima le rebosa por el rabillo del ojo y se la seca con el dorso de la mano.

El señor Scott le pasa un brazo por los hombros y me mira sacudiendo la cabeza.

—Lárgate de aquí, Drew. Y no vuelvas.

Guía a su mujer hasta el porche, desaparece en el interior de la casa y cierra la puerta de golpe a su espalda.

No tengo ni idea de cuánto tiempo paso allí plantado, pero en algún momento empieza a llover. Me arrastro hacia el otro lado del cruce. Que la ciudad entera me odie ya es bastante horrible, pero las palabras del señor Scott son como un atizador al rojo vivo en las entrañas. Hoy no paro de encontrarme en lugares en los que no soy bienvenido.

—Eh, tú, gilipollas.

Doy un respingo y me vuelvo hacia la voz.

Autumn está sentada en la acera de enfrente, justo detrás de la farola. Observándome.

La irritación me bulle por dentro, pero estoy tan agotado que se consume enseguida. Durante estas últimas semanas, Autumn se ha convertido en mi segunda sombra. Vaya donde vaya, ella siempre ronda por ahí en segundo plano, mirándome como si albergara la esperanza de que estalle en llamas en cualquier momento y pueda verme arder.

—¿Qué haces aquí? ¿Otra vez siguiéndome?

Pretendo sonar brusco, pero mis palabras son poco más que un susurro estrangulado.

Autumn se levanta y se echa hacia atrás la capucha de la sudadera plateada y con brillos. Cuando avanza hasta la luz de la farola, parece una bola de discoteca furiosa. De donde antes lo mantenía oculto, ahora caen largas ondas de pelo rojo.

—¿Cómo te atreves a venir a su casa? Tiene cojones que te acerques siquiera a este barrio después de lo que has hecho.

—Me cago en la puta, ¡que no he hecho nada!

—Los dos sabemos que eso no es cierto —dice mientras se mete las manos en los bolsillos de la sudadera—. Lola era mi mejor amiga y ni de coña pienso dejar que te salgas con la tuya.

—Es.

—¿Cómo?

—«Es». Es tu mejor amiga. En el puto presente de indicativo —grito al dar un paso hacia ella.

Retrocede y el miedo se le dibuja en la cara. Da otro paso atrás y mira calle arriba, hacia su casa, buscando una forma de huir de mí, el Tipo Malo.

Niego con la cabeza. No me acostumbro a que la gente que me conoce de toda la vida me trate como a un monstruo. Joder, conocía a Autumn mucho antes de que Lola y yo empezáramos a salir, pero eso no le ha impedido volverse también contra mí.

Sin embargo, por muy enfadado que esté con ella, no quiero que me tenga miedo. Mantengo la distancia.

—No le hice daño a Lola. Jamás se lo haría. Y a ti tampoco. Así que ¿por qué no dejas de seguirme y vas a decirle a tu padre que haga su trabajo y la encuentre?

Se cruza de brazos y recupera parte de su bravuconería.

—Es el sheriff. Tiene que interrogar a los sospechosos. Está haciendo su trabajo. La única manera en que podría hacerlo mejor sería metiéndote de cabeza en el calabozo.

—Lo que tú digas, Autumn. Si dedicaras a buscar a Lola la mitad de la energía que dedicas a acosarme, a estas alturas ya estaría en casa y todos habríamos dejado de pasarlo tan mal.

Furioso, echo a andar en dirección a mi coche.

—No me voy a tragar el numerito del novio fiel —grita a mi espalda—. Le has hecho algo y al final todo el mundo descubrirá la verdad.

Sus palabras me golpean como una bofetada.

Me doy la vuelta y apenas reconozco a la persona hostil que me devuelve la mirada.

—¿Sabes qué es lo más curioso? Que, si se invirtieran los papeles, no habría ni una sola persona en este mundo capaz de convencerme de que podrías haberle hecho daño a alguien. Te defendería hasta el final, Autumn. Cuando Lola vuelva a casa, no quiero ni oír hablar de lo mucho que sientes haberme apuñalado por la puta espalda. No quiero saber nada más de ti.

Antes de librarse de ella, una fisura de arrepentimiento le resquebraja la expresión durante un segundo.

—¿Crees que a mí me apetecía descubrir que mi amigo es un monstruo? Quería defenderte, pero la amistad llega hasta donde llega. Sé que la culpa es tuya. Lo sé desde hace semanas.

—¿Qué coño significa eso?

—Significa que puede que no sepa exactamente lo que has hecho, pero sé que todo esto es culpa tuya.

Se aleja patullando hacia su casa, rodeando la esquina, y me deja allí plantado con un nudo en el estómago.

Porque tiene toda la razón. Todo esto es culpa mía.

El culpable soy yo.

La lluvia va arreciando poco a poco y, para cuando llego al Trooper, se ha convertido en un chaparrón. El agua me empapa toda la ropa y me cala hasta los huesos. Me paso todo el trayecto temblando, pero ni siquiera me molesto en encender la calefacción.

Llámalo penitencia.

Aparco delante de casa y me sorprende ver que solo hay dos coches en el camino de entrada. Los Volvos plateados e idénticos de mis padres. El resto de la familia debe de haberse marchado ya a sus respectivas casas.

Gracias a Dios.

La puerta principal está abierta y no los llamo al entrar. No quiero hablar. Quiero darme una ducha caliente y dormir. Cuelgo las llaves en el gancho que hay junto a la puerta para que sepan que he llegado y subo las escaleras arrastrando los pies. Me detengo en el pasillo para meter la sudadera empapada en la secadora y cierro la puerta de mi habitación. Le doy un manotazo al interruptor que hay al lado y la lámpara de mi escritorio se enciende.

Suspiro. Ni siquiera mi habitación parece ya mía.

Una colección de trofeos del equipo de natación y pósteres de grupos grunge decoran las paredes. La alfombra está llena de videojuegos y de libros de texto desordenados. Pero ella ha tocado todas estas cosas. Ha asistido a todas las competiciones de natación, a todos los conciertos..., a pesar de que habría preferido ir a ver a Taylor Swift. Estudiaba aquí conmigo todos los días después de clase. Se quejaba de los videojuegos, pero, aun así, me miraba mientras jugaba. Incluso eligió mi edredón. Decía que el azul de los cuadros escoceses me resaltaba los ojos.

Ahora todo eso son objetos de mi antigua vida. Me han pedido que no participe en la temporada de natación, que deje el puesto de capitán... y ni un solo miembro del equipo me dirige la palabra. Hace semanas que no escucho música ni toco un mando. Todo la está esperando. Necesito a Lola en casa para poder volver a una vida que sea algo más que octavillas de persona desaparecida y culpa.

Me quito las zapatillas, me pongo unos pantalones de chándal y me dejo caer en la silla del escritorio. Puede que, al final, ni siquiera tenga fuerzas para darme una ducha.

Pese al agotamiento, quito la pizarra blanca de la pared que hay encima del escritorio y le doy la vuelta para dejar al descubierto lo único que me importa desde hace días. El reverso de la pizarra oculta mi patética investigación. Notas autoadhesivas, un mapa impreso de Washington City en el que he marcado todos los lugares en los que estuvo Lola el día de su desaparición y fotos de ella. Muchas fotos. Rozo con el pulgar una en la que aparecemos los dos aparcados en el embarcadero. El río oscuro, al fondo, apenas iluminado por el flash. Los dos sonreímos como idiotas, sin tener ni idea lo que está a punto de ocurrir.

Es la última foto que tengo de los dos.

Sacada la noche en que desapareció.

Esta sencilla recopilación de ciento veinte por noventa centímetros es todo lo que sé respecto a esas últimas veinticuatro horas... y no es gran cosa. Estudio la línea cronológica, garabateada en el reverso de unos deberes antiguos, que detalla todo lo ocurrido desde el momento en el que la recogí por la mañana para ir al instituto. Sus clases, el entrenamiento posterior con el equipo, la pelea con sus padres, cuando fui a buscarla a su casa justo después de las diez de la noche, el embarcadero, la parada que hizo en la tienda justo antes de medianoche y, por último, el momento en el que la policía encontró su móvil en la carretera a la mañana siguiente.

No tengo información que añadir. Igual que ayer y anteayer. Le doy la vuelta a la pizarra y vuelvo a colgarla en la pared, cada vez más frustrado. Max tenía razón. Las octavillas no están sirviendo de nada, pero no se me ocurre qué otra cosa hacer. Necesito información nueva, una pista, un punto de partida. El silencioso teléfono que descansa sobre mi escritorio se burla de mí. Necesito que alguien me diga algo que aún no sepa.

No, eso es mentira. Necesito que llame Lola. Todas estas semanas después, todavía espero que su nombre aparezca en la pantalla cada vez que me suena el móvil. Cada vez que oigo el pitido de un mensaje de texto, creo que es ella. Y cada vez que no lo es, lo sufro otra vez: el bucle asfixiante de la esperanza convertida en pavor.

Cuando vuelvo a sentarme, rozo el teclado del portátil con el codo y la pantalla se ilumina. El fondo es otra foto mía con Lola. La última vez que fuimos a la playa con Autumn y Max..., aunque ninguno de ellos dos fue tan tonto como para meterse en el agua. Tengo el brazo estirado para hacer la foto mientras nos abrazamos y reímos. Estamos metidos hasta las pantorrillas en un mar insoportablemente frío, con los vaqueros remangados hasta las rodillas y Lola arrebujada en su cazadora vaquera de flores para protegerse del viento. Siento que esta foto es como si el karma me pegara un puñetazo en la cara.

Lola está en todas partes y en ninguna al mismo tiempo.

Cierro el portátil de golpe y apoyo los codos en las rodillas, sin quitarle ojo a la papelera que hay junto al escritorio por si lo poco que he comido vuelve a hacer acto de presencia.

¿Cómo he podido hacer algo así? ¿Cómo he permitido que ocurriera?

Llaman a la puerta y levanto la vista cuando se abre con un crujido. Mis padres están el uno al lado del otro junto al umbral. Algo va mal. Sonríen, pero no con sinceridad. Sonrisas diminutas. Sonrisas de no-te-asustes-Drew.

Papá se rasca la mata de pelo rubio canoso cerca de la oreja y deja caer la máscara. Esboza una mueca.

—Hola, cielo. ¿Tienes un minuto?

Papi se quita las gafas y lo mira con los ojos entornados.

—Lo que papá quiere saber es cómo te ha ido el día.

—Bien —respondo mecánicamente—. ¿Qué pasa?

Papi entra y se sienta en el borde de la cama. Papá lo sigue. Los muelles crujen bajo su peso y ambos parecen tener miedo de todo lo que tenga que ver con esta conversación.

¿Ha ocurrido algo?

¿Ha llamado el sheriff? ¿Les ha dicho alguien que me he acercado al río?

—Te hecho echado de menos en la cena familiar —dice papá—. Todo el mundo tenía muchas ganas de verte.

Digo que sí con la cabeza.

—Lo sé. Lo siento, tendría que haberos mandado un mensaje. Tenía que hacer una cosa.

—¿Más octavillas?

Vuelvo a asentir, sorprendido de que todavía no hayan mencionado mi intromisión en el lugar de la búsqueda. ¿Y si no lo saben?

—Pero no creo que hayáis venido a hablar de octavillas. ¿Qué pasa?

Se miran un momento a los ojos, como si se estuvieran consolando el uno al otro antes de arrancar una tirita. Vuelvo a tener náuseas. A lo mejor no es que me haya metido en un lío. A lo mejor es algo peor que eso.

Detrás de las gafas, los ojos de papi están enrojecidos, como si hubiera estado llorando.

Puede que, a fin de cuentas, esto no tenga nada que ver con el sheriff.

Papá se inclina hacia delante y respira hondo.

—Cariño, ha llamado el abogado. Creía... Creía que debíamos saberlo... Creía que debíamos decírtelo...

Papi le da un apretón en la pálida rodilla a papá y se me tensa el cuerpo entero.

«Lola ha llamado desde... California, Florida, Las Vegas, algún sitio. Se escapó y no va a volver a casa».

«Lola está en el hospital».

«Los secuestradores de Lola han pedido un rescate».

La mirada de ojos enrojecidos de papi se cruza con la mía.

—Mijo, han encontrado un cadáver.

Me doy la vuelta y poto en la papelera.

CINCO

MARY

Una hora más tarde, Wayne me sujeta la puerta de la comisaría y piso el exterior por primera vez en lo que me parecen días. En algún momento, desde que llegué a las instalaciones con el agente Bowman, ha llovido. Las gotas de agua titilan en el aparcamiento. El aire frío y cargado de humedad me eriza la piel de los brazos desnudos y me arrepiento de haberle devuelto la sudadera al policía.

La ciudad parece estar profundamente dormida. El centro comercial del otro lado de la calle, bajo y pequeño, está a oscuras. Hay varias farolas fundidas. Miro hacia uno y otro lado de la carretera, pero las únicas cosas que veo iluminadas son una gasolinera con un parpadeante cartel de veinticuatro horas y un motel desierto.

Wayne me rodea y se encamina hacia el único vehículo del aparcamiento que no es un coche patrulla: una furgoneta de trabajo gris, cubierta de manchas de óxido y pintura desconchada. Abre la puerta del pasajero y sonríe.

—¿Necesitas algo antes de que subamos a la cabaña?

Niego con la cabeza y me coloco a su lado para mirar hacia el

63

interior de la furgoneta. Para lo abollada y hecha polvo que está por fuera, el interior está casi nuevo. Sin embargo, sigo considerando que subirse a una furgoneta con un desconocido es una señal de alarma, aunque sea tu padre.

Se queda ahí plantado, con la mano en la puerta.

—¿Estás segura? Estaría bien que compráramos una caja de ibuprofeno, compresas de hielo... No sé muy bien qué habrá en la cabaña. Y quizá unas cuantas vendas, por si hay que volver a limpiarte alguno de los cortes...

—Vale, vale —digo—. Lo que creas que necesitemos.

—Perdona. —Frunce el ceño y se mira los pies—. No me malinterpretes. Sé que una tirita y una ducha no te solucionarán todo esto, pero no me separaré de tu lado hasta que vuelvas a descifrarlo todo. Juntos somos capaces de superar cualquier cosa. Incluso esto.

Una mezcla de sentimientos me forma un nudo en el estómago. Me siento agradecida, pero también aterrorizada. Siento alivio, pero también inquietud. Estoy contenta y perdida... No logro elegir un bando. Sé que está intentando reconfortarme, pero ni siquiera sé cómo referirme a él. ¿Lo llamo Wayne? ¿Lo llamo papá?

¿Busco una solución intermedia y lo llamo Pawayne?

—¿Te importa si te llamo Wayne?

—La verdad es que me va a sonar raro. Pero, si va a hacer que te sientas mejor, llámame como quieras.

Sonríe, aunque es una expresión diminuta y frágil.

Pues con Pawayne nos quedamos.

Señala la portezuela abierta.

—¿Lista?

El agente Bowman sale de la comisaría detrás de mí, cierra la puerta con llave y se las guarda en un bolsillo.

—Un momento. Hasta que todo cuadre, irá conmigo. —Me mira a los ojos y sonríe—. Seguiremos al señor Boone hasta la casa.

Miro primero la furgoneta y luego el coche patrulla. Una parte de mí desearía estar tranquila con Pawayne y acabar de una vez con todo esto, pero me alegro de que Bowman venga con nosotros. Me da un poco más de tiempo para adaptarme.

—Ningún problema —dice Wayne, que me arrastra de nuevo hacia la conversación—. Como le he dicho, haré lo que sea necesario. Aunque, como mínimo, deberías ponerte una chaqueta. Aquí fuera hace un frío que pela.

Mete la mano en el hueco que separa los asientos delanteros y me tiende algo.

Es una chaqueta vaquera, con los botones de color oro rosa y unas mangas florales en tonos pastel. Violetas, orquídeas y lilas sobre tela blanca, con hojas vintage. Contengo el impulso de fruncir el ceño. ¿Ahora resulta que me gustan las flores?

Me la pongo como si su aspecto no me inquietara. Ni siquiera soy capaz de ponerme una chaqueta sin tener sentimientos encontrados.

—Gracias.

—De nada.

—Iremos justo detrás de usted, señor Boone —dice Bowman, que me pone una mano en el hombro para guiarme hacia el coche patrulla.

Me despido de Wayne con un pequeño gesto de la mano.

—Nos vemos enseguida, peque.

Parece una promesa.

Nos acomodamos en el asiento delantero del coche patrulla y lo primero que hace Bowman es poner la calefacción. La sensación del calor en la cara me resulta agradable.

—No te preocupes por todo esto —dice al mismo tiempo que hace un gesto con el que pretende abarcar la comisaría y la furgoneta—. Solo nos estamos curando en salud. Ha tenido que rellenar un informe preliminar. He comprobado su carnet de conducir y su matrícula. No tiene órdenes de detención ni arrestos. En la casa le echaré un vistazo al papeleo, pero no es fácil falsificar un certificado de nacimiento. Si hay cualquier cosa que no me encaja, no me marcharé. Te lo prometo.

Me alegro de que, de todas las personas que podrían haberme encontrado, haya sido alguien tan majo como él.

—Gracias por ayudarme.

Me dedica una especie de reverencia.

—¿Lista para arrancar?

Me abrocho el cinturón de seguridad y me agarro a la bandolera. No paran de preguntarme si estoy lista. ¿Quién podría estar listo para un día así? Tengo la sensación de estar dándole un paseo de prueba a mi propio padre, como si estuviera pensando en comprarme un coche.

Asiento, y Bowman sale de su plaza de aparcamiento.

Enfilamos la calle principal, que está desierta, y los faros del coche patrulla iluminan la parte trasera de la furgoneta de Wayne. Giramos hacia la derecha cerca del pequeño motel de las afueras del pueblo y seguimos montaña arriba serpenteando por cinco o seis caminos, todos ellos idénticos a aquel en el que me desperté. Wayne conduce con cuidado, señalizando todos los giros, sin superar en ningún momento el límite de velocidad, y no sé si es porque lo está siguiendo un policía o si siempre es así de prudente.

Unos quince minutos de caminos llenos de baches más tarde, Wayne se adentra en un camino de entrada corto y aparca delante de una cabaña de madera. Nos detenemos detrás de él y me inclino hacia delante.

Unas escaleras conducen a un porche situado en la parte delantera de la casa. Hay dos ventanas grandes, una a cada lado de la puerta, con las cortinas echadas, pero no veo mucho más. La furgoneta bloquea la mitad de la luz de los faros del coche y, en esta montaña, cuando está oscuro, está muy oscuro. Ni siquiera distingo el borde del camino de entrada.

Da miedo.

Bowman acerca la mano a la manija de su puerta.

—Espera aquí mientras reviso la casa, ¿vale? Dejaré las puertas cerradas. Por si acaso.

Lanzo una mirada de pánico a la oscuridad que aguarda al otro lado de la ventanilla y retuerzo la correa del cinturón de seguridad entre las manos.

—¿Por si acaso qué?

Wayne tenía mi carnet escolar y un montón de fotos mías en el móvil. Ha aportado suficientes pruebas como para traernos hasta aquí. ¿Qué cree Bowman que va a pasar ahí dentro?

—Es el procedimiento habitual —dice, y me pregunto si me habrá visto el pánico en la cara—. Tu seguridad es mi principal preocupación.

En la realidad, estoy sentada en un coche patrulla, pero, en mi mente, las ramas de los árboles se estiran hacia mí con dedos amenazadores. Aprieto aún con más fuerza el cinturón de seguridad y lo miro directamente a los ojos.

—Por favor, no me dejes a oscuras. No quiero estar sola.

Me sostiene la mirada un instante, la desvía hacia la casa y suspira.

—Vale, pero no te muevas de mi lado.

Asiento y salimos; sin embargo, estoy más nerviosa que hace un minuto. Wayne rodea la parte delantera de la furgoneta justo cuando llegamos junto a ella. Sobre la puerta de la cabaña, se enciende una luz con sensor de movimiento que nos ilumina a los tres y el camino de entrada. La oscuridad retrocede hasta el límite del bosque y se queda allí merodeando como un ser vivo.

—Bienvenida a casa —me dice con una sonrisa.

Intento devolverle la sonrisa, pero mi «casa» parece bastante siniestra a las tres de la madrugada.

Sube los peldaños, abre la puerta delantera y desaparece en el interior. Dejo que el agente Bowman entre primero, pero lo sigo pisándole los talones. Wayne va dando vueltas por el salón encendiendo las luces y, unos segundos más tarde, todo resplandece. Me relajo un poco.

Me hace un gesto desde la cocina.

—Me he imaginado que esta noche no estarías de humor para sombras.

Le dedico una sonrisa de agradecimiento y me quedo inmóvil junto a la puerta mientras el agente Bowman revisa la cabaña. La estancia principal es abierta y pequeña, con una sala de estar junto a la puerta y una cocina al fondo. Todo es amarillo, desde los sofás a cuadros hasta la manta de croché que cubre el respaldo, pero huele bien. Como a caramelo o a algo dulce. Da mucho menos miedo por dentro que por fuera.

Una estufa de leña ocupa la esquina que tengo a la izquierda, descansa sobre una pequeña plataforma de ladrillo que también tiene encima un leñero y uno de esos estantes con un atizador y una palita.

En la pared que me queda a la derecha, hay cuatro puertas. Tres de ellas están abiertas. La primera parece un dormitorio y contiene una estructura de cama hecha de troncos con un colchón de matrimonio sin sábanas puestas. La segunda es un cuarto de baño. No llego a ver bien el interior de la tercera, y la última está cerrada con un pestillo por fuera.

—¿Qué es esto? —pregunta Bowman mientras le da unos golpecitos con los nudillos a la puerta cerrada.

—El sótano —responde Wayne—. La llave está abajo, pero, si quiere echarle un vistazo, podemos entrar por la puerta de atrás.

—Lo haré antes de irme —contesta Bowman, que continúa con su inspección.

Wayne deja las llaves sobre la isla de madera y estira los brazos.

—No es gran cosa, pero nos apañaremos mientras nos arreglan el suelo, ¿verdad?

De nuevo, siento una sacudida de familiaridad. No sé si es él o si es la cabaña, pero en todo esto hay algo que me parece... normal, así que los nervios se me calman un poco más.

—Sí, nos valdrá —le digo.

—Esa es mi habitación —dice, y señala con la cabeza la que tiene el colchón desnudo—. Esta es la tuya.

Se dirige hacia la tercera puerta y enciende la luz.

Miro a Bowman y, cuando lo veo asentir, cruzo la sala principal. Me apoyo en el marco de la puerta y me asomo al interior. El dormitorio es pequeño, pero tampoco puede decirse que sea un escobero. En una esquina hay una cama individual. Wayne está de pie junto a un escritorio de madera cubierto de libros viejos. La mayoría son volúmenes de ficción cristiana y tipo *Sopa de pollo para el alma*. No creo que sean míos.

Junto a la cama hay una mesilla con una única lámpara encima. En la pared del cabecero hay un póster motivacional con una playa y unas letras rosas en negrita que dicen «Don't Worry, Be Happy».

«Bueno, eso voy a quitarlo de ahí enseguida».

—¿Qué te parece? —pregunta Wayne mientras les sacude el polvo a los libros—. No estaremos aquí para siempre.

Me encojo de hombros. Es una habitación con cama cuando hace un par de horas pensaba que iba a dormir en una comisaría. No pienso quejarme.

—Yo la veo bien.

Wayne nos hace señas para que nos dirijamos a la cocina. Volvemos a la sala principal y se vuelve hacia Bowman.

—¿Qué le parece si voy a por el certificado de nacimiento y terminamos con esto? Tiene pinta de estar a punto de desplomarse.

Bowman me mira.

—Claro. ¿Dónde están los documentos?

—Los tengo aquí mismo.

Entra en el primer dormitorio y sale con un archivador de acordeón. Lo apoya sobre la isla, saca un papel y lo deja en la encimera.

Ahí está. Mary Ellen Boone. Nacida a las 10.56, el 11 de octubre en Newberg, Oregón. Tiene el sello de Oregón. También le pasa a Bowman mi tarjeta de la Seguridad Social.

El agente examina los documentos y se le relajan todos los músculos de los hombros. Casi alcanzo a ver la transición de potencial delincuente a padre cooperativo. Me mira.

—¿Todo bien?

Asiente con la cabeza.

—Sí, en cuanto me acerque al coche para pasar toda esta información por el sistema. ¿Quieres esperar aquí o me acompañas?

Me dejo caer en el sofá y me flaquea hasta el último hueso del cuerpo. Dios, qué cansada estoy.

—Aquí, por favor.

—De acuerdo. Volveremos enseguida. ¿Señor Boone?

Wayne me guiña un ojo y echa a andar delante de Bowman. Ambos desaparecen por la puerta delantera.

No llevo ni un minuto sentada cuando la barbilla se me cae hacia el pecho. Doy tantas cabezadas que no sé cuánto tiempo llevan ahí fuera, pero, en algún momento, la puerta vuelve a abrirse y Wayne entra en la cabaña con una enorme sonrisa dibujada en la cara.

—Ya pasó todo, peque.

Bowman entra detrás de él.

—Mary, todo encaja. Estos documentos son auténticos y estoy convencido de que hemos averiguado quién eres. No tengo ningún problema dejándote al cuidado de tu padre, siempre y cuando tú estés de acuerdo.

Echo un vistazo alrededor de la acogedora cabaña. Puede que Wayne me parezca un extraño, pero la parte lógica de mi cerebro me dice que no lo es. Las pruebas son abrumadoras. Estoy bastante segura de que las alternativa son, o el hospital, o quedar bajo custodia estatal, así que, en realidad, no tengo elección.

Sonrío.

—Sí, estoy de acuerdo. No quiero ir a ningún otro sitio esta noche.

—Yo tampoco —dice Wayne—. Necesitas dormir un poco y tal vez comer algo. ¿Qué me dices?

La puerta del baño me llama.

—La verdad, lo único que me apetece es darme una ducha y dormir.

—Pues adelante. Las toallas están en la estantería de encima del retrete. Siento que no tengamos tu ropa. —Señala las prendas sucias y desaliñadas que llevo puestas—. La llevabas toda en el coche, así que tendré que buscarte algo para que te cambies.

—Sí, vale. Me parece perfecto.

Bowman alarga la mano y deja una tarjeta de visita en el brazo del sofá.

—Pues, entonces, los dejo para que se instalen. Señor Boone, me pondré en contacto con usted cuando encontremos el coche y, Mary, llámame si necesitas algo, ¿vale? Hablamos pronto para ver cómo estás.

Sonrío y cojo la tarjeta.

—Genial.

Le estrecha la mano a Wayne y se va.

Un momento, después oigo el ruido del coche patrulla saliendo del camino de entrada. Por alguna razón, se me revuelve el estómago. El agente Bowman no se habría marchado si le hubiera cabido la menor duda. Me lo prometió. Pero me aferro con fuerza a la tarjeta de visita que tengo en la mano.

Wayne se encamina hacia la cocina. Abre la nevera y niega con la cabeza.

—¿Por qué no te metes en la ducha y entras en calor? Voy a volver a bajar al pueblo a por comida y a por lo que pueda encontrar en la tienda para curarte.

Me parece una idea buenísima. Aunque no creo que llegue a probar la comida. El mero hecho de mantenerme en pie requiere casi toda mi energía.

—Buen plan.

Sonríe y coge las llaves de la encimera.

—¿Quieres que te deje la puerta cerrada con llave?

—Sí, por favor —digo, y un escalofrío me recorre la espalda.

—Vale. Y oye, Mary...

Me detengo a medio camino del baño y me vuelvo hacia él.

—Me alegro mucho de que hayas vuelto a casa, peque.

La sinceridad que le impregna la voz me arranca una sonrisa auténtica.

—Yo también.

Antes de entrar en el cuarto de baño, dejo la chaqueta sobre el respaldo del sofá y me quito las zapatillas llenas de mierda sin tocarlas con las manos. El baño se parece mucho al resto de la casa: colores artificiales y chillones y distintos tonos de madera por todas partes. Hay un lavabo de pedestal, un retrete y una combinación de bañera y ducha con una ventanita. Dejo la tarjeta de visita de Bowman en el alféizar.

Me despojo del resto de la ropa sucia y me doy la que probablemente sea la mejor ducha de mi vida. El agua caliente me corre por la piel y, por primera vez en el día, vuelvo a sentirme viva. Como si estuviera experimentando en lugar de dejándome llevar. Subo la temperatura del grifo y el agua se lleva la sangre, la suciedad y las peores partes de este día insoportable.

Me imagino que todo el caos desaparece por el desagüe.

Bueno, puede que no todo.

Intento no mirar los moratones que me nacen en las rodillas y en los brazos. Fantasmas azules y morados que me dibujan en los músculos un dolor que ni siquiera el agua caliente llega a tocar.

Los accidentes de coche son un asco.

El agua caliente se me acaba mucho antes de que se me acabe el caos. Ya estoy casi seca cuando recuerdo que no tengo ropa limpia. Sin embargo, cuando asomo la cabeza hacia el exterior del baño, me encuentro un pantalón de chándal demasiado grande y una camiseta negra sujetos al otro lado del pomo. También hay un par de calcetines limpios. Y me han colgado la chaqueta del gancho que hay junto a la puerta. Las zapatillas manchadas de sangre han desaparecido.

Wayne ha debido de colocarlo todo antes de marcharse; estoy tan agradecida que me entran ganas de llorar. Me lo pongo todo, sin importarme que nada sea de mi talla. Está limpio, y eso es lo único que necesito esta noche.

Con aire distraído, limpio el vapor del espejo con la toalla antes de colgarla —¿será una vieja costumbre?— y, una vez más, mi reflejo me deja paralizada.

Esta es mi cara. Es la misma que la del reflejo de la comisaría, aunque en una versión más limpia. Con las mejillas más rosadas. La imagen de los dos ojos morados es muy llamativa, pero no es lo más impactante. Lo más impactante es la cara. Sigo sin conocerla.

¿Cómo es posible que no reconozca mi propio rostro?

Se me revuelve el estómago.

Me alejo del espejo y recojo la ropa sucia y la tarjeta de visita. Wayne todavía no ha vuelto. Me dirijo a mi habitación, donde descubro que también me ha hecho la cama. Unas sábanas de punto increíblemente suaves cubren el colchón bajo un edredón de plumas blanco, enorme y mullido que pesa una tonelada y huele a sueño reparador. La amabilidad de estos sencillos gestos está a punto de hacer que lo poco que queda de mí se derrumbe. Dejo la ropa sucia junto a la puerta, apoyo la tarjeta de visita de Bowman en la base de la lámpara de flores y empleo la escasa energía que me queda para meterme en la cama.

En mi cama.

La cama de Mary.

Cierro los ojos y me echo a llorar. Las lágrimas fluyen como un torrente. Da igual lo mucho que me arrebuje en las sábanas, el tiempo que pase en la ducha o cuántos cerrojos haya en la puerta delantera: sin mis recuerdos, me siento expuesta. No puedo sentir como propios ni mi nombre ni mi cara.

—Soy Mary Ellen Boone —le susurro a la oscuridad—. Mary. Me llamo Mary.

Y sigo llorando hasta quedarme dormida.

SEIS

MARY

Varios destellos de una zanja larga y oscura me despiertan medio segundo antes de que abra los ojos. El pánico me recorre el cuerpo de arriba abajo y separo los párpados rasposos de golpe... Pero no estoy a oscuras. Levanto la mirada hacia los troncos lisos y semicirculares que recubren el techo. La luz del sol entra a raudales por una ventana y se refleja en el puñetero póster de la playa.

Don't Worry, Be Happy.

Me incorporo con cautela y los acontecimientos de anoche me pasan a toda velocidad por la cabeza como un espeluznante resumen televisivo del que podría haber prescindido a la perfección. Se me vuelven a llenar los ojos de lágrimas, pero respiro hondo para detenerlas. Lo último que necesito es la segunda ronda del festival de la pena negra.

No. Tengo que dejar de llorar. Tengo una vida que reconstruir.

Bajo las piernas por el lateral de la cama y me estiro. Las articulaciones me chirrían como bisagras oxidadas, pero el estiramiento ayuda. Me pongo de pie y no siento ninguna molestia externa. Es más bien un dolor sordo que me ocupa casi todo el interior cuerpo.

Supongo que no es una opción mucho mejor.

El inconfundible aroma del desayuno se filtra por la rendija que queda bajo la puerta, y el estómago me ruge a modo de respuesta. Abro de golpe la puerta de mi habitación y sonrío. La cabaña huele a cosas que quiero comerme tan rápido como sea humanamente posible: huevos revueltos, salchichas de arce, mantequilla, tostadas.

La estufa de leña del rincón está a reventar de llamas, sin duda la han recargado hace poco, y desprende un calor que me relaja al instante.

Wayne me mira desde la isla de la cocina y sonríe. Lleva cortadas la mitad de una caja de fresas.

—Porras. Quería tenerlo todo listo antes de que te despertaras.

Me fijo en la encimera. Hay una fuente con huevos revueltos junto a un revoltijo de cuencos y cáscaras de huevo. Sobre el fogón, un montón de salchichas cortadas en forma de medallón, llenas de hinojo y grasa, chisporrotean en una sartén de hierro fundido.

Se me hace la boca agua. Me siento en el taburete que hay frente a él.

—Bonito fuego.

Asiente y vuelve a cortar fresas.

—Sé lo mucho que odias pasar frío. Además, aquí a veces se forman corrientes.

Coloca el cuenco de fresas limpias junto a los huevos.

La normalidad de la situación resulta reconfortante. Como si no me hubiera despertado en una zanja hace unas diez horas.

—¿Tienes hambre? —me pregunta Wayne.

—Muchísima.

Mi estómago emite un ruido que recuerda al gimoteo de un perro.

Se ríe y se da la vuelta hacia los fogones para remover un enorme vaso medidor con lo que parece masa para tortitas.

—Coge lo que quieras. Las tortitas estarán listas dentro de un segundo.

No necesito que me lo diga dos veces. Me sirvo una buena cantidad de huevos y salchichas en el plato. Ataco primero las salchichas y Ay. La. Leche. Es como si me hubiera olvidado de cómo sabía la comida. Las devoro en menos de un minuto.

—No lo decías de broma —dice tras volverse para mirarme. Luego, vierte la masa de las tortitas en una sartén limpia—. Estás recuperando el apetito. Eso es buena señal.

—Gracias por preparar todo esto.

Señala el banquete con la espátula.

—Los desayunos son lo nuestro. No podía perder la oportunidad de ofrecerte un pedacito de normalidad, aunque esta cocina no sea tan moderna como la de casa.

«¿Los desayunos son lo nuestro?». Debería preguntarle al respecto, porque podría arrojar más luz sobre la vida que llevo, pero estoy demasiado ocupada poniéndome morada de huevos. También me sirvo unas cuantas fresas en el plato. Están un poco aguadas, pero no tengo ni la menor intención de quejarme.

Wayne deja un plato de tortitas sobre la isla y se llena el suyo de comida.

—¿Te encuentras mejor?

Asiento con la cabeza porque, llegados a este punto, nada puede impedir que siga atiborrándome. Cojo un par de tortitas y me rasco un picor en el cuello.

—Me alegro. Creo que hoy pasaremos el día aquí. Puedes ver

la tele y descansar. No tenemos que ir a ningún sitio y es importante que dediques tiempo a recuperarte. ¿Qué te parece?

Empiezo a responder, pero tengo algo atascado en la garganta. No. No tengo nada atascado.

Intento aclararme la garganta, librarme de la sensación, pero persiste. Un picor serpenteante se me abre paso por la boca y me baja por el cuello. Me rasco la piel con las uñas.

¿Qué está pasando?

Carraspeo otra vez y el picor me se extiende por los brazos. Bajo la mirada y me quedo de piedra. Tengo los antebrazos cubiertos de ronchas recién formadas.

Wayne da un respingo y me agarra el brazo. Examina las ronchas, con la cara blanca como una sábana, y luego mira hacia la encimera.

—¿Te has comido los huevos?

Asiento con la cabeza.

No camina, corre hacia una bolsa de papel marrón que hay junto a la puerta delantera y desparrama su contenido por el suelo: vendas, antiácidos, omeprazol, tampones, ibuprofeno, analgésico, agua oxigenada, bastoncillos de algodón, crema antiinflamatoria, pomada antibiótica, calmante para picaduras de insectos. Es como si hubiera metido todo el pasillo de medicamentos de primeros auxilios en un carrito. Coge una caja del suelo y vuelve corriendo hacia mí, blandiendo un antihistamínico líquido extrafuerte como si fuera el santo grial.

Me tomo la dosis que me da. El picor es como si me estuvieran dando pequeños alfilerazos por el interior de la boca, y las ronchas hacen que quiera arrancarme la piel a tiras.

Wayne me trae agua y me frota la espalda entre los omóplatos. Parpadeo una y otra vez y respiro entrecortadamente hasta que sus palabras vuelven a tener sentido.

—... perdón, lo siento muchísimo. Tendría que haber prestado más atención —dice. Parece muy disgustado—. He hecho el desayuno en piloto automático. Los huevos eran para mí, ni siquiera se me ha pasado por la cabeza la posibilidad de que no recordaras que no puedes comerlos. Perdóname.

Huevos. Soy alérgica a los huevos.

Vale, pues... la parte mala es que las ronchas son lo peor. Lo parte buena es que sé una cosa más sobre mí.

Wayne me traslada al sofá y, al cabo de unos instantes, el medicamento hace efecto. El picor de la garganta empieza a desaparecer, pero muy despacio. Las ronchas dejan de extenderse, pero persisten. A lo largo de la siguiente hora, más o menos, el picor va disminuyendo hasta dejar de ocuparme toda la mente, pero con el alivio llega la somnolencia y un autodesprecio que no me esperaba.

¿Para qué valgo si ni siquiera soy capaz de acordarme de a qué soy alérgica?

Wayne revolotea a mi alrededor trayéndome agua, paños fríos y preguntándome cada dos minutos qué necesito, hasta que al final le pido que se siente y se calme porque me está haciendo sentir peor. Esto no es culpa suya, es mía. No me ha hecho comer a la fuerza un alimento que me da alergia.

Se sienta en la mesita de café frente a mí y se le hunden los hombros.

—Estaré más atento, te lo prometo.

—¿Es siempre así? ¿Cuántos ataques de alergia he tenido? —pregunto con la voz ronca.

Desvía la mirada.

—No lo sé. Puede que cinco o seis antes de que tu madre y yo te hiciéramos la prueba. Eras pequeña.

Me miro las ronchas del brazo.

—¿Necesito un autoinyector de epinefrina?

Parece sorprendido.

—Hum, no. No que yo recuerde. Siempre te ha picado y molestado, pero no es un peligro mortal.

Quiero hacerle más preguntas sobre el tema, pero se me cierran los ojos y, antes de que me dé cuenta, el sol forma un ángulo distinto al entrar a través de las ventanas. Miro el reloj. He perdido una hora. Encuentro a Wayne en la cocina, preparando un plato de tostadas.

—No te preocupes, esto no te hará daño —me dice—. ¿Por qué no te lo comes y te vuelves a la cama a dormir hasta que se te pasen los efectos?

Me ayuda a levantarme y acepto el plato, aunque comer es lo último que me apetece ahora mismo.

—Gracias.

Me tumbo en la cama y él cierra la puerta de mi dormitorio con suavidad. Caigo rendida antes de que me dé tiempo a pensar en la rapidez con la que ha empeorado la mañana.

Que le den por culo a la inútil de mi memoria. Y a esos huevos.

Me despierto varias horas después y, sorprendentemente, siento la boca casi normal. Desde luego, ya no está llena de gusanos que pican. Estoy agotada, eso sí.

Ya son las tres de la tarde. No quiero cambiarme el horario y pasarme despierta toda la noche, así que me obligo a salir de la cama. Casi me esperaba encontrarme a Wayne acampado delante de la puerta de mi habitación, pero la cabaña está vacía. Todos los postigos están echados. Tiro las tostadas intactas a la basura y veo una nota en la isla, sujeta bajo un bolígrafo de latón.

Hola, peque:

*Si te despiertas antes de que vuelva, he tenido
que salir a hacer recados y a la comisaría para hablar
de lo de tu coche. Volveré en un rato. Ponte Netflix
y quédate en casa, que aquí no pasas frío. El mando
está en la mesita. He cerrado la puerta.*

Papá

Suelto la nota y respiro hondo. Puede que Wayne vuelva y me diga que han encontrado el coche y todas mis cosas. Al menos entonces tendría ropa de mi talla. Si sigo mirando el lado bueno de las cosas, todo irá bien.

Abro la nevera y me encuentro una fiambrera llena de restos de salchichas. No me molesto en calentarlos. No es que tenga mucha hambre, solo es que me apetece volver a disfrutar de algo, porque esos huevos me han absorbido toda la alegría. Estas salchichas son el punto álgido de mi día.

Y no pasa nada.

Mañana será distinto.

Lo importante es que tengo un mañana. Sé quién soy. El resto ya llegará.

Me dejo caer en el sofá mientras como, pero no encuentro nada que ver en la tele. Sobre todo porque el *streaming* tiene tantas opciones que me estreso. No me acuerdo de qué he visto ya y qué no.

Cuando termino con las salchichas, dejo la fiambrera en el fregadero. ¿Cómo suelo entretenerme? ¿Venimos a esta cabaña a menudo, aunque no nos estén renovando la casa? ¿Qué hago cuando estoy aquí?

Abro los postigos de una de las grandes ventanas que dan al patio y miro hacia el exterior.

El camino de entrada da mucho menos miedo a la luz del día. De hecho, no da ningún miedo.

La grava está bordeada de macetas vacías hechas con barricas. Porque es noviembre y todo está muerto. La suave luz del sol se filtra entre las nubes e ilumina el patio lateral a trozos. De repente, me entran ganas de salir de la cabaña y echar un vistazo.

Miro mi chaqueta, que sigue colgada junto a la puerta en todo su esplendor floral y rosa oro, cojo la manta amarilla del sofá y me la echo sobre los hombros. Huele a polvo, pero da igual. Me abrigará y es menos... florida. Junto a la entrada, me calzo un par de botas de lluvia que ni por asomo son de mi talla y abro los cerrojos. Al principio, la hoja no cede, hasta que me doy cuenta de que me he olvidado de la cerradura del pomo.

Una ráfaga de aire fresco me sacude el cansancio en cuanto abro la puerta. Salgo al porche con un poco más de energía que antes.

Los escalones gimen bajo mis pies, la madera vieja cruje contra los viejos tornillos. Doy la vuelta a la fachada de la casa y me quedo parada de golpe. Un río precioso me lanza destellos desde detrás la parte de atrás de la casa. ¿Cómo es posible que no me haya dado cuenta de que aquí atrás había un río? Aunque es cierto que Wayne dijo que era una cabaña de pesca...

Me dirijo hacia el agua color pizarra.

El patio lateral es casi tan ancho como la casa, pero no está todo al mismo nivel. Al final del camino de entrada, el suelo se inclina y desciende hasta quedar a la altura de los cimientos y una puerta de metal gris. Debe de ser la entrada al sótano. El lado izquierdo del patio es todo árboles y una enorme pila de leña cubierta por una lona verde. Más allá de la casa, el terreno vuelve a descender hasta el borde del agua. Junto a la orilla, la hierba prácticamente muerta se convierte en maleza y hojas caídas.

Me detengo justo antes de mojar las botas que he cogido prestadas. Si pensaba que la vista del río era bonita desde la casa, aquí abajo me parece impresionante. El agua centellea mientras avanza río abajo y las ramas bajas de los árboles se arrastran por la corriente. Una brisa que huele a finales de otoño y a cosas mojadas me susurra en la cara. Las cadenas de un banco balancín hecho de madera crujen, colgadas de un tablón atornillado a dos árboles cercanos al agua. Parece viejo. Puede que aguante mi peso, pero seguro que me clavo unas cuantas astillas. Me acerco.

Creo que es posible que me gusten este tipo de bancos.

Hago fuerza contra el asiento con ambas manos para probar la resistencia de las cadenas. Como no se rompe nada, me siento y me limito a existir. Me arrebujo la manta alrededor de los hombros y observo a los pájaros que se lanzan en picado a pescar pececillos del río. Sonrío y respiro durante lo que me parece un rato muy largo.

Tan largo como para asustar a Wayne, por lo que se ve.

—¿Mary?

Su voz me llega desde el otro lado del patio, teñida de preocupación.

Me doy la vuelta en el banco, pero no lo veo. El montón de leña se interpone entre la casa y yo. Me pongo una mano a cada lado de la boca y grito:

—Aquí abajo. Junto al río.

Aparece un instante después. El alivio hace que se le hundan los hombros.

—¿Qué haces aquí fuera? Deberías estar dentro.

—¿Por qué? Esto es precioso.

Wayne continúa andando y se detiene junto a uno de los árboles. Sonríe y mira hacia el agua.

—Supongo que tienes razón. Me sentaré contigo, pero solo un minuto. Hace frío y, con todo lo que tienes encima, lo último que necesitas es ponerte enferma.

Acepto el trato. Me desplazo hacia un lado para hacerle sitio y se sienta a mi lado en silencio. Pero la serenidad no es la misma ahora que hay otra persona. El silencio se hace pesado.

—Oye —digo—, ¿cómo te han ido los recados?

Hace un gesto de indiferencia.

—Bien. He encontrado casi todo lo que andaba buscando. Todavía no hay ni rastro de tu coche. El agente Bowman dice que siguen buscándolo.

Bueno, pues se acabó mi sueño. Supongo que tendré que conformarme con la ropa de Wayne.

—Seguro que al final lo encuentran.

Sin embargo, me pregunto cómo será eso de rebuscar en cajas llenas de mis cosas. ¿Las sentiré como mías? ¿O será todo como esa chaqueta de flores y me desconcertará aún más?

—¿Tienes alguna pregunta para mí? —dice Wayne al cabo de un rato—. Mientras estamos aquí sentados, quiero decir. ¿Hay algo que quieras saber sobre nuestra vida?

Arqueo una ceja.

—¿Le estás pidiendo a la persona que no recuerda nada que te haga preguntas... sobre la vida que no recuerda?

Suelta una carcajada.

—Tienes razón. ¿Y si te cuento lo básico, a ver si así se te refresca la memoria?

Me encojo de hombros.

—Sí, por qué no.

—Vale, a ver. —Se recuesta contra el respaldo del columpio y me releva en el balanceo, lo cual me permite recoger las piernas y doblarlas sobre el asiento—. Estás en el último curso del instituto. Eres muy buena estudiante. Bastante casera, la verdad es que no te van nada las fiestas ni ese tipo de cosas. Y pasas mucho tiempo leyendo. En tu coche hay un montón de libros. Todos decentes, por supuesto, nada vulgar.

«¿Nada vulgar? ¿Qué quiere decir eso?».

Supongo que eso explica todos los de Sopa de Pollo que hay en mi habitación.

Se impulsa de nuevo y nos balanceamos un poco más alto.

—Yo trabajo desde casa, casi siempre. Nos ha ido muy bien para tu escolarización en casa porque, por lo general, siempre estoy para ayudarte si lo necesitas, aunque no sueles necesitarlo. Eres hija única, pero no a propósito. Tu madre y yo queríamos tener más hijos, pero las cosas no siempre salen exactamente como uno quiere.

—¿Dónde está mi madre?

Wayne frunce el ceño y baja la mirada hacia su regazo.

—Hace tiempo que ya no está con nosotros. Quedamos solo los dos. Tanto sus padres como los míos murieron antes de que tú nacieras, así que somos una familia pequeña. Pero nos las arreglamos.

Vuelvo a mirar hacia el agua. Caramba, eso es triste de narices. Y una putada, porque ahora echo de menos a muertos a los que no recuerdo.

—¿Cómo murió?

—En un accidente de coche. Cuando tenías nueve años. Por eso anoche estaba tan alterado. Me diste un susto de muerte. Pensé que también te había perdido.

Vuelvo a sentir una opresión en la garganta, pero esta vez no es a causa de la alergia.

—Lo siento.

Alarga la mano y me da un apretón suave en la rodilla.

—No es culpa tuya. Soy yo el que siente todo lo que estás pasando. No puedo ni imaginarme lo difícil que debe de ser no acordarte de tu vida, y me estoy fustigando por haberte dejado conducir esa chatarra de coche. Cuando volvamos a casa, te compraré uno mejor. Te lo prometo.

Asiento, aunque en realidad me da igual que me compre un coche nuevo. Ni siquiera estoy segura de si recuerdo cómo se conduce.

Seguimos contemplando el río y este silencio parece un poco menos incómodo. Pienso en la madre muerta cuya imagen no soy capaz de evocar.

Supongo que puedo añadirlo a la lista de hechos sobre mí que he recopilado hasta ahora: Mary Ellen Boone. Diecisiete años. Buena estudiante. Último curso de instituto. Lizzo. Alergia a los huevos. Chaqueta de flores. Madre muerta.

Este último dato es casi tan deprimente como verme obligada a tener que elaborar una lista así.

—Me gustaría saber cuánto tiempo falta —dice Wayne.

Lo miro con los ojos entornados.

—¿Cómo dices?

—Hasta que recuperes la memoria.

—Yo también lo he estado pensando. No sé si volverá poco a poco o de golpe. A lo mejor nunca...

No consigo terminar la frase. No quiero ni imaginarme lo que sería vivir así para siempre, sin llegar a conocer nunca qué hubo antes.

—Volverá. Es solo cuestión de tiempo —dice, y se pone de pie—. Venga, vamos dentro. No tardaré en ponerme a hacer la cena y tengo una sorpresa para ti.

No estoy de humor para más sorpresas, pero empiezo a tener frío, así que lo sigo hasta el interior de la casa.

Una vez dentro, coge una bolsa de papel marrón del sofá y me la tiende con una gran sonrisa.

—Te he comprado unas cuantas cosas en la tiendecita del pueblo. Unos *leggings* y unas camisetas. He pensado que, hasta que encontremos el resto, te gustaría tener algo realmente tuyo, ¿no?

Clavo la mirada en el fardo de algodón que contiene la bolsa y vuelvo a notar el escozor de las lágrimas en los ojos. Ni siquiera he tenido que pedirle que me lleve a comprarme ropa. Ya se ha encargado él.

—Gracias, Wayne. Es todo un detalle.

—Por ti, cualquier cosa, mi niña Mary —dice.

Estira la mano y echa el cerrojo de la puerta que tengo detrás para volver a encerrarnos en la cabaña.

SIETE
DREW

El señor Moore nos está soltando un rollo sobre no sé qué hombres muertos que hicieron algo importante en algún momento de la historia.

No puedo dejar de mirar el pupitre vacío de Lola, a mi lado. Parece un agujero negro.

Seguro que sus huellas dactilares siguen estando ahí. Grabadas en la parte inferior, donde agarraba el reposabrazos para ponerse de pie cuando sonaba el timbre. Después, estiraba la espalda antes de levantar del suelo su bolso bandolera de color rosa dorado y echárselo al hombro.

Yo intentaba llevárselo, pero ella se negaba diciendo que era igual de fuerte que yo, y entonces le hacía algún comentario tonto sobre que ya me lo daría cuando se cansara. Sin embargo, Lola era capaz de arrastrarlo detrás de ella con tal de no pedirme que se lo llevase y reconocer que tenía razón.

Cuando las cosas eran normales.

Antes de que yo lo jodiera todo.

El señor Moore se sienta a su escritorio y abre un libro de texto. El resto de la clase lo imita, pero yo ni me molesto. No puedo pensar en nada que no sea en el cadáver del bosque.

Ha resultado ser de una excursionista que se había caído por un barranco. Lo han dicho esta mañana en las noticias. Una estudiante de la Universidad de Oregón a la que han encontrado junto a otro excursionista. Lejos del embarcadero.

No era Lola. Pero podría haberlo sido.

¿Dónde leches está?

Alguien carraspea y levanto la vista, sobresaltado. El señor Moore se acerca y se apoya en el borde del pupitre que tengo delante. El resto del aula está vacía. No debo de haber oído el timbre.

—¿Qué haces, Drew?

El señor Moore es joven. Es de esos que cuelgan vídeos de baile en las redes sociales y se afeitan la cabeza a propósito. De esos profesores que llevan chalecos de lana de modo irónico y los combinan con gafas de sol de aviador. Porque es el profesor guay y cercano. O lo que sea.

—Perdón, no me he enterado.

Recojo mis cosas lo más rápido posible. Hoy no voy a ir a más clases. No voy a hacer nada útil, no cuando no consigo parar de imaginarme el cuerpo destrozado de Lola en el fondo de algún barranco.

Me estremezco y paso a su lado a toda velocidad.

Ya estoy casi en la puerta cuando me dice:

—Quizá deberías replantearte lo de cooperar con la policía. Todos necesitamos poner un punto final a esta historia, ¿no te parece?

Me paro en seco.

—¿Perdone? —Me doy la vuelta para mirarlo. La indignación me arde en el pecho y hace que la pregunta me salga en un tono más alto del que pretendía—. ¿Qué se supone que significa eso?

Se cruza de brazos.

—Significa lo que significa. Necesitamos poner punto final, sobre todo sus padres, y le harías un favor a toda la ciudad contando la verdad sobre lo que pasó.

Sí, eso me había parecido que quería decir.

—Lo siento, ¿me perdí el día en el que el Departamento de Policía lo nombró su representante? Creía que su labor era apoyar a sus alumnos, no coaccionarlos para que hagan confesiones falsas.

Pero ni siquiera he terminado de pronunciar estas palabras cuando me doy cuenta de que se ha trazado una línea. El señor Moore está intentando apoyar a sus alumnos... A sus otros alumnos. Y a Lola. Todos ellos están en un lado de esta tragedia. Yo estoy en el otro.

Niego con la cabeza.

—¿Sabe qué? ¿Por qué no hace otro vídeo de baile pasado de moda y deja de tocarme los cojones?

El señor Moore da un paso atrás, con los ojos abiertos como platos, como si esa fuera la última respuesta que se esperaba de mí, aunque es la única que se merece. Salgo del aula antes de que pueda soltarme un sermón sobre las palabrotas. O castigarme.

Si antes ya pensaba que no quería saber nada más del instituto por hoy, ahora lo tengo más que claro.

Me encamino hacia el pasillo de la parte trasera del edificio, dejando atrás hileras de taquillas que alternan el dorado y el azul eléctrico, y le lanzo una mirada asesina al enorme mural del pelícano que hay en la pared de al lado de la cafetería. Los pelícanos de Washington City. Es una mascota ridícula. Lola siempre odió a ese pájaro asqueroso.

Odia. Lo odia.

Presente de indicativo.

Paso junto a la pared de ventanas que enmarcan el estudio de Arte y, al instante, siento que unos ojos se me clavan en el cuerpo. Casi espero ver a toda la clase fulminándome con la mirada.

Pero solo es Autumn, la de los ojos de lince.

A esta hora, el estudio de Arte se utiliza para el diseño de moda. Está sentada a su pequeña máquina de coser en la primera fila, junto a doce personas más, mutilando unas cortinas. Bueno, el resto de la clase las está mutilando. La creación de Autumn tiene muy buena pinta. Floral y colorida, con tiras de encaje en los bordes.

Me observa desde su puesto de trabajo, forma una uve con los dedos y los mueve de sus ojos a los míos. «Te estoy vigilando». O, teniendo en cuenta que es Autumn, «Te estoy vigilando, pedazo de mierda gigante. Ven aquí para que pueda coserte la mano a esta cortina».

Pienso en enseñarle el dedo del medio, pero, por mucho que me toque las narices, ella también está sufriendo.

La entrada lateral aparece ante mí, y ya estoy pensando en qué debería decirles a mis padres si llaman del instituto para explicarles que me he pirado cuando algo me llama la atención y me detengo de golpe.

Mi taquilla se encuentra en el tramo de pared que separa la entrada lateral de la cafetería y ahora mismo está forrada con mis octavillas con la foto de Lola. La cubren entera, de arriba abajo, y ocultan por completo el metal azul que hay debajo. Alguien ha escrito la palabra «Asesino» en el centro, con unas letras del tamaño de mi cara.

«No se puede ser más cabrona». Autumn es la única que tendría pelotas para hacer algo así.

Me acerco y las arranco, rompo cada una de las octavillas en pedacitos que se esparcen por el suelo de linóleo. Empujo las hojas de la puerta lateral con demasiada fuerza y se estampan contra el exterior del edificio. Todos los alumnos de Educación Física que fingen jugar al béisbol en el campo se vuelven para mirarme, pero me da igual. Me dirijo hacia el aparcamiento a grandes zancadas, cagándome en el nombre de Autumn para mis adentros.

¿Qué coño le pasa a esa tía?

Todo el mundo da por hecho que la hija del sheriff tiene acceso a todo tipo de información privilegiada, y eso significa que, cada vez que hace una mierda de estas, las acusaciones hacen saltar mi vida por los aires. No tengo ni idea de cuánto tiempo ha estado eso pegado a mi taquilla, pero está claro que volveré a tener a todo el instituto lanzándome puñales con la mirada. También explica que el señor Moore haya intentado sonsacarme la verdad. Más focos dirigidos hacia donde no deben, lo cual hace que Lola corra aún más peligro.

Se me forma un nudo en la garganta. Espero que a Autumn se le pille el pelo en la máquina de coser.

Veo una imagen mental de Lola. Recorriendo esta misma ruta en dirección a mi coche después de clase. Con el brazo rodeando al mío. Sonriendo ante las bromas tontas de Max. Burlándose de mí por haberme estresado tanto por un parcial.

Es como caminar con un fantasma.

¿Y si no vuelve a casa nunca?

Se me revuelve el estómago y me entran ganas de vomitar aquí mismo, en la acera. Me saco el móvil del bolsillo, desesperado por cualquier rastro de la chica real, viva. De cuando no era una silla vacía, un santuario o una cara en un póster.

Deslizo el dedo por la pantalla hasta encontrar el nombre de Lola y abro los últimos mensajes que me envió.

Los últimos mensajes que le envió a cualquiera.

21.10

Lola: ¿Puedes venir a buscarme? Mis padres son unos capullos. No lo aguanto.

Yo: Claro. No tardo nada. Podemos ir a comer algo
   si te apetece.
Lola: Gracias. ¿Dónde quieres comer?
Yo: No sé. Donde sea.

Y luego, después de haberme pasado otros treinta y cinco minutos jugando a videojuegos porque soy un capullo:

21.46
Lola: ¿Al final vas a venir?
Yo: Sí. Llego en quince minutos.
Lola: OK. Te quiero.

Un destello de lo que ocurrió a continuación hace que me tiemblen las manos. La imagen de una Lola feliz que tenía en la mente se transforma en lágrimas y una rabia absoluta cuando cierra con brusquedad la puerta del pasajero y se aleja hecha una furia. Me aprieto los ojos con el dorso de las manos hasta que empiezan a dolerme para poder concentrarme en el malestar y no en la expresión de la cara de mi novia.

El chirrido de los neumáticos de un coche me llama la atención. Me detengo en medio del camino de entrada del instituto. Vuelvo a subirme de un salto a la acera y una señora en un monovolumen me esquiva por los pelos. Ni siquiera para. Sale a toda velocidad del aparcamiento, como si fueran a detenerla por estar a punto de atropellar a un alumno.

O a lo mejor iba a por mí. Hoy ya me creo cualquier cosa.

Avanzo a toda prisa hacia mi coche antes de que a alguien más le dé por atacarme. O, peor aún, de que alguien me haga volver dentro. Pero llego a la plaza donde he aparcado y giro sobre mí mismo.

Mi todoterreno no está. Echo un vistazo al resto del aparcamiento con la esperanza de no haberme fijado bien en dónde aparcaba, pero no. No está.

Desbloqueo el móvil para llamar a mis padres y me encuentro varios mensajes suyos en nuestro grupo de chat. En mi urgencia por culparme por el pasado, no me había fijado en mis notificaciones. Leo en diagonal una decena de mensajes, fragmentos alternos de la misma historia, y capto lo esencial al instante. Esta mañana, el sheriff ha presentado una orden de registro de mi coche. Y se lo han llevado.

Ambos se ofrecen a recogerme, pero estoy tan asqueado que apenas consigo leer sus mensajes.

¿Por qué iba el sheriff a hacer algo así? ¿Por qué ahora? No lo entiendo. Han sido cinco semanas de preguntas y abogados, pero, hasta ahora, nadie había registrado mi coche. Ni mi casa. Lo cual significa que no debían de tener motivos para conseguir una orden, ¿qué ha cambiado? ¿Qué tienen ahora que no tenían hace cinco semanas?

El calor me sube por el cuello y me recorre la cara.

Echo a correr por el camino de entrada del instituto y les envío a mis padres un mensaje diciéndoles que prefiero ir andando y que no se preocupen. De todos modos, no saldrán del trabajo hasta dentro de un par de horas.

Me detengo al final de la calzada. La calle Mayor se extiende tanto a mi derecha como a mi izquierda. Si cruzo y atravieso ese barrio, llegaré a casa, aunque algo me detiene.

Si giro a la izquierda y sigo caminando unos cuantos kilómetros, acabaré en el río. Otro lugar en el que no debería estar. Sobre todo después de lo de ayer. Pero la presencia de Autumn en clase significa que hoy no debe haber partidas de búsqueda.

No quiero estar solo en casa. En realidad, tampoco quiero

estar en el lugar responsable de mis peores recuerdos, pero necesito caminar para liberarme de esta rabia y el embarcadero era nuestro lugar. El último lugar en el que experimenté algún atisbo de paz, calma, felicidad y sosiego. Quiero recuperarlo, pero no sé cómo.

Obedeciendo a un impulso, me encamino hacia la izquierda, ya sea en busca de castigo o de absolución.

Solo he recorrido un kilómetro y medio desde que salí del instituto cuando un coche de policía se detiene a mi lado.

OCHO

DREW

No tengo que levantar la vista para saber quién es. Gruño cuando bajan la ventanilla del conductor, sin embargo, no dejo de andar. El coche patrulla me iguala el paso para seguirme.

—¿Adónde vas, chaval? —grita el sheriff Roane desde el otro lado del carril que nos separa.

Su voz áspera hace que se me tensen los hombros. Esbozo una sonrisa forzada.

—A dar un paseo. Dicen que los adolescentes no hacemos suficiente ejercicio, así que hoy... elijo la salud. —Les lanzó una mirada mordaz a él y a su barriga cervecera—. Debería plantearse aparcar el coche y seguir mi ejemplo.

Frunce el ceño.

—Eres un listillo.

—Sí. Bueno, ¿qué le trae por esta zona de la ciudad, Roane? ¿Tiene que confiscarme también los zapatos?

—Quizá.

—Puede que me quite las Adidas, pero jamás me quitará la libertad.

La boca se le crispa de tal manera que parece un nudo irritado.

—Cállate y sube al coche. Los dos sabemos adónde vas. Creo que ya has hecho suficiente ejercicio por hoy.

El coche patrulla me adelanta y gira a la izquierda para cortarme el paso. El sheriff se inclina hacia la derecha y abre la puerta del pasajero con brusquedad. Al menos esta vez no me obliga a sentarme en el asiento de atrás.

Sopeso los pros y los contras. A ver, podría llamar a mis padres y decirles que el sheriff está intentando interrogarme sin que ellos estén delante. Sin que mi abogado esté delante. Es posible que, con solo decirlo en voz alta, consiga que me deje en paz. Me ha funcionado otras veces.

Pero se ha llevado el Trooper. Y eso significa que la policía debe de tener alguna prueba nueva. Si me monto en el coche, a lo mejor me entero de qué es y puedo prepararme.

—Es para hoy, Drew.

Suspiro y subo.

Al menos, es imposible que le haga creer que soy más culpable. Además, esto es lo que se entiende por cooperación, ¿no? Es lo que todo el mundo quiere ver.

En cuanto cierro la puerta, vuelve a su carril y se dirige hacia las afueras de la ciudad. No dice ni una sola palabra, y yo tampoco. Ni siquiera tiene la radio encendida... y los coches de policía tienen un interior de lo más silencioso. Oigo el silbido del aire que le entra y le sale de las fosas nasales y me está dando un poquito de yuyu.

Se tardan solo unos cinco minutos en llegar hasta el río. Roane se lanza camino abajo como si nada. Porque para él no es más que un camino, no «el camino» donde todo cambió.

Hoy no hay nadie en la rampa. Paseo la mirada por las diez plazas de aparcamiento vacías y la detengo en la penúltima. En la nuestra. La plaza en la que aparcábamos siempre que veníamos aquí. Un árbol gigante se cierne sobre ella, con las ramas llenas de hojas anaranjadas.

Como si lo supiera, Roane aparca en nuestra plaza y apaga el motor.

Durante un segundo, siento que he abandonado mi cuerpo. Justo aquí estaba ella, solo que en el asiento del copiloto de mi coche. Sonriendo. Mirándome con esos ojos verdes, preciosos y confiados. Con las pecas de la nariz asomándole bajo el maquillaje.

—¿Drew?

Vuelvo de golpe a la realidad y la imagen del rostro de Lola se desvanece de mi mente. Me encuentro con la cara panzona de Roane y esbozo una mueca de dolor.

—¿Sí?

—Estás un poco pálido. ¿No quieres contarme nada?

—Por última vez, no le hice daño a Lola. Es solo que... me resulta difícil estar aquí.

Más allá de él, miro hacia la primera plaza de aparcamiento y lo que queda del santuario de Lola. Cada día tiene un aspecto más triste, pero hay un jarrón de lirios rosa chillón que no estaba ayer. Seguro que es de sus padres.

El resto es un desastre pastoso después de la lluvia de anoche.

El sheriff me mira los puños apretados.

—Si tan difícil te resulta estar aquí, ¿por qué te presentaste ayer en la búsqueda?

Me encojo de hombros.

—Quería ver quién era tan tonto como para tirar la toalla con ella.

—¿Y hoy? ¿Por qué te has marchado del instituto?

—No me apetecía volver a casa y, sin coche, no tenía muchas opciones —digo en tono incisivo—. Supongo que he pensado que en algún momento tendría que enfrentarme a este lugar.

—No hay mejor momento que el presente, ¿eh? —Roane

cambia de postura en su asiento y se vuelve para mirarme—. ¿Puedo hacerte un par de preguntas mientras estamos aquí?

Vaya, qué divertido, hoy le toca hacer el papel de sheriff comprensivo. Luego me dirá que es perfectamente comprensible que a Lola le pasara algo, porque «todos perdemos los estribos a veces», codazo.

—Depende. ¿Me devuelve mi coche?

Hace un gesto de negación con la cabeza.

—No te lo devolveremos hasta que terminemos.

Imito su postura y me cruzo de brazos.

—¿Hasta que terminen de hacer qué? Lo único que le dirá mi coche es que Lola estuvo dentro. Cosa que ya sabe. Durante los últimos dos años, he llevado y traído a Lola del instituto todos los días. Hay pelos suyos por todo el asiento del pasajero, y seguro que tiene tampones en la guantera. ¿Qué narices espera encontrar?

—Sangre.

Siento que toda la mía se me baja a los pies.

—¿Sangre? ¿Por qué?

No responde.

—¿Tiene motivos para creer que está herida? —El volumen de mi voz aumenta con cada palabra hasta que estoy casi gritando. Y no puedo evitarlo porque ahora, en lugar de en un barranco, me la estoy imaginando tendida a orillas de este río, descomponiéndose poco a poco y...—. ¿Me está diciendo que está...?

Levanta las manos.

—Para. Para ya.

No puedo respirar.

—No. ¿Me está... está diciendo que han encontrado...?

Alarga la mano y abre la puerta de mi lado. La ráfaga de aire fresco me golpea en la cara y la inhalo.

—Aún no sabemos nada —grita por encima de mi pánico—. Escúchame. Estábamos buscando cualquier indicio de que pudiera estar herida. Y, como fuiste la última persona que la vio, era lógico buscar indicios de lesiones en tu coche. Tenemos que saber si había sangre en el Trooper.

Tomo otra bocanada de aire. Entra y sale con dificultad.

—No la hay.

—Lo sé. He recibido el informe hace veinte minutos.

A mi cerebro le cuesta asimilar toda la información. O sea que el sheriff ya sabía que no había sangre en mi coche incluso antes de recogerme.

—Se lleva mi coche y, cuando descubre que no hay nada, ¿intenta asustarme para que admita que le hice daño? ¿Por qué está perdiendo el tiempo conmigo cuando debería estar ahí fuera buscando a Lola?

—Estoy intentando encontrarla y he pensado que podrías echarme una mano. Necesito más información. Hasta ahora, tus declaraciones han sido vagas en el mejor de los casos. ¿Qué pasó en realidad aquella noche? ¿Qué hacíais aquí, para empezar?

Suspiro y dejo caer la cabeza hacia atrás. Mis declaraciones no han sido vagas, al menos no del todo. No en las cosas importantes. Está buscando un agujero en mi historia, pero vuelvo a contársela de todas maneras, porque vivo para decepcionarlo.

—Me envió un mensaje pasadas las nueve. Se había peleado con sus padres y me pidió que fuera a buscarla. Llevaban unos meses de muchas peleas, así que era algo bastante habitual. La recogí poco después de las diez. Paramos en el Dairy Queen y nos vinimos aquí con el pedido para llevar. Charlamos un buen rato y luego me dijo que quería volver a casa caminando, así que se bajó del coche y echó a andar hacia su casa. ¿Cuántas veces tenemos que repetir esto?

—Todas las que haga falta. ¿Por qué se peleaban tanto últimamente?

—Sus padres son geniales, pero viven un poco en su mundo. Querían que aprendiera a apañárselas por sí misma, a ser independiente, pero a Lola le hacía sentir que les daba igual. Que no era importante para ellos. Así que empezó a comportarse como si sus reglas tampoco importaran. De repente, se peleaban por todo. Por las notas del instituto, por el equipo, por la hora de volver a casa, por lo alto que ponía la música, por cuándo se me permitía ir a su casa, por cuánto tiempo podía pasar ella en la mía.

Asiente y me planteo si los padres de Lola también se lo habrán contado.

—¿Y esa noche por qué se habían peleado? ¿Por qué tenía tantas ganas de salir de su casa?

Intento que no se me note el hastío en la cara, porque ya hemos hablado de esto un montón de veces. Me doy cuenta de que busca una discrepancia. No la encontrará.

—Lola quiere tener un coche propio. Se sacó el carnet hace alrededor de un año, pero, como no tiene coche, siente que no puede moverse con libertad. Intentó hacer un trato: si seguía todas sus normas y volvía a subir las notas, ¿estarían dispuestos a darle la misma cantidad que ella había ahorrado para que pudiera comprarse un coche al final del semestre? Pero le dijeron que no. Varias veces. Le dijeron que era importante que aprendiera a abrirse camino en el mundo por sí misma o alguna mierda así, y su madre le dijo que todavía no se merecía un coche. Lola se puso como loca y empezaron a gritarse. Les dijo que ya no podía seguir allí y se quedó esperándome en el porche.

Asiente como si estuviera digiriendo información nueva. Tiene todo esto anotado en alguna parte, desde el interrogatorio número uno, dos, cinco...

—¿Por qué vuelve a estar perdiendo el tiempo con esta historia en vez de salir ahí fuera... —digo mientras señalo con el dedo hacia la ciudad— a averiguar adónde fue cuando salió de aquí?

—Porque cada vez está más claro que no dejó la ciudad por voluntad propia, Drew. Hemos comprobado la inocencia de todas las demás personas relacionadas con Lola. Sus familiares, el dependiente de la tienda, los alumnos con los que tenía conflictos en el instituto, incluso los visitantes que estaban alojados en hoteles de la zona. Hemos hablado con todo el mundo y eres el único sospechoso que nos queda. Además, y no puedo recalcarlo lo suficiente, no te creo. Dices que se bajó del coche sin más, pero ¿por qué iba a querer volver a casa caminando desde aquí? Está al menos a cinco kilómetros. ¿Por qué ibas a dejar que la chica de la que estás enamorado volviera sola a casa en plena noche?

Se me seca la boca. Una sequedad de esas que me agarrotan entero.

No digo nada.

Roane sonríe como si hubiera ganado y mira hacia el santuario.

—Tengo razones para creer que has tenido algo que ver con esto. He tenido el presentimiento desde el primer día, pero aún había esperanzas de que Lola solo necesitara un descanso de las peleas con sus padres y se hubiera escapado, de que la encontráramos sana y salva. Como tu abogado no para de decirme, eres un chaval noble «sin motivos». Así que hemos examinado todas las demás opciones antes de centrarnos en el buen estudiante que, además, es el capitán del equipo de natación. Pero ahora, al fin, tengo la prueba que necesito para demostrar que estás involucrado en la desaparición de Lola.

¿Qué coño dice? ¿Qué tipo de prueba?

—Puede que todavía no haya conseguido probar que le hiciste daño, pero tú y yo sabemos que eres el culpable.

El «todavía» me resuena en la cabeza. Pero, por una vez, ambos estamos de acuerdo.

El culpable soy yo.

Me desabrocho el cinturón de seguridad. El chasquido retumba en el silencioso habitáculo del coche patrulla.

—Lola no desapareció sin más ni se escapó de casa. Se bajó de mi coche y le pasó algo. Algo que no tuvo nada que ver ni conmigo ni con mi coche. La historia de Lola no termina en este embarcadero, y su investigación tampoco debería hacerlo.

Adopta una expresión de policía impávido.

—¿Por qué quiso volver caminando a casa, Drew? ¿Qué la hizo bajarse de tu coche?

«Mi épica estupidez». Pero no contesto eso.

—Hágame un favor: no vuelva a hablar conmigo si mis padres o mi abogado no están delante. Si soy su último sospechoso de verdad, compórtese como corresponde. Hablar con un menor sin la presencia de un tutor o representante legal es ilegal, ¿no? Aunque, claro, si nunca ha hecho bien su trabajo, ¿por qué empezar ahora?

Se ríe y le cierro la puerta en la cara de imbécil. El sonido de su risa burlona se expande por todo el aparcamiento vacío a través de la ventanilla abierta.

Es una risa que dice: «Tú espera, listillo, que terminaré pillándote por esto».

Y lo más probable es que tenga razón.

NUEVE
MARY

Es increíble lo que una noche de sueño reparador y un desayuno sin huevo son capaces de hacer para levantarte el ánimo. Bajo la mirada hacia mi plato ya medio vacío: una tostada de canela y un plátano cortado en rodajas. Sonrío y cojo el último trozo de tostada.

Wayne está sentado a mi lado leyendo el periódico y terminándose la tercera taza de café. Me gusta esto, que nos sentemos juntos y disfrutemos de nuestra mañana.

Me provoca una sensación familiar y, sin la catástrofe de ayer, me encanta.

Giro los hombros hacia delante y hacia atrás para sacudirme el sueño de los músculos cansados. Anoche terminé acostándome bastante temprano. Wayne preparó la cena —pollo y patatas con trocitos crujientes de ajo— y comérmela acabó con la poca energía que me quedaba. Me acosté antes de que él terminara de fregar los platos. Esta mañana, esperaba entrar como una zombi en la cocina; en cambio, me he despertado sintiéndome más ligera, más alerta, más capaz de lo que me he sentido desde el purgatorio de la zanja.

Me acabo la tostada, aunque dejo la corteza, mientras Wayne se ríe para sus adentros y dobla el periódico.

—Los titulares me hacen muchísima gracia —dice.

—¿Por qué?

Deja el periódico sobre la isla y señala las enormes letras en negrita que coronan la página. HOMBRE SE COME SUS PROPIOS CALCETINES EN LA SALA DEL JUZGADO PARA CORROBORAR SU ALEGACIÓN DE ENAJENACIÓN MENTAL.

—Qué asco. ¿Le funcionó?

—No. De diez a quince años por allanamiento de morada. Al menos fue creativo.

—Supongo que es una forma de verlo. Repugnante es otra. Dentro de uno o dos días, se arrepentirá de esa decisión. Yo me quedo con las tostadas.

Tiro las cortezas a la basura y luego dejo el plato en el fregadero. A través de la ventana, capto un vislumbre del río. Está precioso por las mañanas, cuando el sol se refleja en el agua. Lo miro un momento antes de volverme hacia Wayne.

—¿Tienes que ir al baño? —pregunto—. Voy a ducharme.

Me mira por encima del borde de la taza de café.

—No, no lo necesito.

Cojo la bolsa de ropa nueva de mi habitación y me meto en el baño. Me hace mucha ilusión ponerme algo que sea realmente de mi talla. En cierto modo, estas prendas nuevas son más mías que cualquier otra cosa, porque recuerdo toda su vida conmigo. No puedo decir lo mismo de ninguna otra posesión.

El agua caliente me resulta igual de relajante esta vez y, cuando salgo de la ducha, hasta los moratones me duelen menos. El negro azulado que me rodea los ojos aún necesita algo de tiempo para curar, y los cortes del cuero cabelludo me escuecen como el demonio cada vez que me pongo champú en el pelo, pero me siento como si todos los poros de mi cuerpo respiraran hondo a la vez.

Me seco con la toalla y hurgo en la bolsa para decidir qué ponerme. Opto por unos *leggings* y una camiseta azul de tirantes. Me paso la camiseta por la cabeza, pero se convierte en un rollo apretado de tela que me opime las axilas. Algo no va bien. Me la quito como puedo, tirando de ella centímetro a centímetro hasta que consigo liberarme, y la estiro delante de mí.

Es demasiado pequeña. Tan pequeña que casi me hace gracia. ¿Cómo es posible que viera esto y pensara que iba a valerme? Miro la etiqueta de los *leggings* y resulta que son más pequeños que las camisetas. Yo diría que son de la talla de una niña de doce o trece años. Me siento en el suelo con las prendas en las manos y exhalo muy despacio para contener unas lágrimas inesperadas.

La pérdida de lo único de esta cabaña que pensaba que era totalmente mío hace que me lleve un buen palo. Pero me siento ridícula por estar a punto de echarme a llorar por unos *leggings*.

¿Qué me pasa? Es un error sin malicia. No tardarán en encontrar mi coche, o iremos a cambiar esta ropa por otra de mi talla. No es el fin del mundo. Solo tengo que esperar un poco más.

Respiro hondo, lo vuelvo a meter todo en la bolsa y me pongo la ropa con la que dormí anoche: otro pantalón de chándal de color gris claro, con los cordones tan apretados que me cuelgan hasta los muslos, y una camiseta gris con Homer Simpson en la parte delantera.

Dejo la bolsa de ropa en mi habitación y vuelvo a la cocina mientras me seco el pelo con una toalla. Wayne arruga el periódico y lo tira a la cesta que hay junto a la chimenea, con los demás cartones y materiales para quemar.

—Bueno, basta de noticias. ¿Qué planes tenemos para hoy?

Apoyo la espalda en el fregadero y me muerdo el labio. Si se ha dado cuenta de que no me he cambiado de ropa, no ha dicho nada. Titubeo, con lo mucho que se está esforzando por ayudarme, no quiero disgustarlo. Frunce el ceño.

—¿Va todo bien? —pregunta.

—Eh... Sí, va todo bien. Quería preguntarte si podíamos bajar al pueblo.

Se inclina hacia delante y apoya los brazos cruzados sobre la isla.

—¿Tienes fiebre o algo así?

—¿Eh?

—Odias ir a los sitios —dice—. Odias salir de casa. De hecho, cada vez que hay que hacer un recado, me toca llevarte prácticamente a rastras hasta la civilización.

Ah, cierto, soy muy casera. Me gusta leer, nada vulgar.

Pero, la verdad, sería capaz de bajar la montaña a pie si así consiguiera quitarme este chándal.

—Supongo que la necesidad de tener ropa que me quede bien supera las ganas de no salir de casa.

—¿Y la que te compré ayer?

Hago una mueca y, con una punzada de culpabilidad, pienso en el revoltijo de tela de la bolsa.

—Me queda pequeña. Lo siento —digo antes de darme cuenta de que me estoy disculpando porque la ropa que me ha comprado otra persona no me vale.

Es absurdo. No la elegí yo.

Se le ensombrece el rostro.

—Estás de broma. ¿Todo? ¿No te vale nada?

—Bueno, podría ponerme las camisetas, solo tendría que dejar de respirar durante el resto del día —digo en tono de broma, pero, al ver que se disgusta aún más, me arrepiento enseguida.

—Perdóname. Cogí lo que me pareció que te iría bien.

Hago un gesto con la mano para quitarle importancia.

—No pasa nada. Podemos volver y cambiarla, ¿no? He dejado puestas todas las etiquetas. Esta vez elegiré yo las prendas para que no tengas que preocuparte.

Se mira las manos, entrelazadas delante de él.

—Creo que necesitas otro día de descanso. En realidad, puede que varios. Has pasado por una situación muy difícil.

Me echo la toalla al hombro y señalo la ropa que me cuelga por todas partes.

—¿Por favor? Quiero algo con lo que pueda sentirme yo misma. Algo que no sea esto. Además, ya me encuentro mucho mejor. De verdad que no necesito otro día de descanso. Si hay algo hecho de huevos, ni siquiera lo miraré.

No me quita ojo.

—¿Por favor? —Cruzo al otro lado de la isla—. Será entrar y salir, te lo prometo. Diez minutos como máximo.

Suspira.

—Mary. Aún me preocupa que tengas la histamina alta, por no hablar de la contusión y de que parece que alguien te haya dado un puñetazo en la cara. A lo mejor podamos pedir algo por internet. No tardará más de una semana en llegar. Además, en el pueblo no hay mucho donde elegir. La tienda es más bien una gasolinera con algo de ropa en la parte de atrás. Ya me costó encontrar lo que te traje. A no ser que estés buscando un chaleco de trabajo reflectante de la talla XXXL para hombre...

Uf. Sé que es irracional, pero la idea de esperar una semana a que los paquetes lleguen a lo alto de la montaña me revuelve el estómago.

—¿Podemos ir a otra tienda? Tengo muchas ganas de poder ponerme algo que me quede bien.

Con un gran suspiro, Wayne se recuesta en su asiento. Observándome.

—¿Por favor? Por favor, por favor, por favor.

Pone cara de resignación.

—Vale. Tú ganas. Nos acercaremos a una tiendecita de segunda mano que hay en la costa. Paramos cada vez que pasamos por la zona. Si no te importa que el trayecto sea más largo, allí tendrán muchas más opciones y te ahorrarás tener que volver a ir de compras durante otro par de meses —dice entre risas—. Y, además, en esta época del año tampoco habrá mucha gente. Pero antes te toca fregar los platos del desayuno.

Me pongo a dar saltos.

—¡Trato hecho!

—Por favor, deja de saltar. Tu pobrecito cerebro... —Se levanta del taburete mientras apura el último trago de café y acerca la taza al fregadero. Se la arranco de las manos y empiezo a frotarla con un estropajo jabonoso—. Voy a arrepentirme de esto —murmura.

Me echo a reír y enjuago la taza. Ir de compras conmigo no podía ser tan horrible.

—Creo que sobrevivirás.

—Ya veremos.

Quince minutos más tarde, los platos están lavados y vuelvo a tener puestas las botas de goma de ayer. Wayne me pasa la chaqueta de flores y un gorro de lana negra.

—Para el pelo mojado —me explica—. Hace mucho frío.

Me recojo las puntas aún húmedas y me las cubro con el gorro.

—Gracias.

Descorre los cerrojos y me sujeta la puerta.

—De nada.

Igual que ayer, el aire helado me resulta tonificante en el mejor de los sentidos. Respiro hondo y siento que el frío se me instala en los rincones más recónditos de los pulmones. Wayne abre la furgoneta y, cuando subo, siento que la emoción se desborda bajo la piel. No es más que una salida a la tienda, pero la vivo como una aventura y me apetece muchísimo. No paro de rebotar en mi asiento mientras espero a que Wayne ocupe el suyo.

Hoy puedo inspeccionar el vehículo con más detenimiento. Está increíblemente limpio. Las alfombrillas tienen esas rayas zigzagueantes que indican que las han aspirado hace poco, y los asientos llevan unas fundas negras y nuevas que huelen a recién compradas. Del espejo retrovisor cuelga un ambientador con forma de arbolito verde, aunque debe de llevar ahí mucho tiempo, porque aquí dentro no huele a pino. Huele a cuero y a humo de leña.

Huele a Wayne.

Me doy la vuelta para mirar hacia la parte trasera. A la alfombrilla del suelo no le han pasado el aspirador tan recientemente como las de la cabina. Está llena de hierba, barro y agujas de pino. Detrás de mi asiento, hay dos cubos de plástico repletos de herramientas, con una pala atrapada entre ambos.

Ayer, mientras estábamos en el río, Wayne me comentó que trabajaba desde casa, pero no llegué a preguntarle a qué se dedicaba.

La puerta del conductor se abre. Antes de subir a la furgoneta, se quita la chaqueta y la lanza por encima del respaldo del asiento. Me pilla examinando la furgoneta y se queda parado con la mano en el cinturón de seguridad.

—¿Pasa algo?

—No, solo miraba las herramientas. ¿Eres carpintero o algo así?

Se abrocha el cinturón y arranca la furgoneta.

—A veces. Soy un hombre con muchos talentos y me aburro con facilidad, así que cambio de trabajo con cierta frecuencia. No hace mucho que terminé de pintar una casa, y ahora me estoy tomando un descanso para poder ocuparme de cualquier problema que surja durante las reformas de la otra casa.

—¿La cabaña es tuya?

—Sí. Era de mi padre.

—Debe de ser un alivio no tener que pagar dos casas más las reformas al mismo tiempo.

Asiente, y sale marcha atrás hacia el camino.

—Sí. Esos armarios me van a costar una fortuna.

¿Armarios? Lo miro sin entender, esperando a que se corrija, pero no lo hace.

—Creía que habías dicho que nos estaban cambiando los suelos.

Pisa el freno y la furgoneta se detiene de golpe al final del camino de entrada. Durante un segundo, pienso que es por lo que he dicho, pero entonces un coche pasa a toda velocidad por detrás de nosotros y, antes de continuar avanzando marcha atrás, oigo que Wayne murmura algo acerca de lo tonto que hay que ser para ir a esa velocidad por un camino de tierra. Cuando la furgoneta sale del todo, cambia la marcha y me sonríe.

—Están cambiándonos los suelos y los armarios al mismo tiempo. La factura del suelo ya la he pagado, ahora tengo que empezar a pagar la otra mitad del proyecto.

—Ah.

¿Y no se necesitarían más de unas semanas para hacer todo ese trabajo?

—Pues tendrás que buscarte otra casa que pintar —digo para romper el silencio.

Se echa a reír.

—Y lo haré.

Un jazz suave suena a través de los altavoces y sube el volumen mientras bajamos de la montaña y llegamos a la autopista 101. La carretera no tarda en girar y el océano Pacífico se extiende más allá de la barrera de piedra que bordea la autopista.

Wayne se aclara la garganta.

—¿Estás segura de que quieres ir? Tardaremos un poco, alrededor de hora y media. Pero el trayecto es bonito. Casi toda la carretera va por la costa y te encanta mirar el mar.

Si él lo dice, tendré que creérmelo. Como todo lo demás.

Me encojo de hombros.

—Sí, si te apetece correr una aventura junto al mar, yo me apunto.

Aunque noventa minutos de coche me parecen una exageración para ir a una tienda de segunda mano. ¿Cómo es posible que no haya nada más cerca?

—Siempre me apetece correr aventuras con mi niña.

Sonrío y luego me paso el resto del viaje mirando por la ventanilla, escuchando la música mientras el océano aparece y desaparece de la vista entre los árboles. De vez en cuando, Wayne señala un faro o una ciudad y me cuenta algún recuerdo. Le agradezco el esfuerzo, pero ninguna de sus anécdotas despierta nada.

Al cabo de una hora y media casi exacta, el cartel que indica nuestra salida pasa volando junto a mi ventanilla. Waybrooke. Dos kilómetros. Tengo unas ganas locas de bajarme de esta puñetera furgoneta.

Cuando tomamos la salida, lo sorprendo escudriñándome la cara. Desvía la mirada varias veces de la carretera hacia mí y viceversa, como si estuviera intranquilo.

—¿Pasa algo? —le pregunto.

—No. Estaba pensando que quizá deberíamos parar un minutito a comprar maquillaje o algo así. No nos conviene que nadie vea esa cara que tienes.

¿«Esa cara»?

Capto mi reflejo en el retrovisor lateral. No sé cómo es posible, pero, a la luz del día, los moratones que tengo debajo de los ojos tienen aún peor pinta.

Supongo que pasearse en público conmigo ahora que tengo este aspecto le hace quedar bastante mal. Pero no tiene por qué decirlo en ese tono tan... prejuicioso. Yo no pedí ponerme así de cariñosa con un volante.

Sonríe.

—No te preocupes. No te verá nadie.

No puedo explicar el escalofrío de inquietud que me genera esa frase.

DIEZ

MARY

Waybrooke se parece a todos los demás pueblos costeros por los que hemos pasado. Edificios construidos con tablones de madera, una cafetería monísima con boyas rojas y negras colgando del alero del tejado, unas cuantas casas que alguien ha convertido en inmobiliarias o consultorios médicos, una ferretería, un hotel de playa, otro hotel de playa, una cristalería, una librería de segunda mano y, por último, una farmacia. Wayne insiste en que espere en el coche, así que le explico qué es el corrector. Aun así, necesita tres viajes para dar con el producto adecuado. Cuando al fin sale, triunfante, no puedo evitar echarme a reír.

Me lo aplico debajo de los ojos y añado un par de capas. No quedan perfectos ni de lejos, pero sí mucho mejor que antes. La chica del espejo del parasol ya no parece un híbrido de humano y mapache. Aunque todavía tengo la nariz un poco hinchada, ahora que los ojos no acentúan el efecto ya no se nota tanto.

La tienda de segunda mano está justo al final de la avenida principal de Waybrooke.

Wayne aparca en una de las diez o doce plazas vacías y apaga el motor.

El sitio no se parece en nada a lo que me esperaba. También está recubierto de tablones ajados por el mar. Unos viejos postigos blancos ocupan cada uno de los lados de las ventanas, y una de ellas tiene un nido de pájaros encima. Sobre la puerta delantera cuelga un gran cartel blanco y rosa.

Los Favoritos de Nana
Desde 1989

Ay, mi madre.

Wayne se baja de la furgoneta de un salto.

—¡Venga, a ver si encontramos algún tesoro!

Consigo esbozar una sonrisa y lo sigo hacia la tienda, pero no me parece un sitio al que querría volver más de una vez. Si dice que paramos aquí a menudo, ¿será que la cosa mejora un poco por dentro?

La puerta tintinea cuando la abrimos y una anciana con el pelo blanco y unas gruesas gafas rosas nos mira desde el mostrador. Nos sonríe. Debe de ser Nana.

—Bienvenidos.

Echo un vistazo en torno a la tienda.

No. Me equivocaba. Por dentro es igual de horrible.

La moqueta es oscura, y no en el buen sentido; da la sensación de que, si alguien la limpiara, sería de un color mucho más claro. Todas las paredes están revestidas de paneles de madera y huele vagamente a incienso. Sin embargo, los estantes de ropa se extienden hasta el fondo de la tienda y parecen limpios y organizados. Supongo que porque no reciben ni un solo cliente y esta pobre mujer no tiene nada que hacer salvo enderezar las perchas y doblarlo todo.

Wayne se acerca a la mujer dando grandes zancadas y despliega una enorme sonrisa. Dice algo acerca de que esta es «nuestra» tienda de segunda mano favorita, y yo me alejo para que no me metan en la conversación. No quiero mentir si la mujer me pregunta al respecto. Prefiero fingir que no los oigo.

Encuentro la sección de la ropa que parece de mi talla y curioseo entre las perchas. Al final, resulta que hay cosas bonitas. Me doy cuenta de que lo que más me llama la atención son los colores oscuros. El negro y los tonos joya intensos.

Apenas tardo unos minutos en llenarme el brazo de prendas que me gustan. Un par de camisetas negras, una blusa de manga larga de color berenjena, un jersey gris holgado, una blusa negra y suave con rayitas horizontales blancas y una camisa granate a cuadros, además de varios pares de *leggings* negros de mi talla y dos pares de vaqueros oscuros que no sé si me quedarán bien. Lo demás, tengo bastante claro que sí.

Al final del último perchero de blusas de mi talla, aparto de mi vista una monstruosidad rosa con lentejuelas y me topo con un gato atigrado que me mira de hito en hito. No es de verdad. Es una serigrafía de plástico impresa en una sudadera blanca, pero tiene unos ojos enormes y amarillos que le proporcionan un aspecto inquietantemente real. Hago además de apartarlo, pero soy incapaz de quitarle los ojos de encima.

De repente, el gato se mueve, pero ya no está estampado en una sudadera. Está en un largo sofá rojo. Camina por el brazo y luego da varias vueltas sobre sí mismo hasta que se acomoda y se echa a dormir.

Un segundo después, estoy de nuevo en la tienda de segunda mano.

Tomo aire de golpe y la sorpresa está a punto de hacerme lanzar la sudadera del gato lo más lejos posible de mí.

Vale. Va-le.

Eso... ha sido un recuerdo. ¿No? Debemos de tener un sofá rojo en la casa de McMinnville. Aunque Wayne no ha mencionado ninguna mascota.

Siento un aleteo de esperanza en el estómago.

Wayne aparece a mi lado.

—Ese gato da un miedo horrible.

Asiento, pero estoy demasiado perdida en el posible recuerdo.

—¿Tenemos alguna mascota?

Resopla.

—No. Uf, qué va. Les tengo muchísima alergia. A los gatos y a los perros.

—Ah.

Puf, esperanza desvanecida. O sea que el gato no es nuestro. ¿Y si es un recuerdo de la casa de algún amigo?

Wayne se acerca para echarle un vistazo a lo que he elegido y frunce el ceño.

—¿Tienes que ir a un funeral? ¿Dónde están los colores?

Lo miro y después bajo la vista hacia la ropa.

—¿Qué quieres decir?

—¿A qué viene tanto negro? Eres una persona muy colorida, peque. Te gustan los tonos vivos, los estampados de flores y... Bueno, esto —dice mientras saca otra percha de la barra.

Es una camiseta de tirantes color melocotón con un remate de encaje.

Melocotón.

Por Dios.

—No tienes por qué vestir como un vampiro solo porque vayamos a pasar una temporada en el bosque. Esto no es Forks, no estamos en *Crepúsculo*. —Se ríe de su propia broma y me tiende la percha con la horrible camiseta de tirantes de color melocotón—. Pruébatela.

Intento no poner mala cara.

—Es que hace un poco de frío para llevar camisetas de tirantes. Quizá en primavera.

O nunca.

Me mira de arriba abajo y frunce aún más el ceño, así que estiro la mano y la cojo.

—Bueno, no pierdo nada por probármela. Además, dentro de casa hace calor, así que seguro que puedo ponérmela algún día.

«Debajo de algo».

La añado a mi montón. Primero la chaqueta de flores y, ahora, ¿me gusta el color melocotón?

Nos dirigimos hacia la sección de calzado, donde evito todas las opciones negras y me decido por un par de deportivas blancas no muy desgastadas a las que no tiene nada que objetar. Tras una rápida visita al probador para probarme los vaqueros, tengo todo lo que necesito. Hemos tardado menos de veinte minutos en salir. Ir de compras conmigo es pan comido.

La anciana me dedica una sonrisa enorme cuando descargo mi montón en el mostrador.

—¿Has encontrado todo lo que necesitabas?

—Casi.

Cojo un par de paquetes de calcetines tobilleros y un paquete genérico de ropa interior de los que hay junto a la caja y Wayne se sonroja muchísimo. En el último momento, añado otro gorro de lana. Esta vez blanco.

Lo tiendo hacia Wayne, como pidiéndole permiso en silencio, y él asiente con una sonrisa.

—Ahora ya sí.

La señora del mostrador parece estar a punto de romper a bailar mientras lo marca todo en la caja registradora. La placa identificativa que lleva sujeta al jersey de punto rosa está torcida.

El nombre está escrito con una letra tan llena de florituras que resulta casi imposible de leer, pero mi cerebro lo descifra al cabo de unos instantes. Eloise.

Mientras Wayne rebusca entre los billetes de su cartera para pagar en efectivo con la cantidad exacta, señalo la ropa.

—¿Puedo cambiarme antes de irnos? El viaje de vuelta hasta Alton es largo. Preferiría llevar algo cómodo.

La sonrisa de Eloise se ensancha aún más.

—¿Sois de Alton? Mi hermano vivía allí. Los árboles de esa montaña son una preciosidad, no he visto nada igual. Aunque la verdad es que en Oregón cuesta encontrar un sitio que no sea bonito.

La estudio con detenimiento. Tiene pinta de llevar toda la vida viviendo en el mismo pueblo. Me pregunto si habrá estado en algún otro sitio. Hasta ahora, Alton no me ha impresionado.

Wayne me sonríe.

—Claro, es mejor que vayas cómoda. Ponte lo que quieras. Ya termino yo aquí.

A pesar de que le lanza una mirada elocuente a la monstruosidad de color melocotón, cojo una camiseta negra, un par de vaqueros, unos calcetines, las zapatillas y mi primer conjunto de ropa interior limpia desde hace tres días y me meto en el probador. Cuando acabo de cambiarme, me miro un momento en el espejo y suspiro.

Esto está mejor. Llevar ropa y zapatos de mi talla es una experiencia aún mejor que la de tomarme un desayuno sin huevos. Es como si fuera una nueva yo. ¿O mi antigua yo? Da igual.

Intento quitarme el pelo de la cara colocándomelo detrás de las orejas y pienso que ojalá hubiera añadido máscara de pestañas a la compra de Wayne en la farmacia, pero, en general, no parezco una persona que hace dos noches que se despertó en una cuneta, y eso me hace más ilusión que cualquier otra cosa. Me pellizco las mejillas para devolverles algo de color y me paso un dedo por las pecas de la nariz.

Creo que paso demasiado tiempo ahí plantada mirándome, pero al final recojo la ropa de Wayne y mi chaqueta. Me lo encuentro esperándome junto a la puerta, con una gran bolsa rosa con el logotipo de «Nana» estampado en el lateral.

Eloise me mira desde detrás el mostrador.

—¡Mucho mejor, bonita!

El calor de un rubor me sube por las mejillas y le deseo que tenga una buena tarde.

—¡Lo mismo digo! Buen viaje, ¿vale? ¡Y volved pronto!

—Vaya, ¡qué contenta estás! —dice Wayne cuando salimos.

Abre la bolsa rosa y me la tiende para que meta dentro la ropa que me he quitado.

—Ay, sí, estoy muy contenta. —Doy una vuelta para lucir la ropa nueva—. Tenías razón, este sitio es genial. Tendremos que volver.

Una bocanada de algo dulce flota en el aire mientras cruzamos el aparcamiento. Mi estómago protesta. De repente, desearía haber desayunado algo con más sustancia que una tostada de canela.

Localizo la cafetería al final de la calle.

—¿Te apetece comer algo?

Se detiene junto a la parte delantera de la furgoneta.

—Tenemos comida en casa.

—Sí, pero son casi las dos. No hemos comido y, para cuando lleguemos, serán las tres y media. La cafetería está justo ahí... esperando para darnos de comer. Por favor, por favor, por favor, ¡huele muy bien!

Se frota la barba incipiente de la barbilla y mira hacia la carretera como si intentara predecir el tráfico que nos vamos a encontrar si esperamos.

—Vale. Pero no podemos tardar. Quiero llegar a casa para que puedas descansar. Si vas a caer rendida otra vez, prefiero que sea en la cabaña.

—Yo también.

Sonríe y me pasa la bolsa de color rosa intenso.

—Me sorprende que no seas tú quien quiera llevarme a rastras a casa.

Sí, sí, hogareña y todo el rollo. Me subo a mi lado de la furgoneta prácticamente de un salto.

—Un par de zapatillas nuevas levantan muchísimo el ánimo.

Wayne pone los ojos en blanco y me echo a reír. Me siento... ¿feliz? O, como mínimo, contenta. Me siento casi normal, incluso sin haber recuperado mis recuerdos, y eso es un puñetero milagro.

El aparcamiento de la cafetería Waybrooke está casi vacío, cosa que no tiene sentido porque, incluso desde fuera, la comida huele de maravilla. Huele a sirope caliente, café y a pan recién horneado. El estómago me ruge de nuevo mientras me vuelvo a poner la chaqueta.

En el interior todo es negro, blanco y rojo. El suelo es a cuadros blancos y negros. En las paredes hay fotos en blanco y negro, rodeadas de marcos rojos. Las cortinas son rojas. Los saleros y pimenteros, rojos. Los ventiladores de techo, rojos.

Una mujer redonda, con una cara preciosa y las pestañas más increíbles que he visto en mi vida, nos acompaña a un reservado.

Wayne se sienta de cara a la puerta y yo, en el banco de enfrente. Veo que un hombre vestido con un delantal blanco de pastelero saca del horno una bandeja llena de rollos de canela del tamaño de mi cara y los lleva a una vitrina junto al atril de recepción. Puede que me muera si no me como uno de esos ahora mismo. Sobre todo, ahora que veo que los está colocando detrás de un cartel muy importante.

Veganos.

Lo cual significa que no llevan huevo.

—Me llamo Sandra —dice la mujer, y sus palabras me obligan a volver a la realidad. Desliza las servilletas y los cubiertos sobre la mesa de mármol falso—. ¿Os tomo ya nota de las bebidas o necesitáis unos minutos?

—Yo quiero un café —dice Wayne—. Y agua.

La camarera sonríe.

—Perfecto. ¿Y para esta preciosa jovencita de aquí?

Le echo un vistazo a la sección de bebidas de la carta, pero solo puedo pensar en los rollos de canela.

—Pues... creo que también agua. —Le doy la vuelta a la carta y veo unas fotos gigantes de distintos batidos de fruta de verdad—. Bueno, ¿puedo cambiarlo por un batido de fresa?

—Por supuesto —dice Sandra mientras lo anota—. ¿Pequeño o grande?

—Grande, por favor —dice Wayne, que me guiña un ojo y señala la vitrina—. ¿Podrías traernos también un par de rollos de canela veganos?

Lo miro, sorprendida, y sonrío de oreja a oreja.

—¿Cómo has...?

Agita la mano como si estuviera diciendo una tontería.

—Anda, por favor. ¡Te encantan los rollos de canela!

Sandra asiente, con una sonrisa radiante, y se encamina hacia la vitrina. Un instante después, uno de esos gloriosos bollos cubiertos de canela y glaseado se desliza por la mesa hasta mí, y casi me pongo a aplaudir porque, de cerca, es incluso más grande que mi cara, casi del tamaño del plato de postre en el que me lo han servido. No sé si alguna vez había tenido tantas ganas de comerme algo en toda mi vida.

No me entero de cuándo vuelve Sandra con las bebidas. Ni de cuándo pide Wayne comida de verdad. Lo devoro hasta la última miga.

Cuando me lo acabo, me recuesto contra el respaldo del banco y suspiro.

En realidad, ya no tengo hambre, pero picoteo algo del plato que me ha pedido. El sándwich de queso a la plancha y las patatas fritas no le llegan ni a la suela del zapato al azúcar. Dejo la mayor parte de la comida intacta.

Wayne pide la cuenta y, cuando Sandra se marcha, se hace el silencio. Ahora que ya no estamos poniéndonos las botas, es un poco incómodo.

Empiezo a hacerle una pregunta, pero se me atasca en la garganta cuando lo veo mirándome la camiseta con una expresión casi de enfado.

—¿Qué pasa?

Me mira con más intensidad y luego echa una ojeada en torno a la cafetería.

—Supongo que no he debido de fijarme bien en la tienda. No me había dado cuenta de que la camiseta era tan escotada.

Bajo la mirada. La camiseta tiene cuello de pico, pero el escote no es muy pronunciado. El pico me queda unos dos centímetros por debajo de la clavícula.

—¿Eso es... malo?

Niega con la cabeza.

—Es inapropiado. No te preocupes, nos desharemos de ella cuando lleguemos a casa. La próxima vez que elijamos ropa, me fijaré mejor. No te acuerdas. No conoces las normas.

Qué. Mierda. Es. Esta.

124

Desvía la atención hacia la ventana y allí la deja.

«No te acuerdas. No conoces las normas». ¿Tengo prohibido usar cierta ropa? ¿Y eso hay que sumarlo a los libros «decentes» que leo? Vuelvo a bajar la mirada hacia la camiseta. ¿Qué tienen de malo los cuellos de pico?

El silencio se prolonga y me hace sentir incómoda. Busco una forma de cambiar de tema y la absoluta falta de opciones que se me ocurren me da una idea.

—Mientras esperamos la cuenta, ¿qué te parece si hacemos otra ronda de datos sobre Mary para pasar el rato?

Aparta los restos de su bocadillo de beicon, tomate y lechuga, todavía con cara de irritación.

—¿Qué quieres saber?

Me encojo de hombros.

—Lo que se te ocurra. Un bombardeo rápido de Mary.

Sonríe y eso me relaja un poco.

—Vale..., tu color favorito es el morado. Lo es desde que tenías unos cinco años.

Hago una mueca. ¿De verdad? ¿El morado? Teniendo en cuenta que ahora mismo llevo unos doce tonos de morado en las mangas, supongo que no debería sorprenderme.

Muy bien. Hora de actualizar la lista.

Mary Ellen Boone. Diecisiete años. Buena estudiante. Último curso de instituto. Lizzo. Alergia a los huevos. Chaqueta de flores. Madre muerta. Bastante hogareña. Rollitos de canela. Color morado.

No está mal para llevar dos días enteros en la vida de una extraña.

—Sigue —digo, y le doy el primer sorbo al batido, del que me había olvidado por completo.

Suelta el aire poco a poco.

—Vale... Eh... Después del accidente de tu madre, nos hicimos uña y carne. Y, cuando empezamos con la escolarización en casa, todavía más. En McMinnville, participas en varios grupos de alumnos que también reciben ese tipo de educación; un grupo muy majo de gente de tu edad, grandes amigos. No hay ni uno solo que dé problemas.

Se me había olvidado lo de que estudio en casa.

¿Por qué me resulta tan raro? Casi veo el interior del pasillo de un instituto en mi mente. Los pupitres. El gimnasio. Me siento caminando por el pasillo cargada con demasiados libros en la mochila, hablando con amigos en una cafetería. ¿Es posible que sean recuerdos del primer curso? Wayne me dijo que hasta entonces había ido a un instituto normal.

—¿Por qué estudio en casa? —pregunto—. O sea, ¿por qué empecé después del primer curso? ¿Lo decidí yo?

—En cierto modo. Estabas teniendo problemas. Nada que ver con lo académico, porque siempre has ido bien en los estudios, pero... —Se queda callado y bebe un trago largo de café. Cuando vuelve a posar la taza sobre la mesa, la aprieta con las dos manos—. Te juntaste con malas compañías y, la verdad, no puedo decir que me dé pena que no te acuerdes de ellos. Durante una temporada, te perdí por culpa de una gente que te llevó por el mal camino. No mostraban ningún respeto por los adultos. Ni por las normas. Salían muchísimo de fiesta. Llevaban ropa inapropiada. Escuchaban música y veían programas de televisión inapropiados. No tenían valores morales. Tuve que intervenir antes de que fueras demasiado lejos. Sin embargo, la educación en casa te ha ido muy bien y, al final, tú también reconociste que era necesaria. Durante estos últimos años, hemos estado más unidos que nunca.

No tengo ni idea de qué pensar de esta historia.

Libros apropiados. Ropa apropiada. Amigos apropiados. Vida apropiada.

Aquí está surgiendo un patrón.

¿Y qué quiere decir con lo de ir demasiado lejos? ¿Demasiado lejos en qué sentido? ¿Está diciendo que me metí en la droga o empecé a robar en tiendas, hice algo ilegal? Abro la boca para preguntárselo, pero el hecho de que tenga los nudillos blancos de tanto apretar la taza hace que me lo piense mejor. Pasara lo que pasara, hiciese lo que hiciese, fue lo bastante horrible como para que siga enfadado por ello.

¿Pueden sentirse remordimientos por algo que no recuerdas haber hecho? ¿Debería sentirlos?

Bebo otro sorbo de batido y clavo la mirada en la mesa mientras intento aflojar el nudo que se me ha formado en el pecho. Estos detalles vitales me están provocando ansiedad. O acidez. O las dos cosas. Ojalá lo recordara ya. Todo. De golpe. Un tsunami de todos mis errores y triunfos para no tener que depender de la versión de otra persona. Quiero saber qué pasó en realidad con mis amigos.

Sandra pasa a nuestro lado cargada con una bandeja de comida para otra mesa y nos deja la cuenta. Distraída, vuelvo a coger el batido, pero este trago entra raro. Como un pedazo entero de fresa.

Me quedo paralizada.

En la boca me brota un picor familiar que, una vez más, me baja por la parte posterior de la garganta y se me extiende por todo el cuerpo. Me levanto las mangas de golpe, pero ya sé lo que voy a encontrarme.

Ronchas. Joder. Joder, otra vez no.

No hemos pedido nada que lleve huevo. ¿Por qué me está pasando esto?

Levanto la mirada hacia Wayne y me llevo las manos a la garganta hinchada. Un grito silencioso de ayuda.

Se levanta de un salto de su asiento.

—Vamos. La farmacia está enfrente. Date prisa.

Deja un par de billetes de veinte encima de la mesa y, mientras toso y me rasco, me empuja hacia la puerta y, después, hacia la furgoneta.

Me detengo junto a la puerta del pasajero y él corre hasta la farmacia. Me froto el cuello, el pecho. Me muerdo el interior de la boca para intentar aliviar el picor que no cesa. Después de lo que me parece una eternidad, Wayne reaparece por la parte trasera de la furgoneta, ya vertiendo una dosis de antihistamínico líquido en el tapón que viene con él. Me la tomo y me sirve otra, me la aprieta contra los labios hasta que también me la bebo.

Cierro los ojos y espero las primeras señales de alivio, pero tardan siglos. Me ayuda a sentarme en el asiento del pasajero y se queda junto a la puerta abierta negando con la cabeza mientras esperamos y esperamos y esperamos.

—Deben de haber sido las fresas del batido —suelta, y se apoya contra el interior de la puerta—. No los huevos. Es lo único que has comido las dos veces.

Pienso en las fresas cortadas que había en la mesa durante el desayuno. ¿«Deben de haber sido las fresas»? ¿Lo de la primera vez fue una conjetura?

¿Cómo es posible que mi propio padre no sepa a qué soy alérgica?

Debe de verme la confusión en la cara, porque añade:

—Perdóname. Lo siento muchísimo. Tu madre era alérgica a los huevos. Tú eres alérgica a las fresas. Siempre me hago un lío. Sueles recordármelo tú, pero ahora no te acuerdas de qué no debes comer. —Se frota la cara con ambas manos—. Dios, lo siento mucho. Sabía que era demasiado pronto para salir a la calle. Lo mejor es... que nos vayamos a casa.

Cierra la puerta. Intento no fruncir el ceño mientras me rasco toda la piel por segunda vez en solo dos días. Quito la bolsa rosa de Nana del hueco que tengo a los pies y la lanzo hacia la parte de atrás para poder estirar las piernas.

Wayne sube y arranca la furgoneta. Sin dejar de rascarme, me vuelvo hacia el lado para coger el cinturón de seguridad y sorprendo a una mujer mirándome con intensidad desde la acera. No la conozco —o eso creo, al menos—, pero no aparta de mí los ojos grandes y oscuros. Es baja y delgada. ¿De unos cuarenta años? En el pelo de color rubio sucio lleva unas mechas sin duda caseras.

Me saluda con la mano y yo le devuelvo el gesto instintivamente.

La furgoneta empieza a moverse y la mujer saca el teléfono, casi desesperada, y se lo lleva a la oreja.

—No te preocupes —me dice Wayne, que atrae mi atención de nuevo hacia el interior del vehículo—. Una vez que lleguemos a casa, no tendremos que volver salir durante mucho tiempo. Tiraré todas las fresas que haya en la casa. Haré todo lo que haga falta para mantenerte a salvo. Lo sabes, ¿verdad?

La preocupación me encoge el estómago. Me abrocho el cinturón de seguridad.

—Sí... Lo sé.

ONCE

DREW

El coche patrulla de Roane me adelanta a toda velocidad antes incluso de que me dé tiempo a salir del aparcamiento. Soy todo arrepentimiento. Vale, muy noble eso de alejarse todo digno de la excursión que el sheriff se ha montado para acusarme, pero, a cada paso que doy, soy más consciente de que este es el lugar en el que vi a Lola por última vez hace ya cinco semanas. Y pensarlo me catapulta hacia el pasado.

¿Giró a la izquierda o a la derecha cuando salió del aparcamiento?

¿Se ofreció alguien a llevarla?

¿Iba llorando?

¿Llegó a su calle?

Lo peor de todo: ¿seguiría aquí si no hubiera hecho lo que hice?

Cuando llego de nuevo al instituto, el aparcamiento está vacío y el pasado se acalla. Sería imposible que Lola hubiera llegado hasta esta altura de la ciudad sin que nadie la viera. Por ahora, he escapado de su fantasma.

A más o menos un kilómetro y medio de casa, el cielo se abre y empieza a llover a cántaros. Porque, por lo visto, el universo no se ha cagado lo suficiente en mí últimamente. No acelero el paso. Más bien me arrastro hasta casa.

«Sé que la culpa es tuya».

El peso de estas últimas cinco semanas va a aplastarme. La nueva prueba de Roane, sea cual sea, le ha permitido hacer registros, llevarse mi coche y quién sabe qué más en los próximos días.

Nunca tiraré la toalla respecto a Lola, pero ¿cómo voy a ser capaz de luchar por ella y por mí al mismo tiempo? Roane me ha dicho que soy su último sospechoso. Y, conociéndolo, no se detendrá hasta que haya reunido las pruebas necesarias para que encajen con su versión de los hechos. Entonces, me arrestarán, y Lola seguirá desaparecida. ¿Cómo la ayudaré estando entre rejas?

Me froto la cara con frustración.

No... No sé qué hacer.

Cuando abro la puerta, papá sale disparado desde las escaleras y se abalanza sobre mí. Gruño al recibir el impacto. Me rodea los hombros con los brazos y me estruja como si le fuera la vida en ello.

—Drew, por Dios. ¿Dónde has estado? Te he llamado cientos de veces —dice—. ¿Y por qué estás tan mojado?

Intento responderle, pero no me queda aire en los pulmones. Mi respuesta jadeante parece sorprenderlo, porque entonces me suelta.

—Perdona. Lo siento.

Le quito importancia al asunto con un gesto de la mano.

—No pasa nada. Lo entiendo. No es un buen momento para no contestar al teléfono. —Qué pedazo de eufemismo. Me distraigo un momento pensando en mi padre esperándome en las escaleras, tamborileándose con los dedos en las rodillas maltrechas, preguntándose si a mí también me habrá pasado algo. La culpa me contrae el estómago—. Lo siento mucho. Tengo el móvil en silencio y he tenido un encontronazo con Roane. He vuelto a casa caminando.

—¿Desde el instituto?

Niego con la cabeza.

—No. Desde el embarcadero.

Su cara es un poema.

—Vamos, tienes que entrar en calor. Cuéntame lo que ha pasado mientras te preparo algo de comer. Papi tiene que trabajar hasta tarde esta noche, así que estamos solos.

Cuando tengo una manta echada alrededor de los hombros y un cuenco de las hilachas que sobraron de la cena familiar en las manos, mi padre se sienta en un taburete al otro lado de la encimera y se lo cuento todo. El pupitre vacío en la clase del señor Moore, Autumn, el mensaje de «asesino» en mi taquilla, las clases que me he saltado, el coche desaparecido y lo que Roane me ha dicho acerca de Lola. Mi padre no me interrumpe ni siquiera cuando reconozco que he hecho novillos, eso hay que reconocérselo. Aprieta los labios en esa mueca de «esto no me gusta» para dejar claro que no lo aprueba, pero no dice nada hasta que me acabo toda la comida y doy por concluido el relato.

Respira hondo.

—Vale.

Espero a que diga algo más.

Se rasca detrás de la oreja y clava la mirada en la encimera de granito negro que nos separa. Luego, coge mi cuenco, lo deja en el fregadero y suspira.

—Ya sabes lo que opino de que faltes a clase, pero esta vez lo dejaré pasar porque creo que lo que estás viviendo lo justifica. Aun así, no quiero que vuelva a ocurrir. Pase lo que pase, tienes que seguir con tu vida.

Asiento.

—Lo sé.

—Y me alegro de que le hayas dicho a Roane que no vuelva a dirigirse a ti. No debería andar por ahí siguiéndote. Voy a llamar a nuestro abogado, quizá presente una queja en comisaría. Eres menor de edad, no puede meterte en su coche e interrogarte sin más. Sé que ahora mismo hay muchas miradas puestas en él y que siente la presión de tener que averiguar qué le pasó a Lola, pero eso no le da derecho a interrogarte sin que tus padres o tu abogado estén presentes. A papi le va a dar un ataque.

—¿Tenemos que contárselo? —pregunto, y pongo cara de pena.

Papá se cruza de brazos.

—Drew.

—Vale, vale. —No quiero ocultarle cosas a papi, pero, de los dos, es el que más se preocupa con diferencia—. No quiero que se estrese. Además, ya está hecho. No pienso decirle ni una sola palabra más a Roane sin que vosotros estéis delante.

—Tengo que contarle lo que ha pasado, pero esperaré hasta mañana. ¿De acuerdo?

—De acuerdo.

—¿Necesitas que te lleve al instituto mañana por la mañana?

Mierda, ni siquiera había pensado en eso. Roane me ha dejado sin medio de transporte durante quién coño sabe cuánto tiempo. Hasta que me lo devuelva, no tengo forma de llegar a ninguna parte—. No, tranquilo. Se lo pediré a Max.

—¿Estás seguro? No me cuesta nada.

Supongo que quiere verme entrar en el instituto con sus propios ojos, pero no creo que mi padre deba llegar tarde al trabajo solo porque la policía me haya dejado sin coche.

—No, en serio, no pasa nada. A Max no le importará llevarme. Al fin y al cabo, los dos tenemos que ir al mismo sitio.

La piel de alrededor de los ojos se le llena de arrugas de cansancio.

—Estoy preocupado por ti, Drew. Creo que esta es la primera comida caliente que te veo tomar en mucho tiempo. Te oigo caminando de un lado a otro en plena noche. Hace semanas que no te veo con ningún amigo que no sea Max. No nos dijiste nada cuando el equipo de natación te pidió que lo dejaras. Te pierdes todas las cenas familiares. Estás distante...

«Distante» es una buena manera de decirlo. Yo habría dicho: «absolutamente agotado de las gilipolleces de todo el mundo», pero es que yo soy menos educado que él.

—Estoy bien. Ya sabes... procesándolo.

Me mira sin creérselo mucho.

—De verdad —digo, y adopto una expresión de lo que espero que parezca sinceridad—. Estoy bien. Estoy triste, quiero que Lola vuelva a casa y es una mierda que todo el mundo me haya dado la espalda. Y a ella también. Aunque no puedo controlar lo que hacen los demás. Todavía estoy intentando asimilarlo, pero todo irá bien.

Las mentiras me revuelven la carne y las patatas que tengo en el estómago y pienso que ojalá hubiera comido menos.

La verdad es que apenas duermo porque, cada vez que cierro los ojos, sueño que el río se convierte en un agujero negro y se la traga. No puedo quedarme de brazos cruzados esperando a que la policía averigüe qué le pasó porque no me fío de ellos.

Papá entrelaza las manos sobre la encimera.

—Sé que esto es muy difícil para ti. También lo ha sido para nosotros. Lola es muy importante para esta familia, se pasó el verano prácticamente viviendo aquí. Esperar a tener noticias suyas ha sido una auténtica pesadilla, así que lo entiendo...

No tengo palabras ni siquiera para empezar a explicar lo mucho que quiero a mi padre por hablar de ella siempre en presente. Hace que me sienta menos solo en esto. Como si no fuera el único que no ha perdido la esperanza.

—Tu padre y yo también comprendemos que, por muy terrible que esto haya sido para nosotros, es incluso aún peor para ti —continúa—. Pero eso tampoco quiere decir que debas renunciar a tu vida. Puedes abogar por Lola y, aun así, seguir cuidándote. Tú aún sigues aquí.

Hago un gesto de asentimiento a pesar del repentino dolor que me oprime la garganta. Sé lo difícil que ha sido todo esto para ellos, pero se ha equivocado en una cosa.

No sé si yo sigo aquí. No del todo.

Me siento como si una parte de mí se hubiera marchado con ella.

—Lo sé. Te prometo que estoy bien. —Estiro una mano y la poso sobre la suya en la encimera—. Voy a quitarme la ropa mojada y a ver si puedo dormir. Ha sido un día absurdo.

Mira el reloj del horno.

—Solo son las seis.

—Lo sé. Pero en lo que me cambio y me relajo, serán las siete. Y tienes razón en lo de que últimamente no he dormido muy bien.

Además, necesito distanciarme de la preocupación que le inunda la cara.

Me levanto y me hace un gesto con las manos.

—Eh, espera. Casi se me olvida. —Se acerca de nuevo a la encimera, coge una bolsa con el logo de una tienda de material de oficina y me la lanza. Dentro hay dos cajas de cartuchos de tinta—. Para tus octavillas. Max me ha dicho que te vio en la fotocopiadora de la biblioteca, así que me imaginé que te habías quedado sin tinta en la impresora. He pasado a comprártelos cuando volvía del trabajo.

Bajo la mirada hacia el interior de la bolsa y siento que me arden los ojos. Es un detalle muy sencillo, pero lo recibo como si alguien me tendiera una mano bondadosa en plena oscuridad. El hecho de que, aunque ninguno de los dos creamos que esté sirviendo de nada, me haya comprado lo que necesito para continuar con mi misión es el tipo de apoyo incondicional que no me merezco.

—Gracias —murmuro, y le doy abrazo.

—De nada. —Me estrecha con fuerza—. La echamos de menos —dice—. Nosotros también echamos de menos a Lola. No estás solo en esto.

Lo abrazo con un poco más de ímpetu. Se me ha formado un nudo en la garganta.

Al cabo de un minuto largo, me suelta.

—Buenas noches, Drew.

—Buenas noches, papá.

Me doy la vuelta y subo corriendo a mi habitación.

«Nosotros también echamos de menos a Lola...».

Mis padres no se merecen un hijo tan negligente como yo.

Si supieran lo que hice, no me lo perdonarían jamás.

Me quito la manta de los hombros y, con un suspiro, cierro la puerta de mi habitación a mi espalda con el pie. Dejo caer la bolsa de tinta al suelo y lanzo la manta hacia la cama al mismo tiempo que enciendo la luz.

Ocurren dos cosas al mismo tiempo.

La luz ilumina una figura sentada al borde del colchón.

Y la manta le da en la cara.

Retrocedo de un salto y suelto un chillido medio estrangulado. La figura se desembaraza de la manta y me desplomo contra la puerta.

—¿Autumn?

Se pone de pie y luego tira la manta al suelo, los destellos de su sudadera captan la luz y bailan reflejándose en el techo cuando se pone las manos en las caderas.

—¡No me tires mierdas a la cara!

Me quedo mirándola, con el corazón latiéndome en la garganta. ¿He estado a punto de mearme encima y ella se enfada porque ha recibido el impacto de una manta? ¿Después de haberse colado en mi habitación?

—¿Qué cojones haces aquí? —grito en un susurro.

—Buscar pistas —contesta demasiado alto.

Me llevo un dedo a la boca.

—Si no quieres que mi padre te encuentre aquí, más te vale bajar la voz. Dudo que al sheriff le guste recibir esa llamada.

Da un respingo, pero baja la voz.

—Como si siguiera importándote lo que me pase. No quieres saber nada más de mí, ¿recuerdas?

—¿Cómo has entrado aquí? —Miro a mi alrededor. Ha revuelto todo lo que tenía en el escritorio, ha sacado cosas de debajo de la cama, les ha dado la vuelta a los bolsillos de todas mis sudaderas y la puerta del armario está abierta. Hay ropa y zapatos por todas partes—. ¿Y quién va a recoger toda esta mierda?

Señala con el pulgar hacia la ventana.

—He subido por el árbol de fuera. Te habías dejado la ventana abierta. Y esto te va a tocar recogerlo a ti... Tienes suerte de que no haya destripado el colchón con un cuchillo.

«Asesino».

Me hierve la sangre.

—Vete a tomar por culo de aquí.

Como si no pasara nada, descuelga la pizarra de la pared, la apoya en la silla del escritorio y señala las pruebas de mi investigación como si fuera la presentadora de un concurso. El aire del conducto de la calefacción agita las notas adhesivas y parece que me estén saludando.

—No hasta que me expliques qué coño es esto.

Mierda.

Cuando la veo toquetear la pizarra de Lola, es como si estuviera cometiendo un delito. Es mía. Es el trabajo que he hecho mientras ella dedicaba su tiempo a hacer acusaciones vacías.

Me aclaro la garganta.

—¿Tú qué crees que es?

—Parece la pared de un acosador, y me da escalofríos.

Arranca la foto en la que Lola y yo aparecemos en el embarcadero, y me precipito hacia ella para quitársela. Autumn la dirige hacia la ventana para alejarla de mí.

—¿Es de aquella noche? ¿La sacaste tú? Antes de...

La fulmino con la mirada.

—¿Antes de qué, Autumn?

—Antes de hacer lo que hiciste.

—No le hice nada a Lola.

—Eres un mentiroso.

—Y tú eres una delincuente. Sal de una puta vez de mi casa antes de que llame a tu padre. Lo digo en serio.

Se le pone toda la cara roja. No roja tipo vergüenza, sino roja tipo Autumn. Como si estuviera hirviendo por dentro.

—Ya tengo la prueba, así que deja de mentir.

—Pues dásela a tu padre. Ten cuidado no vayas a tropezarte al bajar las escaleras.

Sonríe con arrogancia.

—Ya se la he dado. Hace unos días.

Está mintiendo. Tiene que estar mintiendo.

—Buen intento. Si tuvieras algo útil, se lo habrías dado hace semanas.

—¿Quieres que te lo demuestre?

Se saca el móvil del bolsillo. La pantalla se ilumina y veo que ha grabado toda nuestra conversación. Cosa que no me sorprende. Seguro que esta detective de quiero y no puedo creía que iba a hacerme confesar y, después, escapar por la ventana dando un salto mortal o algo así.

Busca entre los mensajes de su buzón de voz y pulsa el botón de reproducción con el gesto teatral de alguien que se dispone a fastidiarme el día.

Un sollozo familiar me llega a través del altavoz.

—¿Autumn? —dice la voz llorosa de Lola.

En mi interior, algo vital se rompe en mil pedazos.

—Este es el peor momento para que no me cojas el teléfono... No te vas a creer lo que ha hecho. No puedo... Es que no puedo... Es un cabrón. Es una mala persona. No puedo creerme que haya estado tanto tiempo con él. Nunca me ha querido de verdad. No creo que sea capaz de querer a nadie. Es todo un puto monstruo. No me puedo creer que me... —Otro ataque de llanto llena la habitación—. No puedo más. Entre mis padres y él, no... no puedo. No aguanto más. Por favor, llámame.

La llamada se corta y caigo de rodillas al suelo.

Me cago en la puta.

«No creo que sea capaz de querer a nadie».

Voy a vomitar la cena. Empiezo a tener arcadas y, aún con una expresión petulante en la cara, Autumn abre los ojos como platos. Con un pie, empuja hacia mí la papelera que hay junto al escritorio y me la acerco a la cara por segunda vez esta semana. Poco a poco, se me asienta el estómago y la comida decide quedarse dentro.

¿Esta es la nueva prueba? ¿Esto es lo que ha permitido que el sheriff consiga una orden para registrar mi coche, para designarme su último sospechoso? ¿Es este mensaje de voz la razón de que crea que la he matado?

Me dejo caer hacia atrás hasta apoyar los hombros en la puerta y ladeo la cabeza.

—¿Qué has hecho?

—¿Cómo que qué he hecho? ¡Qué has hecho tú!

El mensaje de voz se repite una y otra vez en mi cerebro. No puedo dejar de imaginármela caminando por la carretera, llorando pegada al teléfono. Me vienen a la cabeza todos los horrores con los que podría haberse encontrado. Por mi culpa.

—No le hice daño —repito.

—Y una mierda que no. Acabas de escuchar el mensaje. Te llama monstruo. ¿Qué hiciste?

Levanto la vista, la miro a los ardientes ojos azules y le digo la verdad:

—Rompí con ella.

Autumn se queda boquiabierta y yo bajo la mirada. La vergüenza me crispa hasta el último de los nervios del cuerpo.

Rompí con ella. Rompí con Lola.

Y puede que eso la matara.

—No lo hiciste —susurra, tan bajo que apenas la oigo—. No serías capaz.

Le lanzo una mirada asesina.

—Romper con ella no, pero matarla sí, ¿verdad?

—Espera. Cuéntamelo todo.

Es lo último que me apetece hacer, pero supongo que no se irá hasta que lo haga y, cuando la pena y la culpa de ese mensaje de voz me coman vivo, quiero estar solo.

Además, Autumn también ha perdido a Lola. Y mi padre tenía razón, no estoy solo en esto. Ahora mismo, es la persona del mundo a la que menos soporto, pero Autumn lleva varias semanas teniendo que vivir con ese mensaje de voz. Ahora el acoso y las acusaciones tienen mucho más sentido. Aun así, lo de la taquilla asesina ha sido una cabronada.

Suspiro.

—Se había peleado...

—Con sus padres. Sí, lo sé. Me mandó un mensaje mientras estaba esperando a que la recogieras —dice.

Asiento.

—Cuando la recogí, seguía enfadada y quería pillar algo de comer e ir al río. Nos compramos unas hamburguesas y bajamos al embarcadero. Se desahogó de lo de sus padres y estuvimos pensando en formas de conseguir el dinero sin su ayuda. Me dijo que yo era la única persona que veía las cosas igual que ella.

A Autumn se le enrojece de nuevo la cara y se sienta en el borde de la cama.

—Así que la dejaste, claro.

Me merezco todo el sarcasmo al que quiera someterme.

—Cuando la recogí, no sabía que iba a hacerlo. Lola me había ido dejando caer algún que otro comentario sobre el futuro. «Cuando vayamos juntos a la universidad». «Cuando nos libremos de nuestros padres y nos mudemos a nuestra propia casa». «Cuando nos casemos». Siempre «cuando», como si ya estuviera decidido. Como si yo no tuviera voz ni voto en ninguno de esos temas. Me estaba agobiando.

»Ese día, en el río, me dijo que se moría de ganas de que tuviéramos hijos, porque nosotros sí les ayudaríamos con su primer coche, y me entró el pánico. Es que, a ver, ¿hijos? ¿Nosotros? Ni siquiera nos hemos graduado aún. Y, no sé, solo quería tomarme un respiro. Lola me miró con esos enormes ojos que tiene y no sé ni qué dijo, porque lo único que oía era la sangre que me palpitaba en los oídos y, de repente, le estoy diciendo que yo no quiero esas cosas. Se convirtió en una discusión horrible. Me enfadé tanto que le dije que no podía ser una tirita para su drama familiar... y le dije que me estaba consumiendo la vida. Que estaba harto.

Autumn palidece por completo.

—Y entonces se bajó del coche.

—Y entonces se bajó del coche. Le pedí que me dejara llevarla a casa y me dijo que eso ya no era problema mío, que se iría andando. Me acusó de haber buscado cualquier excusa para terminar la relación y me dijo que seguro que ya tenía a otra chica esperando a la cola y se marchó hecha una furia.

—¿Y tienes otra chica?

—¡Claro que no!

Se frota la sien.

—Pero la dejaste irse caminando.

Lo admito.

—Estaba muy enfadado. No solo por la pelea, sino porque pensara que le había puesto los cuernos. Me quedé un rato más en el aparcamiento, llorando y apretando el volante como si quisiera matarlo. Intenté llamarla tres o cuatro veces, pero no me lo cogió, así que me vine a casa. Volví a llamarla desde aquí y comprobé su ubicación en Snapchat para ver si había llegado bien. Durante mucho mucho rato, señaló que estaba junto a esa tienda que hay en la carretera, subiendo del río, y luego desapareció. Estaba preocupado por ella y no pude dormir. Me pasé la noche dando vueltas en la cama y pensando en nuestra historia: en cómo empezamos, en todo lo que habíamos pasado juntos. Me di cuenta de que estaba siendo un cobarde. Quise arreglarlo. Pero para entonces ya era demasiado tarde. Por la mañana, cuando llamé a su casa para preguntar por ella, su padre me dijo que no estaba en su cama.

—Madre mía. —Autumn deja el móvil a su lado en la cama—. Por eso te llamó monstruo. ¿Por eso lloraba?

—Sí.

—Se fue caminando sola en plena noche. Tú no le hiciste daño. La miro mal.

—Ya me entiendes —dice, y pone los ojos en blanco—. Me refiero a que no la heriste físicamente.

—No. Aunque tu padre no me cree, y menos ahora que ese mensaje de voz valida su versión de los hechos.

Al menos tiene la decencia de parecer un poco avergonzada.

—Lo siento. Cuando me dijo que el caso ya no se consideraba una investigación de persona desaparecida, no pude seguir ocultándoselo.

—¿Por qué se lo habías ocultado hasta entonces? Si creías que le había hecho daño a Lola, ¿por qué no le enseñaste el mensaje de voz el mismo día de la desaparición? ¿Por qué esperaste?

Levanta las manos en un gesto de desesperación.

—Porque en el mensaje decía que no aguantaba más. Todo el mundo decía que se había escapado, así que esperaba con todas mis fuerzas que fuera eso. Te odiaba por lo que fuese que hubieras hecho para disgustarla, pero no quería creerme que hubieses llegado a ponerte violento. Creía que Lola entraría en cualquier momento por la puerta contando alguna historia increíble, que la castigarían otra vez y que ahí acabaría todo. Pero...

—No volvió a casa.

—Exacto. Mantuve la esperanza, pero pasó una semana. Luego dos. Luego tres. Tenía la sensación de que el mensaje de voz iba a quemarme el teléfono. No podía dejar de pensar en él. Pero te conozco de toda la vida y, al contrario de lo que puedas pensar, no quería creer que tuvieras algo que ver con la desaparición. Además, entregar el mensaje de voz era como admitir que Lola no iba a volver a casa, así que... no lo hice. Pero entonces te pusiste supercombativo, enfadado y distante, y mi padre creía que les estabas ocultando algo. No sé. Cuando me sentó y me dijo que las adolescentes desaparecidas no suelen volver a casa vivas después de tanto tiempo, ya no pude seguir justificando que me lo guardara.

Quiero odiarla por no haber hablado conmigo de todo esto, pero no puedo. Estaba en una situación imposible; tenía una prueba con la que no sabía qué hacer.

Y odio que haya tenido que lidiar sola con esto durante todo este tiempo.

—Gracias —le digo en voz baja—. Por haberme concedido el beneficio de la duda. Te lo agradezco, aunque ahora se te haya acabado.

Se levanta y empieza a recorrer la distancia que separa la ventana del armario una y otra vez mientras se pasa los dedos con nerviosismo por la maraña de pelo rojo.

—Mierda. De verdad creía... De verdad creía que sabías algo más de lo que estabas contando. ¿Dónde coño está, Drew? —Se vuelve hacia mí y las lágrimas le ruedan por la cara—. ¿Qué le ha pasado a Lola?

Siento una opresión en el pecho.

—No tengo ni idea. Todo lo que sé está en el reverso de esa pizarra, pero es difícil de cojones cuando soy el único que la está buscando. Todo el mundo da por hecho que, o se ha escapado, o la he matado.

Autumn se estremece.

—Si se hubiera escapado, ya se habría puesto en contacto con alguien. Al menos conmigo.

—Lo sé. Y, si no se ha escapado y yo no le hice nada, alguien tuvo que llevársela. Alguien que le impide llamar a casa.

Se le desenfoca la mirada y me doy cuenta de que se está imaginando lo peor. Traga saliva con dificultad y sacude la cabeza para librarse de cualquiera que sea la pesadilla que se ha figurado.

—Vale. ¿Cómo te ayudo?

Me incorporo hasta quedar sentado.

—¿Qué?

—Lo digo en serio. Dime qué hago. ¿Cómo la encontramos y te quitamos a mi padre de encima a la vez?

No sé qué contestarle. Cuelgo octavillas ineficaces. No soy precisamente un ejemplo brillante de qué hacer a continuación.

La ventana se levanta de golpe y los dos nos asustamos. Los rizos de Max se asoman por el hueco y mi primo sonríe de oreja a oreja.

—¡Hola! —dice mientras se cuela en la habitación.

Me pongo de pie.

—Claro, pasa, no te cortes. Únete a la fiesta.

Traslada la pizarra al suelo y se sienta en mi silla de escritorio.

—¿Qué pasa? Tu padre me ha dicho que necesitas que mañana te lleve al instituto. ¿Al final los polis se han llevado el Trooper?

—Y... ¿has decidido colarte en mi casa para confirmarlo?

Se ríe.

—He intentado llamarte, pero debes de tener el móvil en silencio o algo así.

—Claro, y por eso tu siguiente paso ha sido entrar por la ventana, ¿no? —pregunta Autumn—. ¿Has oído hablar de la puerta delantera?

—Le dijo la sartén al cazo... —mascullo.

Me fulmina con la mirada.

—Pues vale.

—¿Tú también has entrado por la ventana? —le pregunta Max.

146

—Bueno, no acostumbro a hacerlo.

—¿En serio? Yo lo hacía siempre. Vale, ¿qué pasa? ¿Vamos a encontrar a Lola o qué?

Levanto las dos manos para ponerles freno. Esta conversación me está poniendo la cabeza como un bombo.

—Espera. ¿Qué?

Max estira las largas piernas y las cruza a la altura de los tobillos mientras entrelaza las manos detrás de la nuca.

—Te he oído desde el árbol. Has dicho que eras el único que estaba buscando a Lola, ¿no? Pues vamos a solucionarlo. Yo me apunto.

—Te apuntas... ¿a qué?

—A esto, tonto —dice Autumn, que levanta mi pizarra de Lola del suelo y la apoya contra el cabecero de la cama—. Nos apuntamos a esto. Vamos a encontrarla.

Me paso los dedos por el pelo.

—Hace cinco segundos, creías que era un pedazo de mierda perverso y ¿ahora quieres que aunemos fuerzas? Hoy me has escrito «Asesino» en la puñetera taquilla.

Esboza una mueca de dolor.

—Lo siento. Hace cinco minutos, eras un probable ser inmundo. Ahora, eres el pedazo de mierda de su ex intentando arreglar las cosas.

El «ex» de la frase me hace dar un respingo. Pero, joder, eso es lo que soy.

Expulso ese pensamiento tan sumamente incómodo de mi cabeza.

—Vale..., pero ¿cómo vamos a encontrarla? ¿Colgando más octavillas?

Max resopla.

—Sí, porque han sido muy útiles.

—Tampoco es que tuviera otra opción. Además, las octavillas habrían servido de algo si alguien hubiera llamado con información de verdad —digo intentando no refunfuñar.

—¿Y las grabaciones de la línea oficial de colaboración ciudadana? El número sale en todos los telediarios cada vez que sacan la cara de Lola —dice Max, que se dispone a usar el puño como micrófono imaginario—: «Si ve a esta chica o tiene alguna información respecto a su paradero actual, llame al cinco-cero-tres bla, bla, bla».

—Sí, claro, ¿y cómo nos hacemos con ellas? Van directamente al despacho de mi padre —dice Autumn, y se mete las manos en los bolsillos de la sudadera centelleante—. Además, ¿qué iban a decirnos a estas alturas? Lleva demasiado tiempo desaparecida. Ahora toda esa información es antigua, y mi padre ya ha hablado con todas las personas que la vieron aquella noche.

—Pero, si hubiera información nueva, podría ayudarnos —digo—. La línea oficial debe de tener más alcance gracias a la cobertura mediática, y estoy seguro de que Roane no está al día de las últimas llamadas si ha centrado su atención en mí por completo.

—¿Y si le pedimos a mi padre que revise las más recientes? —pregunta Autumn—. Puedo decirle que me he equivocado con lo del mensaje del buzón de voz.

La miro como si fuera tonta.

—Sí, claro. Estoy convencido de que el repentino cambio de opinión de su hija adolescente es justo lo que hace falta para que un agente de policía veterano altere por completo el rumbo de su investigación. A lo mejor también deberías decirle que soy libra y que mi signo tiende más a la diplomacia que al asesinato.

Se enfurruña.

—Eres tonto.

—No tanto como tu plan.

—Yo tengo uno mejor —dice Max mientras se impulsa hacia atrás. Las patas delanteras de la silla se levantan del suelo y, aunque está a punto de caerse, consigue evitarlo en el último segundo. Continúa como si no hubiera pasado nada—: Nos saltamos a Roane y las escuchamos nosotros mismos.

—¿Y cómo lo hacemos? —pregunta Autumn.

Mi primo sonríe de nuevo y ya sé que esto no va a gustarme.

—Pues allanando la comisaría, obvio.

DOCE

DREW

Ya está. Así es como al final termino arrestado.

Me miro en el espejo del baño y suspiro. Tengo una pinta horrible. Bolsas debajo de los ojos. La piel de un color que haría estremecerse a un zombi. Unas líneas de un rojo furibundo me atraviesan el blanco de los ojos.

Los dos chiflados no salieron por la ventana de mi habitación hasta casi las once. Es un pequeño milagro que mis padres no los oyeran bajar reptando por el lateral de la casa. Después, apenas dormí. No podía dejar de darle vueltas al plan de Autumn.

Anoche, con el dulce margen de veinticuatro horas que teníamos para llevarlo a cabo, parecía mucho más real. El plan se basa en que a su padre le toque el turno de noche, algo que ocurrirá hoy. Pero ahora me estoy replanteando nuestra cordura.

Esta noche consigo o dar un enorme paso hacia Lola, o pena de cárcel.

Me saco el móvil del bolsillo para ver la hora. Casi las diez. Suelto un taco para mis adentros. Se supone que Max me va a recoger al final de la calle dentro de cinco minutos. Me lavo la cara con agua fría y alguien llama a la puerta del baño.

—¿Todo bien ahí dentro, mijo? —me pregunta papi.

Mierda. Me seco la cara con una toalla con la esperanza de que me ayude a darle algo de color a mi piel antes de que se preocupe.

151

—Sí, me estoy preparando para meterme en la cama.

Abro la puerta y me lo encuentro esperándome pacientemente en el pasillo. Me sonríe e intento corresponderle.

—¿Necesitabas el baño?

Sacude la cabeza y se ahueca el pelo oscuro.

—No, no. Solo quería saber cómo estabas. No te he visto mucho estos últimos días. Estas últimas semanas, en realidad...

—Sí, lo sé, papá también me lo ha comentado. Solo necesito tiempo.

—Tómate el tiempo que te haga falta. Estaré por aquí si me necesitas, ¿vale?

Su expresión es de tristeza, enfado y ánimo, todo a la vez. Como si quisiera decir mucho más y le supusiera un esfuerzo físico contener las palabras. Apoyarme sin hacerme mil preguntas, darme espacio cuando quiere asegurarse de que yo no desaparezco también.

Le doy un abrazo. Me estruja tan fuerte que me duelen todas las costillas, pero no le digo nada. Dejo que me abrace durante todo el tiempo que quiera, y solo me alejo cuando él también decide hacerlo.

—No te preocupes, papi. Estoy bien. Te lo prometo.

Se le relajan un poco los hombros.

—¿Quieres hablar?

—Todavía no. Ya te lo pediré más adelante.

«Cuando termine de hacer cosas a las que te opondrías.»

—Vale. Tú... recuerda que estás hecho de esperanzas y sueños, mijo. Deseamos tu llegada durante muchísimo tiempo. Estoy aquí. Para lo que necesites.

Un torno me oprime la garganta y tan solo puedo asentir.

Me da unas palmaditas en el hombro y baja de nuevo las escaleras mientras yo me escabullo hacia mi habitación.

—Hasta mañana, mijo —me dice.

Oigo que papá también me grita «¡Buenas noches!» desde abajo.

—¡Buenas noches! —le respondo a voces, y me trago la culpa por todo lo que les estoy ocultando.

Ahora no puedo enfrentarme a eso. No hay tiempo.

Cierro la puerta, me pongo la capucha y me aseguro de que el montón de almohadas que he colocado bajo las mantas parezca mi cuerpo acurrucado y dormido. Siempre he pensado que el rollo de la persona-falsa-metida-bajo-las-mantas es un tópico. Pero, si mis padres se asoman a echar un vistazo, tiene que haber algo en mi cama; de lo contrario, estaré jodido. Supongo que por eso es un clásico.

Apago la luz y salgo por la ventana. Los pulmones me duelen a causa del frío y el aliento me sale en forma de nube. Haciendo equilibrios sobre el alero que cubre la ventana de la cocina, bajo la hoja de la de mi dormitorio. Las tejas están cubiertas de escarcha y me resbalan las zapatillas, pero consigo deslizarme y saltar hasta el patio de atrás sin hacer mucho ruido.

El Liberty de Max está parado en la esquina cuando rodeo el lateral de la casa, y me pregunto si me dejará conducir. Pero, cuando me acerco, veo que el asiento del conductor está vacío. Mi primo está sentado en el del acompañante, con los pies apoyados en el salpicadero.

Subo y lo miro con una expresión inquisitiva en la cara.

Se encoge de hombros.

—Sabía que querrías conducir tú, así que me he cambiado de sitio antes de que empezaras a agobiarme para que lo hiciera.

—¿Sabías que querría conducir?

—Claro, si ya quieres controlarlo todo en un día normal, imagínate cuando estamos a punto de hacer una tontería así.

Puede que tenga razón.

—Es casi como si me conocieras o algo.

Se ríe.

—O algo.

Solo Max podría arrancarme una sonrisa en una noche como esta.

Cuando giro hacia la calle de Autumn, se me corta la diversión.

Joder. No me puedo creer que estemos a punto de hacerlo.

La casa de Autumn es un rancho de una sola planta, de color verde cazador, con amplios ventanales y el césped muerto. Su viejo y abollado Volkswagen está aparcado sobre la grava del camino de entrada. Cuando me detengo detrás de él, veo que está paseando de un lado a otro del porche, ansiosa, con su sudadera brillante.

Sube al Liberty sin decir una sola palabra, se acomoda en el asiento central y se abrocha el cinturón. Arranco antes de que alguien pueda echarse atrás, yo el primero.

Al llegar a la señal de stop, intento no mirar la casa de Lola, pero no puedo evitarlo. Esta noche están apagadas todas las luces excepto la de su dormitorio.

—No la apagarán nunca —dice Autumn desde el asiento de atrás—. La bombilla se fundirá y la cambiarán una y otra vez hasta que tengan cien años.

La miro a través del retrovisor y la sorprendo enjugándose una lágrima de la mejilla.

El ambiente del coche cambia.

Max se sienta más erguido. Yo aprieto el volante con más fuerza. Autumn se pone la capucha y su expresión se vuelve de acero.

—La apagarán cuando la encontremos —asegura Max.

154

—Vale —digo—. Vamos a repasar el plan una vez más. No podemos meter la pata.

—Vale, primer paso. Empieza.

—Me dejáis en el parque —comienza Max—. Espero hasta las diez y media y llamo a la policía desde ese teléfono público del año de la pera. Les digo que hay un tipo raro persiguiendo a una mujer en el parque, luego grito como una frágil ancianita y cuelgo.

Intento no sonreír. Lo de «grito como una frágil ancianita» es nuevo.

Autumn pone los ojos en blanco.

—Como ya ha entrado el turno de noche, el aviso sacará a los dos ayudantes de la comisaría. Así será más fácil moverse por allí sin tantas miradas indiscretas. Darán unas cuantas vueltas por el parque, así que Max, tendrás que largarte de allí.

Mi primo asiente.

—Volveré al coche y me esconderé.

—Aparcaré a la vuelta de la esquina de la comisaría —digo.

—Luego entro y distraigo a mi padre —sigue Autumn—. Nunca contesta al móvil personal cuando está en el trabajo, y esta noche ya lo he llamado seis veces diciéndole que no me acuerdo de la contraseña del wifi, que el cargador del portátil no está y que Netflix no me funciona. Lo sacaré de su despacho y me quejaré hasta que esté desesperado; eso le dará a Drew la oportunidad de colarse sin que lo vea.

Confirmo sus palabras con un gesto de la cabeza.

—Entraré, descargaré las grabaciones de su ordenador, saldré de nuevo sin que me vean y volvemos a juntarnos todos en el Liberty.

Autumn se inclina hacia delante y mete su naricilla puntiaguda en el hueco que queda entre los asientos delanteros.

—La última vez que estuve en su despacho, tenía las carpetas de los casos abiertos en la parte superior de la pantalla de inicio. La carpeta «Scott.L» estaba en el medio, las grabaciones de la línea de cooperación ciudadana deberían estar ahí, pero también se las envían por correo electrónico, así que quizá las tenga en la carpeta de descargas. La contraseña de su ordenador es el cumpleaños de mi madre. Veintiocho, doce, mil novecientos setenta y seis. Con puntos entre los números y sin espacios. Ya te la he mandado al móvil para que no se te olvide.

Vuelvo a mirarla por el retrovisor, esta vez boquiabierto.

—Ostras, Autumn, no te andas con tonterías.

Se encoge de hombros.

—Soy virgo. Siempre vengo preparada.

No sé si se está burlando de mi broma acerca de que soy libra o si lo dice en serio.

Nos paramos en un semáforo en rojo. El parque está más adelante, a la izquierda. Faltan unos cuatrocientos metros para llegar a la comisaría.

Max echa un vistazo a los alrededores y se desabrocha el cinturón.

—Yo me bajo aquí. Somos el único coche que hay en la carretera. Buena suerte. Después nos vemos.

Saca unas cuantas monedas de entre los trastos que hay en los portavasos de su coche y cruza la calle a toda velocidad. De pronto, ver a Max corriendo solo calle abajo hace que todo esto vuelva a parecerme una mala idea.

—El semáforo está en verde, Drew.

Piso el acelerador. Ahora ya no podemos parar.

22.25. Mi primo hará la llamada dentro de cinco minutos.

Cuando aparco el Liberty en una de las muchas plazas vacías que hay al doblar la esquina de la comisaría, me tiemblan las manos.

Autumn abre la portezuela.

—Espera hasta que veas que salen los coches y luego acércate a la puerta. Me cruzaré de brazos cuando el acceso al despacho esté despejado.

Y, entonces, ella también desaparece.

Me tiro del cuello de la sudadera. Todo está sucediendo muy rápido. Si la cago, tanto Max como Autumn se meterán en un lío, y sería cien por cien culpa mía.

Cierro los ojos.

«Mantén la calma, Drew».

Relajo las manos y me recuesto en el asiento. Voy a hacerlo bien. No me van a pillar. Y a Max y a Autumn tampoco. Somos adolescentes sigilosos y escurridizos. Si hay alguien que pueda hacer algo así e irse de rositas, somos nosotros.

Unas luces azules y rojas iluminan el cruce que tengo delante. Un coche de policía sale a toda velocidad del aparcamiento de la comisaría y desaparece por la carretera. Me bajo de un salto del coche, lo cierro y miro la hora en el móvil.

22.32.

Los policías se han ido. Max está camino del Liberty. Autumn ya está dentro.

Hora de ponerse en marcha.

Rozo con los dedos la unidad USB que llevo en el bolsillo y los cierro a su alrededor. Los bordes de plástico duro se me clavan en la mano. Sin esto, estoy jodido.

Hay unos cuantos vehículos desperdigados por el aparcamiento, además del coche patrulla del sheriff Roane y del todoterreno blanco del que vi salir a la recepcionista guapa la última vez que me trajeron para interrogarme.

Mierda. La recepcionista. ¿Qué está haciendo en la comisaría tan tarde?

Me acerco a la puerta de cristal de doble hoja y escudriño la entrada.

El mostrador de recepción es un semicírculo grande situado a unos cuatro metros y medio de la puerta. A la izquierda, en un pasillo formado por tres paredes, están los aseos y las máquinas de café. Detrás de la recepción, se encuentran todos los escritorios y, al fondo y a la derecha, las paredes están bordeadas de despachos especiales. El del sheriff Roane es el primero y está casi al lado del mostrador de recepción.

Autumn está cerca de las máquinas de café con su padre. Roane está de espaldas a mí y tiene los hombros tensos. Por su postura, está claro que lidiar con el drama de Autumn es lo último que le apetece y, uf, qué bien entiendo cómo se siente. Aunque no es que no se merezca lo que sea que su hija le esté soltando. Autumn tiene los brazos estirados a los lados y habla en un tono bajo y furioso. No la oigo a través del cristal, pero su cara es todo rabia.

Tengo que esperar.

La recepcionista está sentada detrás del mostrador, pero aún no me ha visto. Es de Alabama o algo así. No me acuerdo cómo se llama. Puede que ni siquiera lo haya sabido nunca. Me parece que alguien me dijo que se había casado con un tipo que era de aquí cuando estaba en la universidad.

Se mete un mechón de pelo largo y oscuro detrás de la oreja y clava la mirada en la pantalla que tiene delante. Sus ademanes tienen algo que me hace pensar que no dudaría en placarme si causara algún problema. Y a la mierda con su blusa de encaje con volantes.

Se levanta y me aparto de la puerta de un salto.

—Sheriff Roane, ¿le sirvo otro café? —pregunta la recepcionista.

Él se da la vuelta y niega con la cabeza.

—No, ahora no, gracias, Savannah. Pero supongo que a los chicos no les iría nada mal tomar algo caliente cuando vuelvan de atender el aviso.

—Seguro, en la calle hace mucho frío. Voy a preparar otra cafetera —dice, pero, en lugar de dirigirse hacia Autumn y el sheriff, echa a andar hacia una de las puertas del fondo.

Hay una sala de descanso privada.

Y, lo que es más importante, ha abandonado su mesa.

Roane se vuelve de nuevo hacia Autumn y se pone las manos en las caderas. Ella se cruza de brazos. Esa es mi señal. Cruzo la puerta sin hacer ruido y, por fin, empiezo a oír su conversación.

—¿Cómo que se ha roto internet? —dice Roane—. ¿Cómo va a haberse roto?

—¿Cómo narices quieres que lo sepa? Se... cortó de golpe. Aunque eso ya lo sabrías si me hubieras cogido el teléfono alguna vez.

—Autumn. Ya te lo he dicho. No puedo responder llamadas personales. Estoy trabajando.

—Y yo estoy encerrada en casa sin internet. ¡Me estoy muriendo!

Atravieso el vestíbulo lo más deprisa que puedo. Por suerte, la moqueta lisa y vieja amortigua mis pasos.

—No tengo tiempo para esto —dice Roane—. Tengo un millón de cosas pendientes, y todas ellas son más importantes que estar aquí plantado discutiendo contigo sobre internet.

—¿Me estás diciendo que el trabajo es más importante que tu hija? Vaya. Por fin lo has dicho alto y claro.

—Cielo santo —murmura el sheriff.

Qué razón tiene: cielo santo. No sé si Autumn se lo está inventando todo sobre la marcha o si lo que está liberando esta noche para ayudarnos es auténtica rabia reprimida. En cualquier caso, funciona y me cuelo en el despacho de Roane.

Esta sala es un sesenta por ciento de madera teñida de rojo y un cuarenta por ciento de cuero negro. Incluso las paredes están forradas. Puede que aspire a ser «sofisticado y judicial», pero más bien parece «el salón del abuelo». Por si no bastaba con eso, aquí dentro huele a comida china rancia.

Dejo atrás los sillones negros que hay frente a su mesa-de-jefazo y aparto la silla de oficina. Junto a la placa con su nombre y el millar de bolígrafos desparejados, hay fotos de Autumn, de su madre y de una mascota de la familia que murió hace tiempo. Muevo el ratón y la pantalla se ilumina y me muestra el cuadro de la contraseña.

Saco el móvil y busco el mensaje de Autumn.

Semilla del Diablo: 28.11.1976
Semilla del Diablo: Sin espacios. Solo puntos. Suerte.

Creo que debería cambiar el nombre con la que la tengo guardada en mis contactos.

Introduzco la contraseña y accedo al escritorio. Me saco el USB del bolsillo con torpeza. Se me resbala de entre los dedos y cae repiqueteando sobre la mesa, choca con tres bolígrafos y una enorme carpeta roja antes de que pueda volver a cogerlo.

Me quedo paralizado y el corazón, que ya tenía desbocado, se me sube a la garganta. Casi espero que Roane o Savannah irrumpan corriendo en el despacho con las esposas preparadas por culpa del ruido. Pero la recepción sigue vacía. Medio segundo después, Autumn grita:

—Estoy con la puta regla, ¿qué quieres de mí?

Y rompe a llorar.

Estoy cubierto durante unos minutos.

Qué leches, esa chica podría mantener a su padre ocupado hasta el final del turno si así lo quisiera. Si lo del diseño de moda no le sale bien, debería hacerse actriz. Conquistaría Hollywood comedia dramática a comedia dramática.

Encuentro el archivo de Lola en medio del escritorio, justo donde Autumn me había dicho que estaría, y hago clic para abrirlo. La pantalla se llena de información. Archivos con declaraciones, fotos de dónde encontraron su teléfono, fotos de mi Trooper. Todas las pruebas que tienen desde el segundo en el que se denunció la desaparición de Lola. Incluso el informe original que su padre rellenó la mañana siguiente.

Siento el impulso de leerlo todo y tengo que recordarme que no estoy aquí para eso. Repaso todo el contenido de la carpeta, pero no hay grabaciones y, además, casi todo lo que tienen está relacionado conmigo. El novio grande y malo. Ninguno de los datos se aventura siquiera fuera de Washington City.

A continuación, abro las descargas. Se han descargado unas doscientas cosas en los últimos diez días y estoy buscando cinco semanas de grabaciones. Eso son más de mil descargas entre las que buscar.

Juro que la presión sanguínea me va a reventar una vena del cuello.

Hago clic en «Buscar» y escribo «Lola», pero no les ha puesto ese nombre a las grabaciones. Vuelvo a intentarlo con el nombre de la carpeta y tampoco sirve de nada.

—La cafetera ya está puesta —canturrea Savannah desde la sala principal—. ¿Quieres algo, Autumn?

Joder, se me está acabando el tiempo.

—¿Tienes chocolate caliente? —contesta Autumn.

Oigo los pasos de Savannah mientras vuelve a la sala de descanso.

Cojonudo, salvado de nuevo. Si salimos de esta, tengo que comprarle un coche a esa chica. Qué leches, le daré el mío en cuanto me lo devuelvan.

Vuelvo a centrarme en los archivos descargados a lo largo de los últimos días: si encuentro alguno, quizá pueda buscar el resto utilizando el mismo nombre. El ratón se desplaza por los resultados y busco cualquier archivo que sea un MP4 o que pueda reproducirse de cualquier forma. No sé qué formato estoy buscando.

¡Bum!

S.L.29.09E

Scott, Lola, y la fecha de su desaparición. Hago una búsqueda por «S.L.» y encuentro cinco en total. S.L.29.09A, S.L.29.09B, S.L.29.09C, S.L.29.09D y S.L.29.09E. Cinco archivos para cinco semanas. Los arrastro todos al icono del USB del escritorio y espero sin una sola pizca de paciencia a que se descarguen.

El icono da un saltito cuando termina. Lo expulso y cierro la sesión mientras vuelvo a guardarme la unidad en el bolsillo. Casi temblando por la expectación. Aquí podría haber algo que me diga dónde está Lola.

La pantalla se oscurece y acerco la silla de nuevo a la mesa justo cuando Roane alcanza su límite en el vestíbulo.

—No, Autumn. Tienes que irte a casa. Le echaré un vistazo al router mañana por la mañana y te mandaré una pizza a casa, pero ahora mismo no puedo estar pendiente de esto. Tengo demasiadas cosas en la cabeza.

Unos pasos impetuosos se dirigen hacia el despacho y me meto debajo del extremo más alejado de la mesa para esconderme.

«Joder. Joder, joder, joder».

—¿Pizza de dónde?

A Autumn se le quiebra la voz y sé que es la primera señal de que ya no controla la situación. Este es su último esfuerzo desesperado. Tengo que salir de aquí.

Me asomo por detrás del escritorio y sopeso mis opciones. Roane está de espaldas a mí, pero se interpone en mi camino hacia la salida.

«¿Cómo coño voy a...?».

Algo se agita al otro lado de la ventana y estoy a punto de mearme encima del susto. La cara teñida de pánico de Max está pegada al cristal.

Abro el pestillo de la ventana y tiro de la hoja hacia arriba para abrirla, pero se atasca en cuanto sube unos centímetros. Me acuclillo.

—¿Qué haces aquí? —susurro.

—¿Tú qué crees? ¡Ver cómo vas! Además, has cerrado el coche y aquí fuera hace un frío de tres pares de cojones. Venga, sal, date prisa.

Pero no puedo. Roane está discutiendo con Autumn sobre los ingredientes de la pizza. No puedo salir por donde he entrado sin que me vean. Y, a menos que quiera hacer un montón de ruido, la ventana tampoco es una forma de escape viable.

Al menos para mí.

Me saco el USB del bolsillo y se lo paso a Max junto con las llaves de su coche. Lo menos que puedo hacer es asegurarme de que no me pillan con las pruebas.

—Ve y espera en el coche. Si dentro de diez minutos no he salido, márchate sin mí.

—¿Qué...?

Cierro la ventana sin oír su protesta y señalo hacia el Liberty. Se queda dos segundos más al otro lado del cristal, articula algo parecido a «Te puto odio» y se aleja patullando.

Vuelvo a cerrar el pestillo, me aparto del cristal a toda prisa y me siento en uno de los sillones de cuero que hay frente a la mesa, repantigado como si llevara horas esperando aquí. El pulso me late con fuerza en el cuello y bajo la barbilla para ocultarlo.

—Vale, Autumn, muy bien. Lo que tú digas. La pediré de *pepperoni* vegano, pero no pienso comerme las sobras, así que será una pequeña —refunfuña Roane mientras entra en su despacho.

Me ve y se detiene junto a la puerta.

Le sonrío.

—Espero no interrumpir nada, sheriff.

TRECE
MARY

La doble dosis del medicamento me hace caer redonda antes incluso que la otra vez. Me despierto con la frente pegada a la ventanilla del pasajero y el cristal empañado por el vaho que me sale de la boca. La furgoneta traquetea por un camino de tierra y, cuando enfoco la vista, veo que estamos rodeados de árboles.

Ya estamos de vuelta en la montaña.

Me froto los ojos para despejarme de la siesta y me rasco el cuello otra vez. La nube de vaho desaparece de la ventana y, distraídamente, limpio los restos de condensación con el gorro de lana, que se me ha caído de la cabeza mientras dormía. Me lo guardo en el bolsillo de la chaqueta.

—¿Cómo te encuentras? —me pregunta Wayne sin quitarle ojo al camino.

—Cansada. Con picores. Un poco mejor, creo.

Asiente.

—Lo siento mucho. No sé ni cómo pedirte perdón.

Le sonrío, pero no respondo porque sigo sin entender cómo ha podido pasar. ¿Cómo ha podido olvidarse de a qué soy alérgica? ¿Cómo puede ser que viera las fresas y los huevos en mi pla-

165

to del desayuno y no supiese al instante cuál de los dos alimentos iba a sentarme mal?

¿Cómo es posible que un padre no recuerde lo que podría matar a su propia hija?

Y, sobre todo, si confundió una cosa con otra —con el estrés de todo lo que ha ocurrido a lo largo de los últimos días, tal vez no sea tan raro—, ¿por qué esta tarde no le ha sonado una alarma en la cabeza cuando me he pedido un batido de fresa?

Nada de todo esto tiene sentido, y supone un final confuso para un día que, por lo demás, había sido bueno. Sentía que por fin empezaba a conocerme, pero ahora todo vuelve a estar confuso.

Me mira; debe de estar esperando a que diga algo.

—Estas cosas pasan, ¿no?

Creo que lo digo más para mí que para él.

Le flaquean los rasgos.

—Supongo que sí.

El camino se endereza delante de la furgoneta y vislumbro la cabaña, que aparece y desaparece de mi vista entre los árboles.

Wayne suspira.

—Hogar, dulce hogar.

Reduce la velocidad para girar hacia el camino de entrada justo cuando alguien dobla la esquina más adelante. Un anciano con una gorra a cuadros escoceses negros y rojos y un plumífero azul sin mangas se encamina hacia nosotros. Su sonrisa ilumina la carretera. Saluda agitando ambas manos por encima de la cabeza, y Wayne refunfuña en voz baja mientras vuelve a mirar el cuello de pico que llevo debajo de la chaqueta.

Los neumáticos se detienen a apenas quince centímetros de las escaleras de la cabaña.

—¿Por qué no entras? —me dice al mismo tiempo que clava

un dedo en el cierre de mi cinturón de seguridad—. Ya me encargo yo de ver qué quiere.

Me giro en el asiento. El hombre ha llegado al final del camino de entrada y se ha quedado allí esperando con las manos metidas en los bolsillos del chaleco.

—¿Quién es?

—No lo sé. ¿Un vecino, tal vez? Parece simpático.

Entonces ¿por qué tengo que meterme en la cabaña? ¿Para evitar que me vea las clavículas? Uf, qué horror. Además, ¿qué es eso de que «tal vez» sea un vecino? Si venimos a menudo, ¿no debería Wayne saber quién vive cerca y quién no?

Me preparo para bajar de la furgoneta.

El viejo me ve mirarlo mientras me deslizo hacia el suelo y se saca una mano del bolsillo para dedicarme un saludo.

—Buenas tardes.

Wayne cierra la portezuela del conductor y, unos cuantos pasos más tarde, reaparece junto a la parte trasera de la furgoneta poniéndose la chaqueta. Sus fuertes pisadas retumban en el silencio.

—Buenas tardes. ¿Necesitaba algo?

El viejo vuelve a sonreír. Por debajo de la gorra le asoman mechones de pelo gris y lleva unas gafas de lectura colgadas del bolsillo del chaleco. Las arrugas que le surcan la cara son del tamaño de un cañón. Y son de las buenas. Como si llevara décadas sonriendo.

—No necesito nada —dice, y le tiende una mano—. Solo quería presentarme. Soy Ben Hooper y vivo a unos cuatrocientos metros de aquí.

Señala en la dirección desde la que hemos llegado.

Wayne carraspea y le estrecha la mano.

—Encantado de conocerte, Ben. Soy Wayne.

El vecino desvía la mirada hacia mí.

—¿Y tú quién eres, bonita?

No tengo que volverme hacia Wayne para saber que me está observando. Su mirada pesa más que la manta de croché rasposa del sofá.

—Esta es mi hija, Mary.

—Un placer conocerte —dice Ben con el tono más ligero y entusiasta que he oído utilizar a una persona.

Tiene una actitud naturalmente despreocupada y feliz que me provoca tristeza.

Yo no sé cómo ser... así. ¿Habré sido capaz de sonreír con tanta facilidad en algún momento de mi vida?

Quiero hacerlo.

—Lo mismo digo —murmuro.

Sonríe, ladea un poco la cabeza y me escudriña la cara.

—Oye, ¿sabes que tengo la sensación de que te conozco de algo? Pero no consigo recordar de qué.

Lo miro entornando los ojos.

—¿De verdad?

—Le pasa mucho —dice Wayne con una sonrisa—. Tiene una cara muy común.

«Ah, ¿sí?».

—Vaya. Bueno. —Ben se encoge de hombros y desvía la sonrisa de nuevo hacia Wayne—. Bueno, solo quería deciros que, si necesitáis cualquier cosa y no tenéis ganas de volver a bajar la montaña, me aviséis. ¿De acuerdo?

—Gracias —contesta él—. Es todo un detalle por tu parte. Te lo agradecemos mucho.

—Bah, no es nada. ¿Para qué están los vecinos si no? Hace tiempo que hemos perdido ese sentido de comunidad y estoy empeñado en recuperarlo.

Ay. Eso me ha parecido encantador. Creo que me cae bien el viejo Ben.

—Deberíamos ayudarnos los unos a los otros —continúa—, en lugar de aislarnos con las pantallas e internet. Eliminar los iPhones. Volver a los valores familiares.

Ah, no. Acaba de perderme.

—No podría estar más de acuerdo —dice Wayne.

Se centra otra vez en mí y frunce el ceño. Le lanza una mirada significativa a la cabaña.

Hago un gesto de indiferencia y señalo la puerta con el pulgar.

—Está cerrada.

Cuando se da cuenta, le cambia la expresión de la cara y se lleva una mano al bolsillo.

—Culpa mía. Toma.

Me lanza las llaves, que trazan un arco alto en el aire, y, sin siquiera pensarlo, levanto la mano que tengo libre y las cojo. Le doy la vuelta a la palma y las miro con sorpresa. Mira por dónde: tengo coordinación. Otra cosa que añadir a mi lista.

Mary Ellen Boone. Diecisiete años. Buena estudiante. Último curso de instituto. Lizzo. Alergia a las fresas. Chaqueta de flores. Madre muerta. Bastante hogareña. Rollitos de canela. Morado. Escolarizada en casa. Buena *catcher*.

—Voy enseguida. Antes quiero coger más leña —me dice Wayne—. Ve a entrar en calor, Mary.

Ben capta la indirecta.

—Bueno, ya os dejo tranquilos. Me alegro mucho de que, por fin, nos hayamos cruzado.

Me escudriña antes de darle la espalda para abrir la puerta.

Es irónico que, teniendo en cuenta que yo no sería capaz de distinguir mi propia cara en un laberinto de espejos, nuestro vecino piense que le sueno de algo.

—Yo también me alegro mucho de haberte conocido —dice Wayne detrás de mí—, y que sepas que estamos aquí si necesitas cualquier cosa. Leña, primeros auxilios, lo que sea. Estamos preparados...

El chirrido de la puerta al abrirse ahoga el resto de lo que dice, y la ráfaga de aire caliente de la estufa de leña me resulta tan agradable en la piel irritada y llena de ronchas que cierro la puerta al instante y los dejo terminar la conversación en paz. Me acerco al sofá y me siento cerca del fuego. No me había dado cuenta hasta ahora del frío que tenía. Estiro las manos hacia el calor y las mantengo así hasta que los dedos recuperan el color rosado y el calor. Y, con él, llega otra oleada de agotamiento.

Oigo un golpe contra el lateral de la casa. Aguzo el oído y lo oigo de nuevo unos segundos después. ¿Será que la leña choca con el revestimiento? La verdad, estoy demasiado cansada para que me importe. Solo puedo pensar en echarme una siesta.

Me levanto a rastras del sofá, lanzo la chaqueta hacia el perchero y cuelgo las llaves de Wayne en el ganchito que hay junto al interruptor de la luz. Se balancean un segundo y me quedo paralizada.

Un destello de otra puerta me invade la mente. Una puerta blanca y estrecha con un colgador de llaves al lado. Este no es un gancho clavado en un tronco, sino una placa con cuatro ganchos plateados y la inscripción «Familia para siempre» escrita en letras cursivas blancas en la parte superior. Parpadeo y una mujer aparece entre la puerta y yo. Está de espaldas a mí, con la mano estirada para colgar sus llaves en el gancho. Creo que lleva un uniforme de hospital. Es verde azulado y no tiene forma. El pelo oscuro le cae por la espalda, se lo recoge en un moño y deja el bolso en el sofá rojo que hay junto a la puerta.

Parpadeo y vuelvo a estar mirando la pared de la cabaña.

Hostia. ¿Eso ha sido un recuerdo de mi madre?

La puerta se abre y doy un respingo cuando entra Wayne. Él no se da cuenta. Se estremece, se frota los brazos desnudos con la palma de las manos y me tiende la bolsa de color rosa chillón que me había olvidado en la furgoneta.

—Gente entrometida. Hemos venido hasta aquí para librarnos de los vecinos —comenta, irritado, antes de mirarme a la cara—. ¿Qué?

Cojo la bolsa en modo piloto automático, aún pensando en la mujer del pelo oscuro, y le espeto:

—¿Mi madre era enfermera? ¿O médica?

Da un paso atrás.

—No. No trabajaba, se quedó en casa, contigo. ¿Por qué?

La decepción me araña por dentro. Supongo que no era mi madre, entonces.

—Solo tenía curiosidad por saber a qué se dedicaba. ¿Conocemos alguna enfermera o médica? ¿Alguien que lleve uniforme de hospital?

Me lanza una mirada ceñuda.

—No. ¿Por qué?

Me encojo de hombros.

—Creía que había recordado una cosa, pero supongo que no es así.

Se le suaviza el rostro.

—Hoy ha sido un día muy intenso para ti.

—Sí, el antihistamínico me ha fastidiado la diversión.

—No, me refería al día entero: la gente, las compras, caminar por ahí.

Lo miro sin comprender, sorprendida de que piense que el problema ha sido salir de casa, no el ataque de alergia. Si ese batido no hubiera acabado conmigo, le habría pedido que paráramos en alguna playa para alargar el viaje todo lo posible.

—Sí, bueno, eso también.

La imagen de la mujer me vuelve a la cabeza. Veo su silueta con absoluta claridad. Tiene que ser un recuerdo. Tiene que ser la madre de un amigo o algo así. Ojalá le hubiera visto la cara, quizá eso me habría ayudado a ubicarla. Pero ha desaparecido, junto con el resto de mi energía.

Wayne estira la mano y me aparta un mechón de pelo de la cara. Tiene los dedos helados.

—¿Te encuentras bien? ¿Necesitas echarte un rato?

—Creo que sí. —Empiezo a darme la vuelta, pero mi mirada se topa con su antebrazo desnudo y frunzo el ceño—. ¿Dónde está tu chaqueta?

Se mira la camiseta.

—Ah. Me la habré dejado en el coche. Ya la cogeré más tarde.

Juraría que la llevaba puesta cuando se bajó de la furgoneta. Esta mierda de medicamento me está friendo el cerebro.

—¿Me despiertas cuando esté preparada la cena?

—Claro, peque —dice mientras añade más leña a la estufa.

Cierro la puerta para amortiguar el ruido y me quito las zapatillas nuevas junto a la cama. Las mantas pesadas me llaman a gritos y, cuando me tapo con ellas y me hundo en el colchón, es lo más parecido a la mayor satisfacción que creo que experimentaré en lo que queda de día. Se me cierran los ojos, pero mi cabeza no para.

«¿Te has comido los huevos?», pregunta Wayne antes de comentarme que soy alérgica a un alimento equivocado.

«Grande, por favor», dice para pedirme más cantidad de algo que hará que me cubra de ronchas antes de que las anteriores hayan desaparecido del todo.

Quiero dormir, pero el peso de la confusión me lo impide.

Yo no podría haber impedido lo que me ha pasado hoy, pero él sí. ¿A qué más podría ser alérgica? ¿Cómo voy a evitar los alimentos que me producen alergia cuando no recuerdo cuáles son? Y ¿cómo voy a confiar en que sea él quien lo haga cuando no para de demostrar que es incapaz de encargarse de ello? Tengo la sensación de que, con él, estoy acostumbrada a protegerme a mí misma, pero, hasta que recuerde de qué se supone que tengo que protegerme, no seré capaz de volver a hacerlo.

¿Cuántos ataques voy a sufrir mientras tanto? ¿Cuántos días voy a perder en una neblina de agotamiento inducido por los medicamentos mientras averiguo qué no debo comer ni beber?

Levanto la vista hacia mi irritantemente feliz póster de la playa y me sorprendo deseando que todo esto de ser padre se le diera mejor. Pero el sentimiento de culpa es inmediato.

Ha hecho muchísimas cosas por mí durante estos últimos días. Vale, se ha equivocado con una alergia. Es una mierda, pero tampoco es el fin del mundo. No debe de haber dormido mucho desde que tuve el accidente de coche. Eso no significa que sea incapaz de cuidar de mí. Ambos nos estamos adaptando a esta nueva normalidad.

Respiro hondo e intento relajarme. Mi mirada se topa con la arrugada tarjeta de visita del agente Bowman. Sigue apoyada contra la lámpara.

—Estoy bien —susurro mientras cierro los ojos—. Todo va bien.

Cuando el antihistamínico me arrastra de nuevo hacia las profundidades del sueño, oigo que la puerta delantera se abre y se cierra de nuevo.

CATORCE

MARY

El aliento me sale en bocanadas furiosas mientras noviembre intenta clavarme sus garras. Agarro con fuerza el cuenco de la cena y me impulso con los pies para volver a mover el columpio del río. El invierno no tardará en llegar... Bueno, lo que llaman «invierno» en Oregón, que es, sobre todo, lluvia helada y un frío constante debido a la humedad del aire. Pronto tendré aún más motivos para estar encerrada en esa cabaña.

El mero hecho de pensarlo me genera tal angustia que podría arrancarme la piel a tiras y lanzarla al río.

Hace solo cuatro días que me desperté en la zanja, pero parecen meses. No sé si es la incertidumbre sin fin, la bruma del antihistamínico o que Wayne no deja de vigilarme ni un segundo, pero es agotador.

La siesta de ayer se transformó rápidamente en un maratón de diecinueve horas de sueño. Esta mañana me he levantado tarde, con el fantasma de las ronchas aún bailándome sobre la piel y una arraigada vacilación a la hora de comer.

Sabía que el pan era seguro, así que he comido tostadas, pero esta ensalada de tacos no tiene nada que me anime a jugármela.

Me concentro en el relajante vaivén del columpio y no en el hecho de que llevo una hora analizando todos y cada uno de los ingredientes de este cuenco, preguntándome si también soy alérgica a los tomates, al queso, a la lechuga romana...

Lo último que necesito son tres ataques de alergia en cuatro días, y parece que ni Wayne ni yo podemos hacer nada por evitarlo. Es como si ambos tuviéramos la misma cantidad de información sobre mis alergias. Que es, claro está, ninguna.

Miro con desconfianza el tomate que tengo pinchado en el extremo del tenedor y dejo el cuenco en el asiento, a mi lado. Ahora, la sensación de adolescente «normal» que experimenté en Waybrooke, me parece ridículamente lejana y deseo recuperarla más que nada en el mundo. Ahora todo me resulta sofocante y falso.

Los ruidos de Wayne cortando leña resuenan en el patio a mi espalda, pero no me vuelvo para mirarlo. Sé que me está observando. No vaya a ser que me siente a menos de dos metros de una masa de agua de curso lento. A lo mejor me ahogo solo por acercarme. Pongo cara de hastío y me impulso con más fuerza.

—Mary, ten cuidado con ese columpio. No es tan estable como parece —me grita desde el otro lado de la pila de leña.

«Mary». Mi nombre me resuena en los oídos, como si mi cerebro no le permitiera entrar.

Levanto una mano por encima de la cabeza y hago un gesto para que sepa que lo he oído.

Lo más seguro es que solo me queden un par de minutos de soledad. No tardará en oscurecer y tendré que volver a la cabaña. Volver a la televisión y a esta vida tranquila y confinada. Me muero de ganas de hacer algo. De moverme. De irme. De vivir. De tener un propósito más allá de sentarme en el sofá envuelta en una manta rasposa como una heredera enfermiza de la época de Regencia.

Me estoy hartando muchísimo de esta puta cabaña.

Quiero salir a correr, o explorar la costa, o subir una montaña. Cualquier cosa con tal de sacar la energía, pero no puedo porque lo único que se me permite hacer es ver Netflix. Incluso convencerlo de que me dejara bajar aquí mientras él cortaba leña ha sido un esfuerzo.

«Parece que va a llover...».

«¿Y cuándo cenas?».

«Es que en esta zona hay coyotes».

«Odias estar al aire libre, ¿qué te ha dado?».

Está empeñado en grabarme a fuego en el cerebro el hecho de que soy hogareña.

Se supone que me gusta vivir enclaustrada, ya lo pillo. «Mary» nunca sale de casa, pero, si eso es cierto, ¿por qué tengo la impresión de que preferiría quemar esta cabaña hasta los cimientos antes que sentarme en ese sofá a ver otra temporada de *Schitt's Creek*? No tengo nada en contra de los Rose, moriría por Moira, pero también mataría por largarme de aquí.

Pellizco una de las diminutas violetas que tengo estampadas en la manga de la horrible chaqueta y suspiro. Por mucho que esta cabaña sea acogedora y tranquila, también tiene muchas corrientes de aire, está aislada de todo y no tiene ni una sola de las cosas que quiero. Aunque no recuerde cuáles son.

Me concentro en el agua y respiro hondo para dejar que el frío vuelva a llenarme los pulmones.

«Estoy bien. Todo va bien».

No pasa nada, solo es que los agujeros que tengo en la memoria me ponen nerviosa. Puede que mejore cuando volvamos a la otra casa. Según Wayne, McMinnville no es enorme, pero es más grande que este pueblecito en medio de la nada. Tengo que darme más tiempo.

Miro de reojo el cuenco con la cena que he abandonado. Si es que no me muero de hambre antes.

¿Y si me hago una prueba de alergias o Wayne llama a mi médico? Me gustaría comer en paz. Me rugen las tripas y me rodeo el cuerpo con los brazos.

Atisbo un movimiento por el rabillo del ojo y me sobresalto. Wayne está de pie junto al otro extremo del columpio, con el hacha al hombro. Inclina la cabeza hacia un lado.

—¿Te he asustado?

El corazón a lo Lizzo me convulsiona en el pecho, pero niego con la cabeza.

—No.

Sonríe.

—Tienes cara de frío. ¿Quieres entrar y tomarte un chocolate caliente? Tengo unos cuantos paquetes del instantáneo, y puedes echarle la leche que queda si te apetece...

Adiós, aire fresco. Hola, Netflix.

—Sí, claro. Suena bien.

Pero, ni siquiera he terminado de decirlo cuando empiezo a preguntarme si seré alérgica a la leche. O a los malvaviscos.

¿Habrá alguien que sea alérgico a los malvaviscos?

Detiene el balanceo con el dorso del brazo y recoge el cuenco.

—Casi no has cenado.

Me arrebujo en la chaqueta, pero el frío me tensa los músculos hasta provocarme un escalofrío.

—No tenía mucha hambre.

Wayne me mira como si ambos supiéramos que estoy mintiendo, pero no dice nada. Me bajo a regañadientes del columpio y empiezo a cruzar el patio.

A Mary Boone no le importaría estar metida en la cabaña todo el rato. Netflix es su mejor amigo.

No la entiendo. Para nada.

Una burbuja de ansiedad amenaza con estallar cuando me acerco a la puerta delantera, pero entro de todos modos. No hay ningún motivo para tener un ataque de pánico por descansar durante un par de días. No estoy en peligro. Estoy viendo la tele, por el amor de Dios.

Tengo que calmarme.

Algún día me acordaré de esta angustia y pensaré que soy una reina del drama. Empezaré a recuperar los recuerdos cualquier día de estos, y entonces las piezas del puzle volverán a encajar. Volveré a sentirme yo misma.

Cuelgo la chaqueta, me desplomo en el sofá y cojo el mando a distancia. Otra vez.

—¿Qué hay esta noche en la programación de la tele? —me pregunta Wayne unos minutos más tarde, tras dejar una taza negra de cerámica sobre la mesita de centro. Las volutas de vapor con aroma a chocolate me recuerdan a la taza que me tomé en la comisaría y siento una oleada de alivio. El chocolate caliente no me da alergia, y no le ha añadido malvaviscos—. Algo más interesante que la última vez, espero.

Su expresión es abierta y feliz, y me digo que es porque él es una persona abierta y feliz.

—¿Qué dices? A mí la de la mujer que va a un concurso y gana un *bed and breakfast* en Nueva Zelanda me pareció divertida. Sobre todo la cabra.

Se ríe y se sienta en la mecedora junto a su dormitorio.

—La cabra era lo único bueno de esa película.

—No estoy de acuerdo, pero no pasa nada.

Pulso la flecha que apunta hacia abajo, leo en diagonal las descripciones de las películas y me detengo en la sección de clásicos. La carátula de la mayoría de estas películas es una imagen en blanco y negro, a excepción de la de alguna que otra comedia romántica de los años ochenta o noventa. En un par de ellas, se me pasan por la cabeza vagos indicios de la trama, y casi me acuerdo de lo que ocurre al final de varias de ellas, algo que mínimamente me reconforta.

Me topo con *Por siempre jamás* y un cosquilleo de emoción me recorre de arriba abajo. ¿Felicidad? ¿Nostalgia?

Me giro en el asiento.

—¿Esta la he visto antes?

Wayne se inclina hacia delante para ver mejor la pantalla.

—¿Es la de Cenicienta? ¿La de las alas de mariposa y los libros?

—Creo que sí...

Hago clic en el resumen y lo leemos.

Sonríe.

—Era una de las favoritas de tu madre.

Eso explica la emoción, supongo.

—Creo que me acuerdo de ella.

—Ya queda menos. Lo recordarás todo.

—Pues ya está tardando.

Presiono el botón de reproducción. Me da la sensación de que esta película es el tipo de consuelo que hoy necesito con desesperación.

La sala se oscurece a nuestro alrededor mientras la película avanza. La pobre chica de la pantalla deja de ser una niña y se convierte en una adulta maltratada que tiene una puntería tremenda con una manzana, y me pierdo en la historia. Empiezo a articular todas y cada una de las palabras de los diálogos moviendo solo los labios y, hacia la mitad de la película, se me saltan las lágrimas porque por fin me siento yo misma. La conozco. Esta película —o una pequeña porción de ella— me pertenece.

No me doy cuenta de que estoy llorando a mares hasta que llego al final. La música aumenta de intensidad, la chica de la pantalla también está llorando y, de repente, ya no estoy en este sofá. Estoy en medio de un gran sofá rojo, con unas diez mantas mullidas sobre el regazo y un cuenco gigante de palomitas de mantequilla encajado entre otra persona y yo. La única luz de la habitación procede de un televisor sobre un mueble antiguo. En la pantalla se reproduce *Por siempre jamás*. Una mujer con el pelo largo y oscuro está sentada a mi lado y, cuando el príncipe le da la espalda a la chica que ama, agita hacia él un puño que me resulta familiar. La mujer de pelo oscuro grita:

—¡Cómo odio esta escena!

No parece que la odie en absoluto.

La miro y le digo:

—La has visto diez mil veces, ¿cómo puedes seguir enfadándote tanto con esta película?

—Dejaré de enfadarme cuando deje de hacerla llorar. Drew Barrymore es una joya.

—En eso tienes razón.

Me tira una palomita. Yo le tiro otras cuantas a ella y me mira con toda la indignación de un gatito.

—Eres una maleducada, ¿sabes? Deja de ensuciarlo todo o tendrás que limpiar el sofá entero.

—¡Si has empezado tú!

—Mentiras.

Y se acabó. Vuelvo a estar en el sofá de la cabaña. Me agarro al brazo con tanta fuerza que clavo las uñas en el relleno. Está claro que eso ha sido un recuerdo. Y sé que la conozco de verdad.

Ahora le veo la cara con total nitidez. Los ojos cálidos, las pecas en la nariz, el pelo recogido en un moño por tercer día consecutivo. Oigo su voz en cientos de conversaciones sobre el instituto, los chicos y las amigas. Gritándome por salir de casa a escondidas. Recogiéndome de la piscina. Escondiéndome el café en frío para que no la palme de un tembleque. Recordándome las citas con el dentista y enseñándome a conducir, chillándome por acercarme demasiado al bordillo.

Todo, absolutamente todo envuelto en ella.

Ahora sí que lloro a mares. Me quedo inmóvil durante tanto tiempo, diseccionando todos y cada uno de los detalles del rostro de la mujer, que ni siquiera me doy cuenta de que la película ha terminado hasta que Wayne se aclara la garganta.

—¿Estás bien? —pregunta al encender la lámpara que hay junto a la mecedora. La luz cálida se derrama por la habitación. Wayne se sienta a mi lado—. ¿Qué te pasa? ¿Te ha puesto triste la película?

Dejo el mando a distancia en el brazo del sofá para poder enjugarme las lágrimas de la cara, pero no me salen las palabras.

—No... creo que... me acuerdo de mamá.

Se le paraliza el cuerpo entero.

—¿En serio?

Asiento, y me cuesta tanto respirar que tiemblo de arriba abajo. ¿Por fin empiezo a recordar?

Wayne se lleva la mano al bolsillo trasero y saca una cartera desgastada. La abre. Tiene una de esas fundas pequeñas para fotos. La de arriba es de un bebé envuelto en una manta verde; supongo que debo de ser yo. Le da la vuelta hacia la que hay detrás, saca la foto de la funda y me la tiende con una sonrisa.

—¿Es esta la persona que recuerdas?

¿Tiene una foto de ella? ¿De la madre de la que no me acordaba? ¿Y ha esperado hasta ahora para enseñármela? La idea de tener un recuerdo real y verificable me produce una emoción que me revuelve el estómago casi vacío. Me seco las últimas lágrimas y recupero la compostura. Me acerco la foto y estudio a dos personas que están de pie delante de una chimenea gigantesca en un edificio elegante. La repisa está cubierta de flores rojas y blancas y la pareja que posa delante de la chimenea sonríe de oreja en el que, a todas luces, es el día de su boda.

No me cuesta nada reconocer a Wayne, aunque con muchas menos canas. Tiene los mismos pómulos afilados y rodea con los brazos a una mujer pálida vestida de satén blanco brillante y encaje.

Una mujer con el pelo largo y de color rubio miel y unos enormes ojos azules.

Guiño los ojos ante la foto. Me imagino su rostro con una espesa cascada de pelo castaño oscuro y con pecas, pero es como embutir la pieza equivocada en el hueco de un puzle. Por más que retuerza los rasgos finos y delicados de esta mujer, no consigo convertirla en la del sofá rojo.

Debo de haberme equivocado.

—¿Y bien? ¿Es ella? ¿Te acuerdas? —pregunta Wayne con intensidad.

Sonrío para ocultar el tornado de mis emociones. Parece tan esperanzado que no soy capaz de decirle la verdad.

—Sí —contesto—. Sí, es ella.

Una sonrisa le invade el rostro.

—¿Ves? ¿Qué te dije? Ten paciencia y, con el tiempo, lo recordarás todo. ¿Tenía razón o no tenía razón?

Me planto una sonrisa en la cara, pero sigo inmóvil como una piedra.

—Tenías razón.

Asiente para sí y vuelve a su mecedora mientras tararea una canción en voz baja. Acerco la mano al mando a distancia y pulso el botón de reproducción para llenar el silencio.

Necesito un minuto —o noventa— para averiguar qué estoy sintiendo. ¿Tristeza por haberme equivocado? ¿Ansiedad por recordarlo todo mal constantemente? Pero ¿por qué noto más miedo que decepción?

Los detalles de los últimos cuatro días se me enmarañan en el cerebro, una mezcla de gestos paternales de consuelo y apoyo... y de errores. Wayne arrasando con el material de primeros auxilios y con la mitad de los tampones de la farmacia para asegurarse de que no me faltaba de nada. Wayne comprando ropa de la talla equivocada. Wayne presentándose en la comisaría, presa del pánico, para buscarme. Wayne diciéndome que soy alérgica al huevo. Wayne mostrando un certificado de nacimiento con una sonrisa en la cara. Riñéndome por llevar un cuello de pico. «No te acuerdas. No conoces las normas». Dejándome ropa limpia y seca en la puerta del baño la primera noche que pasamos aquí. «Deben haber sido las fresas...».

Pronto, los créditos de la película que había puesto, fuera cual fuese, llenan la pantalla y, sin darme cuenta, empiezo otra.

Wayne se ríe.

—¿*Una rubia muy legal*? ¿Qué quieres, torturarme?

Parpadeo para enfocar la mirada en la pantalla y me sorprendo al ver a Elle Woods llorando a moco tendido cuando la dejan durante una cena. Vuelvo la cabeza por encima del hombro hacia el reloj del horno. Es casi medianoche.

Ya no quiero seguir despierta. Ni en esta habitación. Ni en mi cabeza.

Aprieto el botón de pausa y me pongo de pie. Me siento como si me hubiera atropellado un camión. Estoy agotada, la somnolencia del medicamento parece un recuerdo lejano y enérgico.

—No, por esta noche te libras. Me voy a la cama.

Hace un gesto de aprobación.

—Vale, que duermas bien, Mary mía.

Mi nombre vuelve a retumbarme en los oídos.

—Buenas noches —murmuro mientras intento no prestar atención a su forma de observarme mientras cruzo la sala.

Ni siquiera parpadea hasta que cierro la puerta. Y, durante un breve instante, me planteo echar el pestillo.

En serio, tengo que calmarme.

QUINCE

DREW

—¿Qué narices haces aquí? —gruñe Roane. Rodea la mesa a toda prisa y empuja la silla hacia atrás—. ¿Y cuánto tiempo llevas en mi despacho?

Se relaja cuando le echa un vistazo al ordenador y le aparece la pantalla de la contraseña.

Pongo cara de no saber de qué habla.

—No lo sé. ¿Unos minutos? He venido a hablar, pero, como estaba ocupado con Autumn, he esperado aquí. ¿Preferiría que hubiese escuchado su conversación?

Se sienta a su escritorio con un resoplido.

—La próxima vez, espera a que te inviten a entrar.

Le dedico un saludo burlón:

—Señor, sí, señor.

Me arrepiento al instante. Se echa hacia delante, apoyando los brazos en el escritorio innecesariamente grande, y el ambiente del despacho se torna callado y agrio.

—¿Qué haces aquí? —repite en su tono más calmado y controlado de agente de la ley—. No vamos a devolverte el coche, si es lo que pretendes. Tardaremos una temporada en acabar con él.

De eso no me cabe la menor duda. No me sorprendería que lo hiciera saltar por los aires «sin querer» en un ejercicio de formación.

Sacudo la cabeza para alejar esa imagen mental.

—Ah, no. En realidad, he venido a hablar de lo que me dijo en el embarcadero. Es cierto que sé algo más sobre la noche en la que Lola desapareció.

Se endereza de nuevo, a todas luces sorprendido, y rebusca una pequeña grabadora plateada en el escritorio, porque, al parecer, estamos en 1975 y no dispone de una aplicación que la sustituya. La enciende y, acercándose al micrófono, dice:

—Andrew Carter-Diaz, declaración adicional. —Luego, la vuelve hacia mí—. ¿Tienes algo más que contarme?

Odio que me esté grabando, pero me he metido en esto yo solito. No puedo decir que he cambiado de opinión y largarme sin más. Así solo conseguiría despertar las sospechas del sheriff, y este sitio está lleno de cámaras. Si mi actitud le resulta extraña, lo primero que hará será mirar las grabaciones y pillarme trasteando con su ordenador. Ni siquiera me dará tiempo a echarle un vistazo al contenido de ese USB antes de que me esposen.

Tengo que parecer sincero, y la única forma de lograrlo es contarle algo que sea verdad.

—Sí, así es.

—¿Y vas a hacerlo sin supervisión paterna, sin tu abogado y por propia voluntad?

—Sí.

Se reclina contra el respaldo y la silla gime.

—Procede.

Uf, cómo lo odio. ¿Tiene que ser tantos clichés policiales a la vez?

—En el río me preguntó por qué se había bajado Lola del coche.

—En efecto.

Una ola de dolor me inunda el pecho al revivirlo otra vez. La cara que puso. El estruendo del portazo. Verla alejándose de mí. Respiro hondo.

—Yo... rompí con ella. Por eso se bajó del coche y por eso no fui tras ella.

Como un puto gilipollas.

Roane se rasca la barba incipiente del mentón.

—¿Dejaste a Lola? ¿Por qué?

Odio esta parte.

—Porque soy idiota. Porque empezó a hablar de que nos casáramos y me entró el pánico. Me acusó de ponerle los cuernos y discutimos. Se fue hecha una furia. Yo me fui a casa. Ahí se acaba la historia.

—¿Le pusiste los cuernos?

Doy un respingo.

—Claro que no.

—Si lo único que hiciste fue romper con ella, ¿a qué viene tanto secretismo? ¿Por qué no me lo contaste la primera vez que hablamos?

—Porque me odio por ello. Nuestra última conversación se convirtió en una pelea, y luego ella desapareció sin dejar rastro. No quería que nadie supiera que le había hecho daño.

—Y ¿por qué me lo estás contando ahora?

—Porque es cierto que le hice daño a Lola, aunque no como todo el mundo cree. Y, mientras yo me fustigaba por haber roto con ella, la ciudad entera ha decidido que la maté. He pensado... He pensado que debería saber la verdad. Porque tiene razón, todo esto es culpa mía. Si no hubiera acabado con nuestra relación, ella no se habría marchado sola y nada de esto habría ocurrido.

Decir esto último en voz alta hace que me arda la garganta.

Hago ademán de ponerme en pie, pero el sheriff levanta una

mano. La mirada seria de policía desaparece, sustituida por una expresión de tristeza o, quizá, de arrepentimiento. Vuelvo a sentarme.

—A ver, espera un momento. Los dos sois jóvenes, demasiado jóvenes para estar pensando en el futuro, y ese tipo de conversación pondría de los nervios a mucha gente, sobre todo, a vuestra edad. Es lógico que Lola buscara en ti el apoyo que sentía que no recibía de sus padres, pero no podía pedirte que le prometieras tu vida a los diecisiete años. Me preocuparía más que no te hubieras asustado un poco, la verdad.

Niego con la cabeza.

—No estamos hablando de un simple susto. Si esto fuera solo de que le rompí el corazón, vale. Pero es que la dejé sola en plena noche. Eso no tiene excusa.

—Esta es una ciudad segura. Tendría que haber podido llegar a casa sin ningún problema.

—Pero no fue así, ¿no?

—No, es cierto.

Roane entorna los ojos y, de pronto, entiendo lo que realmente quiere decir. Lola tendría que haber podido llegar a casa sana y salva si, y solo si, se hubiera marchado como digo que hizo. Porque Washington City es una ciudad idílica. Segura. Así que debo de estar mintiendo.

Como no digo nada, me acerca la grabadora.

—Una vez más, Drew. ¿Qué le pasó a Lola después de que rompieras con ella?

Me pellizco el puente de la nariz, de repente más agotado de lo que lo he estado en toda mi vida, pero respondo a su pregunta.

—Se bajó del coche y echó a correr por la carretera. Yo me fui a casa.

—¿Me estás diciendo la verdad? ¿Toda la verdad?

Dejo caer la mano.

—Es toda la verdad que tengo.

Apaga la grabadora con un gesto desdeñoso.

—Me alegro de que hayas compartido esto conmigo. Lo añadiré al informe.

Me pongo de pie.

—Gracias. Perdón por haberme presentado sin avisar.

—Es tarde. Vete directo a casa, ¿vale?

—De acuerdo.

Salgo de la comisaría y, en cuanto dejo atrás la parte delantera del edificio, rompo a correr hacia el coche. Autumn y Max están delante del Liberty, uno al lado del otro. La expresión de ambos pasa del pánico al alivio.

—¡Me cago en mi vida, Drew! Creía que te había caído la del pulpo —dice Max.

Autumn señala la ventana del despacho de su padre.

—Casi me cago encima cuando ha entrado. ¿Qué ha pasado?

—Me he librado del marrón.

—¿Cómo? —preguntan al unísono.

—Da igual. Tenemos que largarnos de aquí y ver qué hay en esas grabaciones antes de que alguien nos pille con el USB.

—Vamos a mi casa —dice Autumn, y abre la puerta del pasajero—. Mi padre tiene turno hasta las cuatro. La casa está vacía.

Digo que me parece bien y me subo de nuevo al asiento del conductor. Max me da las llaves desde la parte de atrás mientras refunfuña que, como mínimo, tendría que poder ir delante en su puñetero coche, pero no le hacemos caso.

Aparco a poca distancia de la casa, en un callejón en el que la gente amontona los contenedores de basura, y recorremos la acera a toda prisa antes de que alguno de los vecinos nos vea.

Autumn nos guía hacia el interior y le da un manotazo a un

interruptor. Las luces del techo iluminan un amplio salón con los techos abovedados, un sofá modular, dos pufs y un televisor encima de una chimenea. Nunca había estado en casa de Autumn. Siempre acabábamos en la de Lola. La sombra de una cocina se extiende hacia la derecha, pero deja esas luces apagadas y se desploma sobre el sofá.

—Bueno, pues ha sido estresante.

Max se lanza hacia uno de los pufs y el asiento se traga la mitad de su cuerpo larguirucho.

—No me creo que lo hayamos conseguido. Somos como... agentes secretos. *Bro*, estoy pasadísimo de vueltas. Creo que no voy a pegar en ojo en toda la noche. Ni siquiera estoy cansado.

—Genial, porque me parece que necesitaremos toda la noche para escuchar las grabaciones —digo—. Dame el USB.

Me mira con la boca abierta.

—¿Qué? ¿No lo tenías tú?

Palidezco de golpe.

—¿Lo has perdido?

Lanza una carcajada.

—Es broma.

Imagino el silbido que emitirían sus pulmones si lo placara.

—Te voy a matar. Roane por fin tendrá una motivo de verdad para arrestarme.

Autumn pone cara de aburrimiento y se levanta.

—Sois unos plastas. Voy a por mi portátil. Intentad no manchar el sofá de sangre.

Le lanzo una mirada intimidante a mi primo.

—Dame el USB o te parto la cara.

—Te estás cargando mi subidón de agente secreto. —Se hurga el bolsillo y lo saca entre dos dedos—. Toma. ¿Contento?

Se lo quito al instante.

—Estaré más contento cuando esto nos diga algo.

—Yo también —dice Autumn, que reaparece con un portátil con una funda que lleva estampada una galaxia morada, azul y negra.

Lo apoya en el cojín del medio del sofá modular y le paso el USB. Las grabaciones se cargan y pulsa el botón de reproducción.

A través de los altavoces del ordenador, una voz adolescente y aguda invade la habitación:

—Hola, ¿qué tal? ¿Es esta la línea de colaboración ciudadana? Quiero colaborar con ustedes. Miren en el centro comercial. Es supercreída. Espero que nunca...

Autumn pulsa el botón de saltar.

—Gracias —murmuro.

La siguiente grabación empieza a oírse.

—Hola, buenas. A ver, la tal Lola está en Texas. Mi tía acaba de verla. Se ha unido al circuito de rodeo. Pueden verla en el sitio web del Rodeo de Austin...

Saltar. No me jodas. Lola en un rodeo. Antes muerta.

Autumn gruñe y aprieta el botón de pausa.

—Bueno, ¿cuál es el plan? ¿Las escuchamos todas? Vamos a tardar un buen rato en revisar cinco semanas de llamadas de broma, y ya son más de las once.

Me saco el teléfono del bolsillo y se lo paso.

—Toma. Podemos descargarnos las grabaciones en el móvil y dividírnoslas. Así, acabaremos tres veces antes.

—Guay. Pilla.

Max lanza su móvil desde el otro lado de la habitación y, justo antes de que me dé en la cara, Autumn lo atrapa en el aire.

Quince minutos más tarde, vuelve a estar sentada en el sofá, con los auriculares puestos, escuchando las miles de grabaciones de S.L.09.29A, las de la primera semana. Max está despatarrado en su puf, escuchando las de S.L.09.29B y S.L.09.29C, y yo estoy en el otro extremo del sofá, mirando las decenas de archivos del D y el E, que ahora forman una lista de reproducción. Cada uno tenemos un cuaderno, pero tengo la sensación de que esta noche vamos a presionar el botón de saltar más veces de las que vamos a tomar notas.

Escucho a gente que insiste en que vio a Lola deambulando por la ciudad o comiendo en el Dairy Queen. El mismo hombre llama seis veces para asegurar que vio cómo la secuestraban los extraterrestres. Tres ancianas distintas llaman para decir que esperan que la encontremos, todas rezumando veneno contra ese «desalmado» que le dio la espalda. Quitando la rápida interrupción de la entrega de la pizza vegana de Autumn, pasamos horas sin movernos. Algunas de las personas que llaman dan su nombre, otras dejan un número de teléfono, pero la mayoría escupe alguna basura y cuelga. Es increíblemente frustrante, pero la investigación de una línea de colaboración ciudadana es un maratón, no un sprint.

A eso de las tres de la madrugada, mi cerebro es un amasijo de irritación y voces de gente. El señor «Estoy tan flipado que no creo que pegue ojo en toda la noche» ronca como un oso y, en el sofá, Autumn da una cabezada y cambia de postura para despertarse al menos cada cinco minutos. Me pongo de pie y la espalda me cruje mil veces.

—Será mejor que lo dejemos por esta noche, antes de que todos nos quedemos dormidos aquí.

Autumn levanta la vista hacia mí y se quita un auricular.

—¿Qué?

—Se me va a caer el pelo si mis padres se despiertan y no estoy en mi habitación. Además, ¿te imaginas lo que pasará si Roane vuelve cuando acabe el turno y nos encuentra a todos aquí?

Le da un escalofrío y Max suelta otro estertor gutural que nos sobresalta a los dos.

Autumn recoge su teléfono y su portátil.

—Tienes razón. Seguiremos mañana después de clase. Mi padre volverá de trabajar a la una.

Su convicción, como si la opción de dejarlo no existiera hasta que descubramos algo que merezca la pena, me arranca una sonrisa.

—Vale, pero ¿puedes quedarte tú con el USB, por si acaso? Este es el último sintió en el que se le ocurriría buscar datos robados de la comisaría.

—Sí, ningún problema. —Señala a Max con la cabeza—. Llévatelo también a casa, por favor. Lo último que necesito es que mi padre piense que ando por ahí a escondidas con Max.

Asiento, y le doy patadas a mi primo en el pie hasta que se incorpora con un resoplido.

—¿Dónde está el...? ¿Qué? —masculla.

Me echo a reír.

—Venga, Sargento Apnea del Sueño. Hora de levantarse.

—¿Eh?

—Vamos. A. Tu. Coche.

Tarda por lo menos cinco minutos en ponerse en pie y otros tres en llegar a la puerta delantera. Sin embargo, el frío lo espabila y, cuando llegamos al Liberty, ya está intentando quitarme las llaves para ser él quien me lleve a casa.

La ciudad dormida se desliza a nuestro alrededor. Centenares de grabaciones me retumban en los oídos.

«Ese desalmado...».

En esta ciudad nadie ve a un adolescente cuando me mira. Ni siquiera a una persona. Ven una amenaza. Una señal de alarma. Una bandera roja. Alguien que desearían que desapareciera en lugar de Lola. Creo que la única forma de volver a sentirme a gusto en mi propia casa es encontrarla. Tengo que arreglar esto.

Max se detiene junto a la acera a un par de casas de la mía. Estiro la mano hacia la manija de la puerta.

—Oye, Drew.

Me vuelvo para mirarlo.

—¿Qué?

Se le caen los ojos de sueño, pero sonríe.

—Que sepas que eres muy buen tío por hacer todo esto.

—¿Por hacer qué?

—Esto —dice mientras señala el teléfono que tengo en el regazo—. La comisaría, el mapa, las grabaciones y las octavillas... Todo lo que estás haciendo por Lola.

—Hago lo que haría cualquier persona por alguien que le importa.

—Puede ser. Pero no a todo el mundo le importan tanto los demás.

Le doy vueltas a sus palabras en la cabeza mientras salgo del coche y lo veo alejarse.

Mierda, espero que se equivoque. Espero con todas mis fuerzas que se equivoque, porque no puedo imaginarme hacer menos de lo que estoy haciendo.

Sin hacer ruido, rodeo la casa hacia la parte de atrás. Todas las luces están apagadas, así que estoy salvado. Trepo por el árbol del patio trasero y me cuelo por la ventana. Mi habitación está tal como la dejé. El falso Drew hecho de almohadas sigue debajo de las mantas y no hay indicios de que mis padres hayan entrado. Bajo la hoja de la ventana y echo el pestillo para evitar más visitas sorpresa.

El calor que brota de la rejilla que hay debajo del escritorio me provoca un hormigueo en las manos cuando empiezan a entrarme en calor. Me quito los zapatos y los pantalones, aparto las almohadas y me meto en la cama. Con un suspiro de alivio, dejo el móvil en la mesilla.

No me creo lo que hemos hecho.

Es muy tarde. Tengo que dormir y darle un descanso al cerebro, pero, cuando cierro los ojos, solo veo a Lola. Esperando a que la encuentre.

Abro los ojos de nuevo y cojo los auriculares. La voz grabada de otra persona me llena los oídos. Insiste en que ayer por la mañana vio a Lola volando por los aires; luego, suelta una carcajada y cuelga.

Sé que tengo que dormir. Pero no puedo parar.

DIECISÉIS

DREW

Me despierto sobresaltado y estoy a punto de golpearme la cabeza con la mesilla de noche. Los fragmentos del sueño que estaba teniendo se me desvanecen de la mente: suelos de tierra áspera, uñas arañando la tierra. Un escalofrío me eriza el vello de los brazos y me obligo a incorporarme.

Un cable se me enreda en la mano. Cuando tiro de él, mi móvil sale de debajo de las mantas. Lo miro y me froto los ojos con lentitud hasta que recuerdo la noche anterior. Debí de quedarme dormido escuchando las grabaciones.

Me doy la vuelta para coger del suelo el cargador rápido con la esperanza de que, mientras me arreglo, la batería muerta se cargue lo suficiente para durar el resto del día. Dejo el teléfono en la mesilla y levanto la vista hacia la ventana. La luz del sol entra por el cristal. Mucha luz del sol.

El reloj de la mesilla dice que son casi las doce y media.

Joder. Como el móvil se ha quedado sin batería, no me ha sonado la alarma. Llego supertarde al instituto.

Me aprieto los ojos y empiezo a soltar tacos. Muchos.

No sé si, a estas alturas, tiene sentido que vaya, porque seguro que mis padres ya han recibido esa llamada automática de la secretaría: «Su hijo... Andrew Carter-Diaz... tiene una falta de asistencia». Además, estoy hecho una mierda. Me duelen los ojos, la cabeza y los músculos. Lo único que quiero es colocarme los auriculares y no moverme en todo el puto día.

Pero una imagen de la cara de Roane me destella en la mente. Al «buen» sheriff le importa un huevo lo que yo quiera. Si se entera de que he faltado a clase, se presentará aquí para asegurarse de que no me he escapado de la ciudad.

Me pongo unos vaqueros limpios, una camiseta azul oscuro y mi sudadera negra con capucha de los Beastie Boys. Es el regalo de Navidad que Lola me hizo el año pasado y, en la parte delantera, pone: «No Sleep Till Brooklyn». La parte de «no sleep» me parece muy apropiada para hoy.

Traslado el móvil al enchufe que hay junto al lavabo. Ya va por el quince por ciento. Si consigo que llegue al veinticinco antes de marcharme, es posible que me dure hasta el final del día, pero tendré que volver a cargarlo si queremos escuchar el resto de las grabaciones después de clase. Meto la contraseña y todas las llamadas perdidas y los mensajes me llegan de golpe.

Tengo una llamada y un mensaje de voz de cada uno de mis padres, ambos preguntándome por qué no estoy en el instituto. Me meto el cepillo de dientes en la boca y les envío un mensaje a cada uno diciéndoles que me he quedado dormido y que ya me estoy preparando. Tengo mensajes parecidos de Autumm y de Max. El primer mensaje de mi primo es de esta mañana; dice que está en la puerta de mi casa y que no sabe si continúo necesitando que me lleve. Parece que esperó cerca de quince minutos, trepó por el árbol y me estuvo llamando por la ventana hasta que se dio por vencido y se fue al instituto.

Mierda. Le mando una disculpa rápida, acompañada de unos diez emojis de esos que se dan una palmada en la cabeza. Casi al instante, los tres puntitos aparecen en la pantalla.

Max: Tío, estabas como un tronco.

Yo: Perdón. Ni te he oído.

Max: Obvio. Pero te entiendo. Estaba igual. Mi madre entró la segunda vez que apagué la alarma.

Por suerte, mis dos padres entran a trabajar mucho antes de que yo tenga que irme al instituto, porque, si no, habría corrido la misma suerte.

Yo: Ya me imagino.

Max: ¿Quieres que salga a la hora de comer y vaya a buscarte? ¿O vas a faltar?

Yo: No puedo. Roane se me echaría encima.

Max: Pues voy. Hoy salgo a comer en el tercer turno.

Le envío un pulgar hacia arriba, agradecido por su interminable disposición a ayudar, pero también porque el tercer turno significa que tengo treinta minutos extra para escuchar grabaciones y cargar el móvil. Vuelvo a dejarlo junto al lavabo y termino de cepillarme los dientes.

Al menos tengo a alguien que me lleve. El instituto está a más de un kilómetro y medio de distancia y apenas tengo energía para lavarme la cara, así que mucho menos la tengo para caminar hasta allí. Activo el altavoz del móvil. Así podré hacer varias cosas a la vez. Reproduzco la siguiente grabación mientras el agua se calienta.

—Sí, ¿esta es la línea de colaboración ciudadana? —pregunta una mujer—. Me llamo Diana y creo que ayer vi a esa chica en Eugene. Estaba con un grupo de estudiantes universitarios, pero parecía mucho mayor y tenía el pelo naranja, y...

Saltar.

—Aquí un anónimo. Esa tal Lola se ha escapado. Dejad de buscarla, es un coñazo que los ineptos de sus padres y ella salgan en las noticias a todas horas...

Saltar. Aunque la voz de ese tío se parecía sospechosamente a la de ese pijo que es capitán del equipo de golf y que va conmigo a clase de Estudios Políticos. Si me entero de que está llamando al teléfono de colaboración ciudadana para quejarse de la enorme molestia que le supone la desaparición de Lola, puede que se encuentre los neumáticos del Jetta rajados como por arte de magia.

—Se lo estoy diciendo. La secuestraron unos extr...

Pongo los ojos en blanco y me mojo la cara con agua caliente. Saltar.

—Eh, hola. Me llamo Meredith Hoyt. He llamado a emergencias y me han dicho que les pasarán la información, pero también he buscado este número en Google, por si acaso. Creo que he visto a esa chica desaparecida, ¿Lola? Salía de una cafetería de Waybrooke con un hombre, y no estoy segura de que fuera ella, pero...

Estiro la mano para darle a saltar cuando oigo:

—... llevaba la misma chaqueta vaquera de la foto de las noticias. La de las mangas de flores.

Me quedo de piedra, el agua me gotea por la barbilla y los antebrazos.

¿Acabo de... alucinar? ¿Sigo dormido? Me veo parpadear en el espejo. Es imposible. Debo de haberlo oído mal.

Me seco la cara y rebobino la grabación.

La voz temblorosa de Meredith Hoyt vuelve a llenar mi diminuto cuarto de baño.

—... la misma chaqueta vaquera de la foto de las noticias. La de las mangas de flores.

Pulso el botón de pausa porque creo que se me ha parado el corazón.

Se me pasan mil recuerdos de esa chaqueta por la cabeza. En el instituto. En la playa. En la mesa de mi cocina. En la piscina. Tela vaquera desteñida, con unos botones de color oro rosa que la propia Lola eligió en la tienda de telas. Las mangas personalizadas con las flores que Autumn le cosió meticulosamente a mano, con hilo también de color oro rosa, como parte de su proyecto final de Diseño de Moda el año pasado.

La hizo para Lola. Incluso le cosió las iniciales en la etiqueta.

Lola se la ponía muchísimo, y también la llevaba la noche en que desapareció.

Vuelvo a darle al botón de reproducción, tengo que oír enseguida el resto.

—Tenía el pelo oscuro, cortado por la barbilla, y llevaba unos vaqueros, una camiseta negra debajo de la chaqueta y una especie de gorro blanco —continuó la mujer, que después se tomó un segundo para toser—. Se ha ido con el hombre. Mayor que ella. ¿Unos cuarenta y cinco años? A lo mejor era su padre. Bastante alto, con la cara afilada, y conducía una furgoneta grande y gris con la pintura desconchada. No he visto la matrícula. Ha sido cerca del mediodía. Hace un par de minutos, de hecho. Juro que era idéntica a ella.

Hostia puta. Busco la fecha y la hora de la grabación. La llamada entró hace poco menos de veinticuatro horas.

Ayer, Lola estaba viva. Estaba en la puerta de una cafetería con un desconocido y tengo la prueba aquí mismo. Meredith Hoyt deja su información de contacto y la grabación se detiene. Me apresuro a darle al botón de pausa antes de que salte a la siguiente, porque, diga lo que diga, no es importante. No tanto como esta llamada.

Apoyo las manos en el mueble del lavabo e intento procesarlo. ¿Lleva semanas desaparecida y anda por ahí tan tranquila con un tío con una furgoneta rara? Nunca sale nada bueno de una furgoneta del montón con la pintura desconchada. Y, desde luego, el hombre con el que está no es su padre, así que ¿quién cojones es?

¿Y por qué no ha vuelto a casa?

Se me contrae el estómago. A lo mejor no puede. A lo mejor él no la deja volver a casa.

¿Estará con ella ahora? ¿Qué ha pasado durante las cinco semanas que llevamos cruzados de brazos preguntándonos dónde estaría?

El espejo me devuelve una mirada delirante. Creo que estoy a punto de vomitar otra vez.

Arranco el cargador de la pared y corro al ordenador para buscar Waybrooke. El mapa lo sitúa en la costa, muy cerca de Florence. Está a unas cuantas horas de aquí. Al menos sigue en Oregón. O, mejor dicho, al menos ayer seguía en Oregón. Si, después de todo este tiempo, está tan cerca, lo más probable es que ese hombre no tenga la intención inmediata de abandonar ni la zona ni el estado. Es posible que todavía haya una oportunidad...

Pero ¿qué se supone que tengo que hacer ahora? Tengo una pista y ni idea de qué coño hacer con ella. Llamo a Autumn, pero no me lo coge. No me molesto en llamar a Max, porque nunca pone el móvil en silencio y, si le suena en clase, se lo requisarán para el resto del día.

Bajo la mirada hacia la pantalla del móvil, pausada en la llamada de Meredith. Un minuto y siete segundos acaban de cambiarlo todo. No tengo elección. Necesito a Roane. Sabrá que me he metido en su ordenador, pero reconocerá la descripción de la chaqueta y sabrá qué hacer. Tiene autoridad para charlar con la gente de la cafetería o para enviar a la policía a hacerlo. Es posible que haya alguien más que viera la furgoneta y recuerde la matrícula, o que esté grabada en una cámara de seguridad. Puede seguir las migas de pan que llevan a Lola.

Lola puede volver a casa.

Todo esto puede acabar.

La esperanza hace que el pulso me martillee en la garganta. Tengo que conseguir que me escuche.

Abro el archivo de la octavilla y reescribo la información de la parte inferior. La subrayo. La pongo en negrita. Aumento el tamaño de la letra.

Nombre: Lola Elizabeth Scott
Edad: 17 años
Color de pelo: castaño oscuro
Color de ojos: verde
Vista por última vez: a las 12.17 del 29 de septiembre en un café de Waybrooke, Oregón, con un hombre. 45 años, alto, cara afilada. Conduce una furgoneta gris con la pintura desconchada.

Borro la foto de la octavilla y la sustituyo por la que tengo en el escritorio, la de los dos en la playa. La recorto para que salga solo ella. La cazadora vaquera se ve de la leche. Le doy a imprimir, me pongo unas zapatillas y meto el cargador del móvil en la mochila. Cojo la octavilla de la bandeja de impresión y salgo corriendo de casa.

Ni siquiera me paro a echar la llave de la puerta. Me limito a correr.

Atravieso todo el barrio. Hasta el centro.

Jadeo mientras esquivo a los peatones por la acera. La gente me grita que vaya más despacio, pero no dejo de correr hasta que atravieso las puertas de la comisaría agarrado a las correas de mi mochila y a la nueva octavilla como un animal de ojos desbocados.

La pobre Savannah se levanta de la silla con un respingo y se lleva una mano al corazón.

—¿Qué demonios...? —grita, pero ya estoy junto a su mesa.

—¿Ha llegado ya el sheriff? Es una emergencia —le digo mientras intento recuperar el aliento.

Roane aparece en la puerta de su despacho, todavía con la chaqueta puesta. Debe de acabar de entrar.

—¿Drew? ¿Qué haces aquí? ¿Por qué no estás en el instituto?

—Me he quedado dormido. —Rodeo el escritorio de Savannah—. Tengo que enseñarle una cosa.

Me lanza esa mirada. La mirada de «te estás comportando como un pedazo de idiota». Pero se hace a un lado, me indica que entre en su despacho y cierra la puerta a nuestra espalda.

—Siéntate.

Ocupo la misma silla que anoche y dejo la mochila en el suelo. La luz del sol entra por las ventanas y me da de lleno en la cara. Me inclino hacia delante para que no me deslumbre y apoyo los codos en las rodillas.

Roane se quita la chaqueta y apila los papeles desordenados que tiene en la mesa.

—¿Qué puedo hacer por ti, Drew? ¿Tienes algo más que añadir a tu declaración?

Todavía tengo el pecho agitado.

—No. Tengo una pista sobre Lola.

Roane enarca las cejas y se sienta.

—Te escucho.

—Bien. No deje de hacerlo.

Me saco el teléfono del bolsillo e inicio el mensaje de Meredith Hoyt. Su voz llena el espacio que me separa del sheriff, y lo observo mientras escucha la historia. Le paso la nueva octavilla por encima de la mesa y, a medida que Meredith los describe, voy señalando la hora y los detalles del hombre. Cuando termina la llamada, vuelvo a ponerla para darle aún más énfasis. En el momento en el que menciona la chaqueta, le doy al botón de pausa.

—Es ella. La descripción encaja a la perfección —digo mientras clavo el dedo en la chaqueta de la foto—. Aquí está. Es ella.

Se queda mirando la foto de la octavilla durante un minuto muy largo y silencioso, luego levanta la vista hacia mí.

—La recuerdo. Autumn tardó un mes en terminarla. —Toma unas cuantas notas en una libreta que tiene junto al codo; parece que está copiando casi al pie de la letra lo que he escrito en la octavilla—. Pero ¿qué posibilidades hay de que sea la misma? Mucha gente tiene chaquetas vaqueras. Vivimos en el noroeste del Pacífico.

—¿Mucha gente tiene chaquetas personalizadas, hechas a mano, con flores de color pastel en las mangas y las iniciales de Lola cosidas en la etiqueta? Por Dios, pero si debe de haber aún en su casa retales de la tela.

Se le escapa una carcajada y anota algo más.

—Sí, es probable.

—Esto debería justificar, como mínimo, un viaje hasta allí, ¿no? Puede que la chaqueta por sí sola no baste, pero a lo mejor la cafetería tiene imágenes de Lola con ella puesta. O del vehículo. O del hombre que iba con ella.

Asiente para sí mientras repasa sus notas y luego me mira con el ceño fruncido.

—¿Cómo narices has dado con la mujer de la cafetería? ¿Vio uno de estas? —pregunta, y señala con la parte de atrás del bolígrafo la octavilla que he dejado sobre la mesa.

207

Sí, claro, las envié por paloma mensajera hasta la puñetera costa.

—No, llamó a la línea de...

El resto de la frase se me muere en los labios, y el peso del error que acabo de cometer hace que me eche hacia atrás y la luz del sol vuelva a cegarme. «Joder, joder, joder».

Roane levanta la mirada hacia mí muy despacio, la cara se le pone más roja con cada segundo que pasa.

—¿A la qué?

«Joder».

—Pues a...

—Es imposible que te refieras a las grabaciones de la línea de colaboración ciudadana, ¿no, Drew? ¿A nuestra línea de información oficial monitorizada por la policía? Porque eso significaría que has robado pruebas y hay que ser muy gilipollas para hacer algo así, ¿verdad? —brama al mismo tiempo que se pone de pie a tal velocidad, que su silla de oficina sale volando hacia atrás y se estampa contra la pared revestida de madera que tiene detrás.

Me apoyo la cara en las manos. «Joder».

—¿Cómo cojones te has metido en mi ordenador?

Tengo que salvar la situación. Antes de que sacara la puta lengua a paseo, me estaba escuchando.

—Roane, sé que te estás cabreando, pero necesito que me hagas caso, ¿vale? Da igual cómo haya obtenido la información. Lo importante es lo que he encontrado...

Me fulmina con la mirada.

—¿Qué hiciste, entrar por la ventana? Sabía que anoche pasaba algo raro. Llevas semanas evitándome, evitando esta investigación, escondiéndote detrás de tus padres y de tu abogado, y, de repente, ¿te presentas aquí dispuesto a compartir tus sentimientos? Mentira. Te pillé in fraganti y mentiste para salir del paso, como haces con todo lo demás.

—No. Lo que le conté sobre Lola es cierto, pero eso no importa, Roane. Lo único que importa es Lola. Escuche la grabación otra vez. Es su chaq...

—Putos adolescentes —mascula para sí—. Voy a revisar las cintas de seguridad y, cuando te pille robando en mi despacho, te vas a enterar.

Arruga la octavilla y me la lanza. La atrapo cuando me golpea el pecho y lo miro con la boca abierta. Le pongo literalmente una pista en las manos y ¿él la desecha? Vale, enfádate por lo de anoche. Me da igual. Arréstame. Haz lo que quieras. Pero no descartes información viable porque no te gusta de dónde viene.

—Roane, por favor. Tiene que hablar con esta mujer. Se lo ruego.

Alarga la mano y, durante un segundo, creo que va a pulsar el botón de reproducción de mi teléfono para escuchar otra vez la historia de Meredith. Pero me equivoco. Más bien coge el móvil y lo lanza al otro extremo de la habitación. Choca con la puerta y rebota sobre la moqueta con un ruido sordo.

—Soy el sheriff. No acepto órdenes del principal sospechoso de un caso de desaparición.

Se me hunden los hombros.

—¿De verdad no va a hacer nada al respecto?

Se cruza de brazos.

—No me trago esta mierda de cortina de humo. Fuiste la última persona que la vio y ahora resulta que tienes una prueba que insinúa que Lola está en la costa con un hombre extraño en una furgoneta rara. Qué oportuno, ¿no? Venga ya, no me jodas. La respuesta más obvia suele ser la correcta. Así que dímelo tú: ¿qué te parece más plausible, que se peleara con su novio y las cosas se salieran de madre, o que un extraño que la invita a comer en una cafetería de la costa las secuestrara a ella y a su chaqueta personalizada?

—Roane, yo...

—Mi equipo terminará analizando las llamadas de la línea de colaboración ciudadana en algún momento, así que, si resulta ser una pista auténtica..., nos encargaremos de ella. Sin embargo, creo que todo esto no es más que un pedazo de trola. Qué coño, por lo que sé, la llamada de Waybrooke incluso podría ser cosa tuya. Estás intentando hacerte pasar por el novio preocupado, pero fuiste tú quien la puso en peligro.

Las ganas de luchar me abandonan. Echo la cabeza hacia atrás hasta clavar la mirada en el techo. No sé por qué he venido a la comisaría. ¿Qué me ha hecho pensar que esto haría que Roane cambiara de opinión respecto a lo que ya ha decidido que ocurrió aquella noche?

Si él está al mando, Lola está prácticamente muerta.

Cojo la mochila y levanto mi móvil del suelo. Le doy la vuelta en la mano a este chisme que contiene la primera esperanza que albergo desde hace semanas.

—Alguien la tiene retenida, Roane, y, si no investigas esto y al final aparece muerta, nadie te lo perdonará jamás.

—Déjate de dramatismos, Drew. No estamos buscando a un aspirante a Ted Bundy. No hay ningún hombre del saco-asesino en serie merodeando por el río. Aquí esas cosas no pasan.

—¿Se apostaría la vida de Lola?

Titubea, solo un segundo. Me doy la vuelta y salgo de su despacho hecho un basilisco, pero, por supuesto, no puede dejar que me marche teniendo la última palabra.

—Diles a tus padres que más les vale sacar muchas fotos familiares durante los próximos días, chaval —grita a mi espalda, mientras la mirada de seis agentes de policía y de la señorita Savannah me sigue hasta la puerta—. Puede que sea la última vez que te vean fuera de una celda hasta dentro de mucho mucho tiempo.

DIECISIETE
MARY

Me siento junto a la almohada. Irritada por el colosal peso de todo lo que no sé. No sé por qué la mujer del sofá rojo me ocupa tanto espacio en la cabeza. No sé por qué no tengo recuerdos de la mujer rubia de la foto de la cartera de Wayne. No sé por qué no paro de recordar detalles erróneos, ni cómo hacer que deje de ocurrir.

Necesito que algo sea claro e indudablemente mío.

Vuelvo a repasar la lista. Mary Ellen Boone. Diecisiete años. Buena estudiante. Último curso de instituto. Lizzo. Alergia a las fresas. Chaqueta de flores. Madre muerta que ni es enfermera ni es castaña. Bastante hogareña. Rollitos de canela. Morado. Escolarizada en casa. Buena *catcher*.

Esa soy yo. ¿No?

Meto las piernas bajo las mantas. La mujer de pelo castaño flota en mi mente. Arrastro su imagen para intentar que aparezca en una película que haya visto, o agarrada del brazo de la mujer rubia, o en una conversación vecinal sobre una valla compartida. Cualquier cosa que la ubique en mi vida, pero nada encaja y su rostro me provoca un dolor sordo en el pecho.

213

Una lágrima me resbala por un lado de la cara.

El sueño me inunda como un río, tan rápido que ni siquiera recuerdo haber cerrado los ojos.

Estoy al borde de un campo de sóftbol, llevo uniforme y no paro de moverme, impaciente por que llegue mi turno. Giro la muñeca y le doy vueltas al bate que tengo en la mano. Hoy voy a pegarle una buena paliza a una pelota, y me muero de ganas de empezar. Clavo la mirada en la espalda de Kelly, que sigue en el plato, y la veo golpear con suavidad el tercer lanzamiento y enviarlo dando botes por el suelo hacia la tercera base. Llega a la primera sin que le falte siquiera el aire y, por fin, llega el momento. Sonrío. Vivo para esta mierda. La presión. Las miradas puestas en mí. Mis tres compañeras se tensan en sus respectivas bases, preparadas para correr. Saben lo que se viene.

Camino hacia el plato, el entrenador me da unas palmaditas en el hombro cuando paso a su lado y miro hacia las gradas. Está justo ahí, en primera fila, como siempre. Todavía lleva el uniforme del trabajo, se levanta el pelo del cuello para recogérselo y me guiña un ojo. Ella también sabe lo que está a punto de pasar y el orgullo ya se le nota en la cara.

Llego al plato y el campo se desvanece.

Estoy en el coche con Wayne, en el trayecto de vuelta a casa desde Waybrooke, empañando la ventanilla con mi aliento de antihistamínico. Los árboles se ciernen sobre el coche, cada vez que respiro se acercan más y, al final, rozan la parte superior de la furgoneta. Me incorporo, alarmada, cuando las ramas rasguñan la pintura del vehículo y arañan las ventanillas.

—¿Qué está pasando? —le pregunto a Wayne.

Me sonríe y todos sus dientes son colmillos.

—Todo va bien.

Las ramas atraviesan el cristal. Desaparezco.

Estoy sentada con una chica que conozco en una asamblea.
Apoya los pies junto a los míos en el banco que tenemos delante.
Llevamos unas Converse de lentejuelas idénticas, aunque las su-
yas son plateadas y las mías negras. El gimnasio está saturado de
ruidos, mil voces gritando a pleno pulmón. Un profesor blande
un micrófono en medio del gimnasio, rodeado de alumnos rebo-
santes de espíritu escolar. Detrás de él, en lo alto de unas gradas
altísimas, hay un cartulina alargada con las palabras «Primer
curso» pintadas en rojo. El cartel de los del segundo año, a la iz-
quierda del anterior, es granate y tiene las letras blancas; el de los
de tercer año, es negro y dorado y está a la derecha.

—¡No os oigo, último curso! —grita mirando hacia nuestra
sección.

Mi lado del gimnasio estalla en gritos.

La chica de las zapatillas a juego se ríe y dice:

—El espíritu escolar es una tontería, pero, joder, cómo se con-
tagia.

No podría estar más de acuerdo.

El gimnasio se disuelve, sustituido por una cocina con una ilu-
minación suave.

Estoy sentada a una isla con taburetes metálicos. La mujer del
pelo castaño me sonríe y empuja hacia mí un plato de plástico
dorado. El bulto del plato se parece vagamente a una tarta cu-
bierta de glaseado de caramelo. En la parte de arriba, brillan dos
velas negras con purpurina que forman el número 17, pero todo
está torcido hacia un lado, como si se estuviera derritiendo, y me
entra la risa. Nunca ha sido buena repostera —en realidad no se
le da bien la cocina de ningún tipo—, pero lo intenta en todos mis
cumpleaños. Con independencia de lo que esté pasando o de lo
mal que me haya portado.

Empieza a cantarme el cumpleaños feliz con voz suave, pero cambia parte de la letra. Como siempre. «¡Cumpleaños feliz, cumpleaños feliz, eres preciosa y perfecta, y te quiero a morir!».

Apago las velas y cojo un poco de glaseado con el dedo.

—Te sabes la canción de verdad, ¿no?

Se hace la ofendida y se lleva la mano al pecho.

—Llevo cantándola mal desde el día en que naciste, cariñito. No pienso cambiarlo ahora. Soy demasiado vieja. Me aferro a las viejas costumbres.

Me meto en la boca un trozo de tarta de chocolate.

—Tienes treinta y nueve años. No eres vieja. Bueno, ¿vas a ayudarme a comerme esta bestialidad o no?

—Empezaba a pensar que no ibas a pedírmelo nunca. —Blande un tenedor, al contrario que yo, que soy una maleducada, y toma un bocado—. Feliz cumpleaños, mi niña.

La sensación de felicidad que tenía en el pecho se me extiende por todo el cuerpo y sonrío.

—Te quiero, mamá.

Mientras pronuncio esas palabras, la cocina se oscurece. Se nubla. Se sumerge en una escala de grises.

La tarta se enrosca sobre sí misma, se enmohece, le brotan hongos pequeños y negros y la podredumbre se extiende por la encimera. Le toca las manos y le convierte la piel en moho. Sonríe y los ojos se le hunden en la cabeza.

—¿Dónde estás, mi niña?

Grito y la cabeza se le abre por la mitad, se desprende como un disfraz que deja al descubierto a Wayne.

Vigilando.

Siempre vigilando.

Me incorporo en la cama jadeando. Cierro los puños en torno al edredón y casi rasgo la tela que cubre las plumas. Por más fuerte que cierre los ojos, ella sigue ahí. La mujer del sueño.

La veo mezclada en innumerables recuerdos. Gritándome por llegar tarde a casa por la noche. Animando en mis partidos de sóftbol. Peinándome para el baile de principio de curso. Peleándose conmigo porque quiero conducir y por los dos móviles que perdí en el mismo mes. Arrasando la cocina y dejando que un olor a mantequilla y pollo quemados impregne la casa antes de pedir unos platos de comida tailandesa que nos comemos sentadas en el suelo del salón. Veo toda mi vida con ella, borrosa en los contornos que conectan con otras personas y lugares a los que aún no consigo acceder, pero a ella la veo tan clara como el agua. Y su imagen, tan absolutamente nítida en mi cabeza, hace que se me llenen los ojos de lágrimas. De lágrimas gruesas y calientes que parecen surgir de lo más profundo de mi ser.

Lágrimas dolorosas y persistentes que son mitad pena, mitad miedo. Porque ahora sé dos cosas importantísimas:

Mi madre no está muerta.

Y Wayne me ha mentido.

¿Por qué me ha dicho que está muerta si no es cierto? ¿Quién es la rubia de la foto de Wayne? ¿Por qué me ha dicho que es mi madre cuando sabe que no lo es? Pienso en su expresión de alegría en la cara cuando fingí recordarla. Le dije que recordaba una mentira y reaccionó con alegría. ¿Por qué? ¿Por qué quiere que confunda los recuerdos de mi vida?

Y, quizá, la pregunta más preocupante de todas: si me está mintiendo sobre mi madre, ¿sobre qué otra cosa más me puede estar mintiendo?

Pienso en la asamblea de mi sueño. ¿De verdad estudio en casa? ¿Será un recuerdo del primer curso en el que solo me he equivocado de lado al imaginarme en el gimnasio? ¿O es que en realidad asisto presencialmente a las clases del último curso y Wayne no quiere que lo sepa?

De nuevo, ¿por qué es importante si voy a clase o no?

Una idea como un relámpago me obliga a mirar el póster de «Don't Worry» con los ojos abiertos como platos. ¿Y si todo esto se debe a un problema de custodia? Progenitor único, escolarización en casa, reformas que nos obligan a vivir en medio de la nada... Todos estos detalles me mantienen alejada del resto del mundo. ¿Y si Wayne ha perdido una batalla judicial y me ha secuestrado? ¿Me ha separado de mi madre?

¿Y qué relación guarda todo esto con el hecho de que acabara despertándome en una puta zanja? ¿Con que haya perdido la memoria?

Todos y cada uno de los malos presentimientos de los últimos cuatro días y medio son como monstruos vivientes que se ciernen sobre mí y me susurran: «Te lo dije» y «Tendrías que haberme hecho caso». Un dolor agudo me martillea las sientes. No sé si es por las lágrimas, el pánico o la adrenalina, pero duele.

Me siento, me enjugo las lágrimas de la cara y me obligo a tomar aire y a expulsarlo de los pulmones. Lucho contra el pánico para poder aclarar esto. Tengo que centrarme en los hechos. Empiezo por el más fácil.

Hecho: Wayne me ha mentido sobre mi madre.

No hay forma de suavizarlo, no hay forma de justificarlo. Me ha mentido a la cara. Mi madre es enfermera. Él me dijo que no trabajaba fuera de casa. La carrera que no toca a juego con la cara que no toca. Me dijo que estaba muerta y siento con hasta la última fibra de mi ser que no es verdad. Entonces ¿por qué me ha mentido? ¿Para que no le pida verla?

Hecho: se olvidó de que soy alérgica a las fresas.

Un simple error, salvo cuando le sumo que también se ha olvidado de qué aspecto tiene su propia esposa, algo que hace que me cuestione todo lo que me ha dicho hasta ahora. ¿Será un padre ausente? ¿Habrá estado desaparecido de mi vida durante un tiempo? ¿Me habrá secuestrado para castigar a mi madre sin saber que, entretanto, he desarrollado una alergia?

Hecho: me ha dicho que soy una chica muy hogareña, que odia salir y que incluso estudia en casa.

Creo que soy deportista. No solo eso, creo que soy una deportista competitiva de cojones que se crece cuando recibe atención. Me flipan las charlas motivacionales de antes de los partidos y el espíritu escolar. Los agujeros de mi memoria empiezan a llenarse con retazos del instituto, los amigos, las risas y la diversión. No de Netflix en el sofá y clases en la mesa de la cocina. ¿Lo de la educación en casa es una tapadera para explicar por qué no puedo volver a un instituto de verdad? ¿Para que no pueda encontrarme mi madre?

Hecho: tiene documentos que prueban quién soy.

Tenía mi certificado de nacimiento. Mi tarjeta de la Seguridad Social. Mi antiguo carnet de estudiante. Fotos desde cuando era pequeña hasta ahora. Que hubiera perdido la custodia explicaría por qué todas las fotos en las que aparece conmigo son más antiguas; en las más recientes, salgo yo sola. Aun así, el resto se sostiene.

Dejo caer la cabeza y me la apoyo en las manos. Estoy haciendo conjeturas, y ninguna de ellas me acerca ni a una sola respuesta real. Me vienen otras imágenes a la mente. La cara de pánico de Wayne en la comisaría. La ropa limpia al otro lado de la puerta del baño aquella primera noche. La enorme bolsa de material de primeros auxilios que compró para asegurarse de que tenía todo lo necesario para recuperarme. La paciencia que tuvo en la tienda de ropa y la sonrisa que esbozó cuando me pidió el rollo de canela. Las bromas sobre las películas que elijo. Traerme mantas. Correr a toda velocidad hacia la farmacia cuando vio que estaba sufriendo otra reacción alérgica. El amor con el que me mira cada vez que me asegura que recuperaré la memoria.

No me ha levantado la voz. Ni una sola vez. De hecho, me ha tratado con muchísima delicadeza y me ha dado todo lo que le he pedido y más. Ha hecho todo lo que ha podido para asegurarse de que estoy cómoda. A veces se preocupa demasiado, pero se preocupa, al fin y al cabo. Como un padre al que le importas.

No logro que el padre atento de los últimos días encaje con el tipo de hombre que me secuestraría y me llenaría la cabeza de mentiras. La gente buena no secuestra a adolescentes, ni siquiera a sus propios hijos. Entonces ¿qué está pasando?

Cierro los ojos con fuerza y me los aprieto con el talón de las manos hasta que los moratones comienzan a protestar. Estoy haciendo el ridículo. En serio, ¿qué es más probable, que sea una adolescente confusa y con una conmoción cerebral que le está dando demasiada importancia a los sueños, o que un sociópata me haya secuestrado y me esté cebando a recuerdos falsos? Todo lo que me ha dicho tiene sentido, excepto los recuerdos soñados, que lo contradicen todo. Unos sueños que, además, han sido medio pesadillas. ¿Quién sabe, en ese caso, si algo de lo que he visto en ellos es real?

Además, los que me diagnosticaron la conmoción cerebral fue el personal sanitario. Y también fueron ellos quienes concluyeron que podría haber sufrido un accidente de coche. Nada de todo eso vino de Wayne; él solo lo corroboró en la comisaría.

Después de todo lo que Wayne ha hecho por mí, me parece increíblemente injusto permitir que unos cuantos destellos de reconocimiento desbaraten todo lo que compone nuestra vida. ¿De verdad estoy preparada para acusar a Wayne de cosas horribles e impensables solo porque estoy confusa?

No tengo respuesta para esa pregunta. No tengo respuesta para ninguna de mis preguntas.

Me fuerzo a respirar hondo. Seguro que los sueños son mentira. Estoy tan desesperada por recordar algo que debo de estar dispuesta a ponerle la etiqueta de recuerdo a cualquier cosa. El hecho de que hace cuatro días perdiera el conocimiento de tal manera que ni siquiera recordase mi nombre hace que me cueste confiar en cualquier dato que me proporcione mi cerebro. Puede que mañana me despierte y sepa, sin lugar a dudas, quién es la mujer rubia, y entonces todo me parecería muchísimo más lógico.

La realidad es que estoy atravesando una semana muy difícil y que este rompecabezas de la memoria me está resultando más difícil de lo que pensaba. Eso no significa que se esté acabando el mundo. Y si es así...

Miro hacia la mesilla de noche. La tarjeta de visita del agente Bowman refleja la luz de la luna.

No estoy sola.

«Todo va bien. Todo va...».

Oigo unos pasos pesados en el salón y centro mi atención en la puerta. Son casi las cuatro de la madrugada. ¿Qué hace Wayne aún despierto?

Los pasos se detienen delante de mi habitación y me meto bajo las mantas, me tapo la cara con el edredón. Lo último que quiero es charlar de todo esto con el hombre que ocupa el centro de todo este caos. Si está mintiendo, hablarlo con él no servirá de nada. Y, si no está mintiendo, le haría muchísimo daño. Y eso es lo último que quiero.

Ralentizo la respiración y cierro los ojos.

La puerta cruje al abrirse. Las bisagras de metal chirrían hasta que el pomo golpea la pared. Intento hacer caso omiso de los escalofríos de ansiedad que me recorren la columna vertebral por culpa de esos ruiditos. La habitación se sume en el silencio.

Varios latidos más y oigo el suave golpeteo de unas botas pesadas que avanzan con sumo cuidado.

Los pies de la cama crujen bajo su peso cuando se sienta.

Las venas están a punto de reventarme la piel del cuello. ¿Qué leches está haciendo?

No habla. No se mueve. Solo permanece sentado en silencio.

¿Me está mirando dormir? ¿Sabe que estoy despierta? ¿Qué hace sentado en mi cama en plena noche?

Mi pulso hace demasiado ruido. Estoy segura de que lo oye. No respiro. No me muevo. El pánico se apodera de mí. Tiene la sartén por el mango, y no sé cuál de los dos Wayne está conmigo en esta cabaña: el padre atento o el secuestrador.

Tras un momento imposiblemente largo, la cama vuelve a crujir. Se levanta con un suspiro y sale de la habitación. La puerta de mi dormitorio vuelve a cerrarse con un chasquido y, tras varios minutos de silencio, saco la cabeza de debajo del edredón para asegurarme de que se ha ido.

La habitación está vacía.

Suelto todo el aire que tenía contenido en los pulmones y me fundo con el colchón.

¿Qué cojones ha sido eso?

DIECIOCHO
MARY

No sé cuándo vuelvo a quedarme dormida. Tengo la mirada clavada en la pared, el oído aguzado para oír el silencio de la casa y la llamada distante de algún coyote, y, un instante después, estoy tumbada boca arriba y parpadeo para protegerme de los débiles rayos de sol que se abren paso a través de la ventana.

Son casi las diez de la mañana.

Me incorporo con un sobresalto y miro hacia fuera. Unas nubes gruesas salpican el cielo.

Parece que se acerca una tormenta.

Poso la mirada en los pies de la cama. La angustia me invade a una velocidad sorprendente y me rodeo el cuerpo con los brazos. Lo de anoche fue rarísimo. Espeluznante, incluso. Me pareció... ¿invasivo? No llamó a la puerta. No mostró ningún indicio de saber que estaba despierta, y eso significa que... ¿Que vino a mi habitación a verme dormir?

¿Lo habrá hecho todas las noches que hemos pasado aquí?

¿Se está comportando de esta forma tan rara porque el accidente lo ha asustado?

En cualquier caso, no me gusta.

Oigo voces en el exterior. Creo que vienen del camino de entrada.

Cojo la bolsa de la tienda de segunda mano y arranco las etiquetas de las primeras prendas que encuentro: un par de *leggings* negros y la camisa granate de cuadros. Me la pongo encima de la camiseta negra sin cuello de pico con la que me quedé dormida anoche y me acerco a la puerta para escuchar. Al otro lado, el salón está en silencio, así que me asomo. Wayne no está.

Me acerco con sigilo a la puerta delantera y me detengo al ver a Wayne y al agente Bowman a través de la ventana.

Bowman está de pie junto a la puerta abierta de su coche patrulla, sonriendo. Wayne está justo a su lado, con un trozo de papel en la mano. La puerta delantera de la cabaña está entreabierta y me permite oír lo que dicen.

—Se lo agradezco, señor Boone. Se lo agradezco muchísimo. Si oye algo o si por casualidad lo ve, llame inmediatamente al número de la octavilla. Su mujer está preocupada, como es lógico, y la verdad es que todos esperamos que el caso tenga un final feliz.

Wayne inclina la octavilla hacia él y hace un gesto de asentimiento.

—Por supuesto. Siento no poder serle de más ayuda. Ni siquiera hemos tenido tiempo de deshacer las maletas, así que mucho menos de conocer a los vecinos.

—Le agradezco que haya dedicado unos minutos a hablar conmigo. Salude a Mary de mi parte, por favor. Volveré a pasarme pronto a ver cómo está. Creo que, de todas maneras, tendremos que volver a charlar sobre su coche. No hemos encontrado ni rastro del vehículo ni del lugar del accidente. Espero que haya recordado algo más y pueda indicarnos la zona.

El titubeo de Wayne es tan breve que casi se me escapa. Pero está ahí. Luego sonríe y le estrecha la mano al agente.

—Me parece estupendo. Que pase un buen día.

—Usted también. Estaremos en contacto.

Bowman vuelve a meterse en el coche y se aleja.

Tiendo la mano hacia el pomo de la puerta para salir a preguntarle a Wayne qué está pasando, pero le cambia la cara. Su sonrisa fácil desaparece y mira con furia el papel que tiene en las manos. Lo aplasta hasta hacerlo una bola y se encamina hacia la casa rezumando furia.

Me quedo paralizada. No sé por qué, pero no puedo evitarlo. Creo que nunca lo había visto tan enfadado. No así. ¿Y todo por un trozo de papel?

Me doy la vuelta y echo a correr hacia mi habitación. Cierro la puerta con gran cuidado medio segundo antes de oír el gemido de la mosquitera al abrirse. Los estruendosos pasos de Wayne se dirigen a la cocina.

No me doy cuenta de lo asustada que estoy de que me pille espiando hasta que oigo el ruido metálico de las sartenes y el clic, clic, clic de la cocina de gas. Un minuto después, algo aterriza en la sartén y chisporrotea. El olor a salchicha de hinojo se cuela por debajo de la puerta de mi dormitorio y su familiaridad hace que se me relajen los hombros.

Todo va bien.

Para demostrarlo, abro la puerta y me planto en la cocina como si no pasara nada. Como si anoche no me hubiera estado mirando mientras dormía. Como si no me importara que lo hiciese.

Wayne me sonríe. Es una sonrisa brillante, abierta, feliz, sin el menor rastro del enfado de ahí fuera.

—Vaya, buenos días, dormilona. Pensaba que tendría que ponerte el desayuno delante de las narices para sacarte de la cama.

Lo miro un segundo, conmocionada, perturbada por el giro

de ciento ochenta grados que han dado sus emociones, pero me siento a la isla y me obligo a devolverle la sonrisa.

—Sí, perdón. Anoche me costó dormirme. No pretendía levantarme tan tarde.

Me señala agitando la espátula.

—No te preocupes. Han sido unos días muy largos. Dormir más de la cuenta no es lo peor del mundo. Una vez que te recuperes, no convertiremos la pereza en un hábito. A fin de cuentas, estar ocioso es un atajo hacia la muerte.

Ostras, ¿qué? Lo miro de hito en hito y me guiña un ojo volviendo la cabeza por encima del hombro.

Ah. ¿Era una broma? Mi vida no parece precisamente activa, así que no creo que pueda juzgarme por dormir hasta tarde cuando no hay ni una sola cosa más que hacer en esta cabaña dejada de la mano de Dios.

—Estoy haciéndote esas salchichas que tanto te gustan —dice cuando ve que no respondo.

Intento volver a sonreír.

—Lo sé. Las he olido desde mi habitación.

Se vuelve hacia los fogones y yo desvío la mirada hacia la puerta. O, más en concreto, hacia el camino de entrada vacío que hay detrás de ella. Tengo el pie apoyado en el pequeño travesaño del taburete y no puedo parar de moverlo arriba y abajo.

—Oye..., ¿es posible que haya oído a alguien en el camino de entrada hace un rato? —pregunto despacio, con cuidado.

Sé que lo estoy poniendo a prueba, pero tengo la extraña sensación de que es muy importante que no sepa lo que he visto. Si me dice que era Bowman, me enseña la octavilla y me cuenta qué está pasando, no tengo nada de qué preocuparme. Puedo dejar de exagerar y...

—Ah, ¿eso? —dice mientras le da la vuelta a una salchicha—.

Era una madre que venía con un monovolumen a vendernos masa de galletas para una recaudación de fondos de un colegio. Le he dicho que no la necesitamos, porque no tardaremos en marcharnos de aquí.

La mentira me cae como un mazazo. Se da la vuelta y me sonríe mientras me miente a la cara. Me esfuerzo por devolverle el gesto, a pesar de que hasta la última molécula de mi cuerpo ha activado una alarma.

¿Por qué me miente? ¿Por qué no quiere que sepa que Bowman ha venido a visitarnos?

Ojalá hubiera salido. Ojalá el agente Bowman me hubiera visto y hubiésemos podido hablar. Ojalá no me hubiera quedado escuchando detrás la puerta y no hubiera permitido que se marchara.

Debo de haber perdido la noción del tiempo, porque me pone delante un plato lleno de salchichas y huevos revueltos, y un tenedor. Miro los huevos con desconfianza un segundo, y las palabras teñidas de pánico que Wayne pronunció hace tres días vuelven a mí. «He hecho el desayuno en piloto automático. Los huevos eran para mí, ni siquiera se me ha pasado por la cabeza la posibilidad de que no recordaras que no puedes comerlos...».

Acuchillo una salchicha, todos los pensamientos que tengo en la cabeza dan vueltas como un tornado de preocupaciones hasta que raspo el plato con el tenedor. Lo he devorado todo.

Wayne está frente a mí, al otro lado de la isla, y arquea una ceja.

—¿Tenías hambre?

—Sí. Parece que sí.

Aunque él no se ha terminado su plato, recoge el mío y lo deja en el fregadero junto con la sartén de las salchichas. Cuando vuelve a la isla, no toca su comida.

—Bueno, tengo una noticia fantástica.

«¿Que por una vez vas a decirme la verdad?».

—¿Sí?

—Esta mañana me ha llamado el contratista. Dice que terminarán con los suelos esta misma tarde. Ahora mismo están limpiando, pero, a la hora de comer, parecerá que ni siquiera han estado allí.

Lo miro fijamente.

Debe de leerme la confusión en la cara, porque se echa hacia delante.

—Podemos irnos a casa.

Una oleada de miedo está a punto de tirarme del taburete. Los suelos fueron el motivo que nos trajo hasta la cabaña. Y ahora están acabados. Y eso significa que quiere irse...

Ha llegado el momento que estaba esperando. Puedo largarme de este cuchitril aislado y tener gente cerca. Volver a mi verdadera casa. A lugares que podrían contribuir más que esta cabaña a que recupere la memoria. Debería estar feliz, pero lo único que siento es un pánico aplastante.

¿Y si nos dirigimos hacia otro tipo de aislamiento? No voy al instituto, así que a lo mejor no veo a nadie más en un montón de tiempo. Aquí, al menos, el agente Bowman sabe dónde encontrarme. Nadie que yo recuerde sabrá dónde estoy una vez que Wayne me lleve a casa.

Excepto que él lo permita.

Las yemas de los dedos se me quedan heladas. Me doy perfecta cuenta de que no me quita ojo, así que sonrío. Como la hija feliz y complaciente que espera que sea. A Mary le haría ilusión volver a casa.

—Es una noticia increíble.

Él también esboza una sonrisa.

—Sabía que te haría ilusión. Podemos hacer las maletas y marcharnos dentro de un rato. Si salimos antes de las once, a lo mejor evitamos el tráfico del mediodía.

Para eso falta menos de una hora.

Mantengo la expresión risueña, pero, por dentro, oigo al agente Bowman prometer que volverá a ver cómo estoy. Veo a Wayne sonriéndole y diciéndole que estupendo. Como si fuéramos a estar aquí. No ha contestado a ninguna llamada entre el camino de entrada y la casa y, desde luego, los contratistas no le hayan llamado para darle la noticia mientras estaba en el porche. Ya tenía que saber que nos íbamos hoy, pero no le ha dicho nada a Bowman.

Además, ¿cómo es posible que hayan rematado los suelos de toda una casa y cambiado los armarios de la cocina en solo cinco días?

Aquí está pasando algo raro. No sé lo que es, pero no me gusta ni un pelo.

—¿Mary? ¿Qué me dices? ¿Quieres que nos marchemos?

No.

—Sí, claro. Por mí, adelante.

Lucho con uñas y dientes por salir del interior de mi cabeza y fingir que no me estoy ahogando en malas vibras.

«Todo va bien.

»Todo va bien.

»Nos vamos a casa. No pasa nada».

Recoge el resto de los platos de la encimera y se termina el café antes de dejar la taza en el fregadero.

—¿Por qué no recoges tus cosas del dormitorio, las preparas y nos ponemos en marcha? Te llevaré una caja en cuanto termine de fregar los platos.

Asiento y, cuando me levanto del taburete, mi mirada se topa con la cesta que hay junto a la chimenea, donde hemos ido acumulando todos los materiales combustibles de los últimos días. Cajas de salchichas congeladas. Rollos de papel de cocina. Un cartón de huevos. Otras cajas de comida también de cartón.

Y, encima de todo eso, un trozo de papel blanco arrugado.

Me vuelvo hacia él.

—Oye, ¿por qué no me dejas fregar hoy los platos? Tú ya tienes bastante que hacer con el equipaje y todo lo que hay que preparar para volver a casa.

Ladea la cabeza.

—Es todo un detalle por tu parte, Mary. Gracias.

Ocupo su lugar junto al fregadero y Wayne se encamina hacia la puerta principal.

—Voy a buscarte una caja. No creo que tardemos mucho en cargar la furgoneta. Gracias a tu pequeño desvío, llevamos poco equipaje.

Me guiña un ojo. Intento no estremecerme.

En cuanto oigo el crujido de la grava bajo sus botas, corro hacia la cesta y cojo el trozo de papel. Necesito saber qué lo ha hecho ponerse tan furioso, porque estoy segurísima de que no tiene nada que ver ni con monovolúmenes ni con recaudaciones de fondos. Me lo meto en el sujetador y vuelvo corriendo al fregadero para lavarlo todo lo más deprisa que puedo. Wayne reaparece cuando estoy aclarando la sartén de las salchichas y me tiende una caja del tamaño de un microondas.

—Esta debería irte bien. No tienes gran cosa.

Me seco las manos y, después de farfullar un «gracias», me la llevo a mi habitación. Sin embargo, no puedo quitarme de la cabeza el papel rasposo que me oprime el pecho. El misterio de la visita del agente Bowman me pica literalmente, y no solo la curiosidad. Suelto la caja encima de la cama, vuelco en ella todas mis compras de la tienda de Nana y luego aguzo el oído. Oigo a Wayne removiendo algo en su habitación. ¿Las perchas del armario, quizá? Entorno la puerta con el pie y coloco el papel detrás de la caja mientras lo aliso sobre la manta.

La cara amable y simpática de Ben Hooper, nuestro vecino, me mira desde debajo de unas enormes letras rojas.

DESAPARECIDO.

Es una octavilla de esas de «¿Me has visto?» para el viejo de la casa de al lado. Nombre. Fecha de nacimiento. Altura, peso, color de ojos. Y la última vez que lo vieron. Cuando salió a dar su paseo de la tarde. Hace dos días.

La respiración se me acelera demasiado. Me entra y me sale de los pulmones con un silbido.

Veo a Bowman en el camino de entrada, pidiéndole a Wayne que le llame si lo ve.

Se refería a nuestro vecino.

Respira. Respira. Respira. Respira.

Oigo a Wayne disculpándose por no servirle de ayuda. Porque no hemos tenido tiempo de deshacer las maletas, así que mucho menos de conocer a los vecinos.

Respira. Respira. Respira. Respira.

Veo la cara de Ben, sonriendo en el camino de entrada mientras me mira. «Oye, ¿sabes que tengo la sensación de que te conozco de algo? Pero no consigo recordar de qué».

Respira. Respira. Respira. Respira. Respira. Respira.

Wayne diciendo: «Tiene una cara muy común».

Y ya no puedo respirar.

Un simpático anciano se encuentra con nosotros junto a la carretera, me mira como si intentara ubicarme y ¿se desvanece antes de volver a su casa? La octavilla dice que se le perdió el rastro mientras daba su paseo de la tarde. No por la noche, sino durante el paseo. Y eso significa que desapareció después de hablar con nosotros y antes de volver a su casa, que está aquí al lado.

Una vez más, Wayne ha mentido. Y, justo después, ha hecho planes para que nos vayamos...

Está claro que no tendría que haber permitido que Bowman se fuera. Me vuelvo como un resorte hacia la mesilla de noche para buscar su tarjeta de visita. Ya no está.

Puede que todo no vaya bien.

Puede que nunca haya ido bien.

DIECINUEVE
DREW

La puerta de la comisaría se cierra a mi espalda con la rotundidad del martillo de un juez. Vuelvo la cabeza y veo que el sheriff Roane me está fulminando con la mirada a través del cristal. Le enseño el dedo corazón y me alejo a grandes zancadas.

¿Cómo puede hacerle a Lola algo así? ¿Cómo puede ponerla en peligro de esta manera? ¿A quién coño le importa que haya robado la prueba si demuestra que está viva? Y eso por no hablar de que, si hace veinticuatro horas ella estaba en Waybrooke y yo aquí, ¿no limpiaría eso mi nombre? Roane dijo que soy su último sospechoso, pero ¿no demuestra esta grabación que eso no es cierto?

«Qué coño, por lo que sé, la llamada de Waybrooke incluso podría ser cosa tuya».

Me paso la mano por la cara. Por eso puede pasar de esto con tanta facilidad. Roane nunca quiso investigar un delito grave; quería encontrar a una chica que se había escapado y, como eso no funcionó, entró directamente en modo «meter al novio entre rejas». Esta llamada no encaja en su narrativa.

Y eso significa que, para cuando alguien haga el seguimiento de la grabación, será demasiado tarde. No puedo permitir que suceda.

Me detengo en la esquina para alisar la octavilla y echarle un vistazo al móvil. Es casi la una. Max no tardará en salir del instituto para ir a recogerme, pero no puedo pensar en el siguiente paso mientras cargo con el peso del fracaso sobre los hombros.

No puedo creerme lo tonto que soy. Lo tenía antes de cagarla con lo de la grabación. Quizá tendría que haber dejado el USB en el buzón de la comisaría de forma anónima. A lo mejor así se habrían puesto en marcha. O tal vez tendría que habérselo dado a Autumn. Viniendo de ella, a lo mejor su padre se habría creído la información. Me doy la vuelta y le doy una patada a la señal de stop.

Que le den, si Roane se niega a seguir la pista, tendrá que hacerlo otra persona. Puede que tres personas.

Echo a andar por la acera con una nueva determinación. Corro a lo largo de las últimas cinco manzanas, hasta que el instituto aparece ante mi vista. Atisbo a Max saliendo del edificio cuando llego al aparcamiento. Es imposible no ver su camiseta amarillo fluorescente. Lleva la cabeza gacha y el móvil en la mano. Reduzco la velocidad para sacarme el móvil del bolsillo y, en efecto, me llega un mensaje.

Max: Hey, *bro*. Voy para allá.
Yo: Levanta la cabeza.

Max mira la pantalla con cara de no entender nada durante medio segundo más antes de verme. Levanta las manos en un gesto de sorpresa.

—¿Cómo has llegado hasta aquí? —grita por encima de los coches que nos separan.

Paso de su pregunta y, con la respiración agitada, me coloco a su lado junto al capó del Liberty.

—¿Dónde está Autumn? He encontrado algo.

Mi primo no hace ni una sola pregunta, se limita a darse la vuelta y echar a andar a toda prisa hacia la puerta del instituto.

—Puede que todavía esté en la cafetería —responde sin volverse hacia mí.

Allá vamos, entonces. Los pasillos están a reventar de alumnos. Siento cómo me miran. Las expresiones hostiles. Las cabezas que se vuelven. Personas con las que he colaborado en proyectos de laboratorio, antiguos compañeros de equipo, miembros de nuestros grupos de amigos más antiguos: todos se me quedan mirando mientras paso. Hoy, me resulta más fácil no hacerles caso. Hoy, voy a encontrar a Lola y todo volverá a la normalidad.

Dejamos atrás largas hileras de taquillas azules y puertas de aulas abiertas mientras nos dirigimos hacia otro lado del edificio. Llegamos a la puerta de doble hoja de la cafetería. Junto a cada una de ellas, hay dos enormes ventanales. Max se detiene delante del primero y pega la nariz al cristal de seguridad con textura de cuadros.

—Creo que está ahí, al fondo —dice.

En efecto, la melena pelirroja y esponjosa de Autumn salta a la vista. Lleva un jersey blanco varias tallas más grande de la que necesitaría y no parece haber dormido mucho.

Recoge los restos de la comida y los tira al cubo de la basura que tiene detrás antes de adentrarse en la marabunta de chicos y chicas que se dirigen hacia su siguiente clase. Cuando está a unos seis metros de la puerta, nos ve y enarca las cejas de golpe. Se quita un auricular inalámbrico de la oreja y siento curiosidad por saber si estaría escuchando más grabaciones.

Cuando franquea la puerta, me llevo un dedo a los labios y señalo con la cabeza el pasillo que se extiende por detrás de nosotros. Este no es el sitio para hablar de nada que queramos que quede solo entre nosotros. Nos colamos en la primera aula vacía que encontramos, que resulta ser la del señor Moore, mi profesor de Historia. A estas horas, debe de estar comiendo.

Mi mirada vuelve a clavarse de nuevo en el escritorio vacío de Lola.

—¿Qué pasa? —pregunta Autumn, medio susurrando.

Aliso la octavilla arrugada sobre uno de los pupitres de la primera fila y le pongo mi móvil encima.

—He encontrado una testigo.

Se quedan pasmados, y a Max incluso se le descuelga un poco la mandíbula. Pulso el botón de reproducción de la grabación de Meredith Hoyt. Ambos se acercan, casi sincronizados, cuando la mujer menciona la chaqueta.

Cuando termina, le doy unos golpecitos a mi octavilla.

—Ayer vieron a una chica cuya descripción coincide exactamente con la de Lola (pelo castaño y corto, ojos verdes, chaqueta de flores) en una cafetería.

Max se frota la cara con las manos.

—Joder, Drew. Es que... Ha pasado mucho tiempo y empezaba a pensar...

«Que estaba muerta». Lo miro a los ojos y él los desvía, como si se avergonzara de haberlo siquiera pensado.

—Creo que le pasa a todo el mundo —digo para que no se sienta culpable.

Autumn no ha le quitado ojo a la foto de Lola. Parece muerta de miedo.

—¿Qué significa esto? Como... ¿está con un viejo? ¿Por qué? ¿Está en peligro?

Pensar en que alguien la está reteniendo contra su voluntad hace que se me revuelva el estómago.

—Lola no se iría sin su móvil, sin decírselo a nadie.

—¿Qué hacemos ahora, entonces? Se lo contamos a mi padre,

¿no? —dice mientras se recoge la espesa cabellera en una coleta con la goma elástica que llevaba en la muñeca.

La mandíbula se me contrae de rabia.

—No, ya he ido a la comisaría. No ha querido saber nada. Me ha echado en cuanto se ha dado cuenta de que le había robado las grabaciones. Cree que me lo estoy inventando todo, tratando de cubrirme las espaldas.

—¡La hostia, Drew! —grita Max, que luego se vuelve para mirar hacia el pasillo, ahora vacío, y baja la voz—. ¿Cómo se te ha ocurrido hacer algo así? Darle información que has conseguido robándola en su despacho solo te traerá más problemas.

Me encojo de hombros.

—No quiere que esto sea un delito mayor. De hecho, me ha dicho: «No estamos buscando a Ted Bundy», o alguna mierda parecida.

—De todas maneras, alguien terminará escuchando estas pistas en la comisaría, ¿no? —pregunta Max—. Ellos también tienen una copia. Oirán esta llamada e irán a por ella, ¿verdad?

Miro a Autumn. La expresión sombría de su rostro coincide con el sentimiento que me invade el pecho. Ambos apartamos la mirada.

—Puede que para entonces sea demasiado tarde —digo—. No tenemos ni idea de quién es ese tío, de qué le está haciendo ni de cuánto tiempo permanecerá en la misma zona. En realidad, es un milagro que siga en Oregón a pesar del tiempo que ha pasado, pero eso no significa que no vayan a moverse. Sobre todo, si cree que la ha visto alguien. Y, si el sheriff me arresta, nadie se pondrá a escuchar las grabaciones.

—Mierda —dice Max—. Entonces ¿qué es lo que hacemos? ¿Llamar a tu abogado? ¿Llamar a los medios de comunicación? ¿Acudir a alguien que esté por encima del sheriff? ¿Qué otra opción nos queda si no? ¿Y qué cojones le pasa a Roane?

—No quiere líos. Un final trágico para un romance adolescente es más sencillo de manejar que un secuestro.

—¡Pero es que la han secuestrado! —exclama Max, hecho una furia. Frunce el ceño ante nada y ante todo al mismo tiempo—. Es una cagada. Es dejar a Lola vulnerable solo porque es... ¿qué? ¿Demasiado vago para hacer su trabajo? Que le jodan.

Autumn se estremece y se aparta del pupitre.

Extiendo un brazo hacia ella.

—Perdona. Sé que es tu padre y...

Levanta una mano.

—No. No tienes que disculparte. Me parece increíble que no esté haciendo todo lo posible por encontrar a Lola. La conoce desde que era un bebé. ¡Si hasta fue al colegio con la señora Scott! Si le dicen que la hija de su amiga, que además es mi mejor amiga, anda por ahí sola con un hombre extraño, tendría que montarse en el coche y plantarse en Waybrooke personalmente. Hay una testigo potencial en esta grabación, y eso es más sustancial que cualquier pista que pueda tener sobre ti. Aunque crea que la llamada es falsa, debería ir a comprobarlo.

—Por eso tenemos que ir a Waybrooke —le respondo.

—¿Qué? —dicen ambos al mismo tiempo.

Me vuelvo hacia Autumn.

—Si tu padre no va a ir, tendremos que hacerlo nosotros. Sabemos que Lola está con un tío mayor con una furgoneta gris. Sabemos que fue a esa cafetería. Vamos y preguntamos si alguien más los vio marcharse juntos. Si reunimos más información, llegará un punto en el que tendremos tantas pruebas que la policía no podrá seguir pasando de nosotros.

—Ahí te he visto —dice Max, que me da una palmada en el hombro—. Hay que apretarle un poco las tuercas.

—Podríamos salir ya. Llegaríamos dentro de unas horas —digo.

—Conduzco yo.

Autumn se retuerce las manos, vuelve a mirar la foto de Lola. No dice ni una palabra.

—¿Qué?

—¿Cómo vamos a hacer algo así nosotros solos? ¿Por qué iba la gente a contestar a nuestras preguntas? ¿Y qué pasa con el instituto? No podemos largarnos a esta hora, nos meteremos en un lío. Yo ya llego tarde a clase. Y, además, ¿quién nos asegura que de verdad era ella? Mucha gente tiene chaquetas vaqueras...

Debe de verme la incredulidad en la cara, porque se queda callada. No sé si está intentando escaquearse de ir o si la idea de que un desconocido haya secuestrado a Lola la tiene tan asustada como para querer irse a casa y esconderse con su *pepperoni* vegano, pero no tenemos tiempo para esto.

—¿Es posible que tenga una pista sobre la desaparición de tu mejor amiga y a ti te preocupan tus faltas de asistencia? ¿Cuántas chaquetas con flores e hilo de color oro rosa has hecho, Autumn? —pregunto al mismo tiempo que clavo un dedo en la octavilla—. Si no quieres venir, no vengas. No estás obligada. Iré contigo o sin ti. Pero no te quedes ahí plantada como un pasmarote y me digas que esto no es una pista porque te da demasiado miedo seguirla.

Durante un breve instante, parece dispuesta a pelearse conmigo. No sé si es porque, básicamente, acabo de llamarla cobarde o porque odia que la dejen en evidencia, pero, sea como sea, salgo del aula y me encamino hacia el aparcamiento antes de que le dé tiempo a recapacitar y responder.

Gracias a sus largas piernas, Max me alcanza antes de que llegue al final del pasillo.

—Para que conste, yo no tengo miedo. Si hace falta darle un puñetazo en la cara a Ted Bundy, se lo doy.

Una vez más, me aprieto la cabeza para alejar el dolor.

—No empieces, Max. No vamos a cazar a un asesino en serie, vamos a recopilar información para obligar a la policía a asumir el mando. Nada más. No habrá puñetazos.

—Uf, vale. ¿Y qué hay de Roane? Va a pillarse un buen cabreo si sales de la ciudad, ¿no?

—Sí, seguro, pero, con un poco de suerte llegaremos a Waybrooke y volveremos antes de que alguien se dé cuenta de que nos hemos marchado —le respondo.

Consulto mi reloj de pulsera cuando cruzamos la puerta y nos adentramos en el aparcamiento. Es casi la una y media. Me siento como si hiciera días que no duermo.

Max abre el Liberty, se sienta ante el volante y arranca el motor. De los altavoces brotan los restos de una canción de Post Malone y, mientras rodeo el coche, toquetea la radio con torpeza para bajar el volumen antes de que me siente.

—Perdón —dice.

—Eh, tú, el de la superioridad moral, ¡espérame, gilipollas!

Autumn corre a toda velocidad hacia nosotros, colorada y furiosa. Me cruzo de brazos y me recuesto en el asiento.

Se detiene a unos metros.

—Yo también voy.

La miro con los ojos entornados.

—¿Y qué pasa con el instituto? Si te vas antes de que acaben las clases, te cargarás tu perfecto historial de asistencia. Qué horror.

—Uf, cierra el pico. Es evidente que estaba asustada. No hace falta que seas tan capullo.

Sí. Puede que tenga razón.

Me encojo de hombros.

—Vale. Pero no puedes rajarte una vez que salgamos. Tienes

que comprometerte al cien por cien o quedarte aquí. Si tenemos alguna posibilidad de averiguar dónde está Lola, no hay tiempo ni de asustarse ni de dar marcha atrás. ¿Trato hecho?

Le tiendo una mano.

Autumn la acepta, la aprieta con fuerza y la sacude.

—Trato hecho. Vamos a buscar a Lola.

Max se inclina hacia nosotros desde el asiento del conductor.

—Subid de una vez, *pringaos*, aquí empiezan nuestras labores detectivescas.

Le pongo mala cara.

—No, en serio —dice, y señala el instituto—. Subid. Viene el guardia de seguridad.

Nos damos la vuelta y, en efecto, el guardia de seguridad del instituto viene hacia el aparcamiento negando con la cabeza.

Cierro la puerta. Autumn se mete a toda prisa en la parte de atrás y vuelve a abrocharse el cinturón de seguridad del asiento del medio. Max sale marcha atrás de la plaza de aparcamiento. Miro por la luna trasera y veo que el guardia desaparece de nuevo en el interior del edificio. A lo mejor nuestros novillos no le importan tanto como para informar al personal de secretaría, pero, teniendo en cuenta mi historial de los últimos tiempos..., es poco probable.

—Si avisa a los de secretaría de que hemos salido del campus, nuestros móviles van a empezar a echar humo —murmuro mientras pongo el mío en silencio para poder pasar de él más fácilmente.

Autumn apoya el pie en la guantera central para atarse los cordones.

—Qué más da. Tenemos cosas más importantes de las que preocuparnos. Como qué leches se supone que vamos a hacer ahora.

Max enfila la calle Mayor y todos miramos hacia la comisaría cuando pasamos por delante camino de la autopista.

—¿A qué te refieres?

Baja el pie y se asoma por el hueco que queda entre los dos asientos delanteros.

—¿Qué hacemos una vez que lleguemos a Waybrooke? ¿Vamos a la cafetería y preguntamos a la gente? ¿Y si nadie se acuerda de Lola? ¿Qué hacemos entonces?

No tengo respuesta para ninguna de estas preguntas, y el hecho de que Max se mantenga concentrado en la carretera me dice que él tampoco tiene la menor idea.

—¿Cuál es el plan concreto? —prosigue Autumn—. Porque, si nos presentamos en el pueblo y no sabemos ni lo que estamos haciendo...

La frustración me hace apretar el puño.

—¡No lo sé!, ¿vale? Hace media hora que se me ha ocurrido todo esto. Solo quiero llegar adonde la vieron por última vez. Más allá de eso, no sé qué hacer. A lo mejor la persona que los atendió en la cafetería también está trabajando hoy y podemos tirar de ese hilo.

El resoplido de Autumn me llega desde el asiento trasero.

—Eso no es un plan.

—No veo que propongas nada mejor.

Mete la mano entre los dos asientos, con la palma extendida.

—Vale, dame tu móvil.

La miro con recelo.

—¿Por qué?

—¿Quieres un plan mejor? Dame tu puñetero teléfono.

Pongo los ojos en blanco, pero se lo doy.

Se lo coloca en equilibrio sobre una rodilla y pulsa el botón de reproducción de la grabación de la línea de colaboración ciudadana mientras rebusca entre el desorden del asiento trasero de Max. Cuando se incorpora, tiene un rotulador y un trozo de papel que alisa apoyándolo sobre la otra rodilla. Parece un examen de Español desechado. Cuando la grabación llega a su final, Autumn anota la información de contacto de Meredith Hoyt y me devuelve el móvil.

—¿Qué estás haciendo ahí atrás? —pregunta Max, que la mira por el espejo retrovisor.

—Chis —contesta, y levanta un dedo. Coge su teléfono, oculta su número marcando un código y llama a la mujer.

—Las llamadas del Departamento de Policía siempre aparecen como número desconocido.

¡Me cago en todo! ¿Está llamando a Meredith, la de la línea de colaboración ciudadana? ¿Va a hacerse pasar por policía?

Es una malísima idea.

—¿Eso puede hacerse? —susurra Max.

—Van a detenernos por suplantar la personalidad de un agente de policía —murmuro, y me tapo la cara con las manos.

El silencio del coche es tan profundo que oigo el momento en el que la mujer contesta al teléfono.

—¿Hola?

Autumn carraspea y dice:

—Hola, ¿es usted la señora Hoyt? Soy Savannah Bateman, del Departamento de Policía de Washington City.

Su imitación de la secretaria del sheriff es impecable.

Max me mira, boquiabierto.

—¿Washington City? —repite la mujer.

—Sí, señora. La llamo con motivo del mensaje que dejó en la línea de colaboración ciudadana acerca de la desaparición de Lola Scott. Nuestros agentes han revisado las grabaciones de ayer y creemos que la información que nos proporcionó puede ser de gran importancia. Un agente se desplazará a Waybrooke y llegará a media tarde. ¿Estaría dispuesta a que le tome declaración oficial?

Silencio.

Autumn se agita en el asiento.

—¿Señora Hoyt? ¿Sigue ahí?

—Eh... sí. Entonces ¿era ella? ¿La de la cafetería?

—Eso creemos. ¿Estaría dispuesta a hacer una declaración?

Más silencio.

—Supongo que sí. ¿Cuándo llegará su agente a la ciudad?

Autumn me señala chasqueando los dedos. Cojo el móvil y vuelvo a buscar Waybrooke en el GPS a toda prisa. Le muestro la pantalla con la hora de llegada: las 16.30.

—Alrededor de las cinco, más o menos, dependiendo del tráfico —dice—. Ya está en camino.

—Me va bien —dice Meredith—. ¿Dónde nos veremos?

—¿Qué le parece en la cafetería? Así podrá contarnos paso a paso todo lo que vio.

—Perfecto.

La llamada finaliza y Autumn me sonríe de oreja a oreja.

—Hecho.

Niego con la cabeza, incrédulo.

—No puedo creerme que haya funcionado. ¿De dónde coño has sacado ese acento sureño?

—Se te pega cuando lo oyes mucho. ¿Sabéis cuántas tardes me he pasado en ese despacho haciendo deberes?

Max suelta una carcajada.

—Eres genial.

El calor de las mejillas de Autumn invade el coche y la chica desvía la mirada hacia otro lado. Max también aparta la vista y, a pesar de que está totalmente vacía, se concentra con gran intensidad en la autopista que tiene delante.

Me aclaro la garganta, superincómodo por lo que sea que acaba de ocurrir, y redirijo la conversación hacia la misión que nos ocupa.

—Bueno, ¿qué pasa cuando Meredith llegue a la cafetería y se encuentre a un grupo de adolescentes en lugar de a un agente uniformado?

—Ni puta idea —contesta Autumn—. Pero he pensado que hacer que la testigo venga a nosotros es mucho mejor que andar por ahí preguntando si alguien había visto a una chica y a su falso padre.

Sí, bueno. Supongo que lo peor que puede hacer Meredith es negarse a hablar con nosotros.

—Písale, Max.

Me dedica un saludo burlón y aprieta el acelerador.

—Sí, mi capitán.

Circulamos a toda velocidad hacia la costa y, por fin, siento que cada kilómetro me acerca más a Lola.

VEINTE

DREW

Le doy vueltas al salero de plástico rojo que tengo delante, sobre la mesa. Este sitio huele a rollos de canela, con una guarnición de nostalgia roja, negra y blanca. Quiero destrozarlo todo con mis propias manos. Vuelvo a mirar el reloj de la pared y frunzo el ceño. 17.42.

Meredith Hoyt lleva casi cuarenta y cinco minutos de retraso.

Max está sentado a mi lado, repantigado sobre el amplio ventanal que hay al fondo del reservado, y Autumn tamborilea con un pulgar a un ritmo frenético sobre la mesa de mármol falso a la que estamos sentados. Una pila de cartas plastificadas permanece intacta a su lado, y veo que la camarera vuelve a mirarnos mal desde el atril de recepción. Ha venido al menos una decena de veces a preguntarnos si queremos pedir algo, y yo no he parado de echarla diciéndole que estamos esperando a alguien. Estoy bastante convencido de que piensa que estamos, o mintiendo, o a punto de atracar la cafetería. Nos mira batiendo sus gigantescas pestañas y limpia la barra casi vacía. Somos una de las tres únicas mesas ocupadas.

Vuelco el salero sin querer y los cristalitos se derraman por encima de todas las cartas. Los recojo y los tiro al suelo antes de que la camarera vea el estropicio y me prenda fuego con los ojos.

247

Vuelvo a empujar el salero hacia el centro de la mesa y entrelazo las manos sobre el regazo. ¿Dónde está esa mujer?

Oímos la campanilla de la puerta delantera y todos nos volvemos. Otra vez. Como todas las demás veces que alguien ha entrado en esta cafetería.

Una mujer se detiene en el umbral. Es baja y delgada, tiene el pelo de color rubio sucio y lleno de mechas veteadas. Es más o menos de la edad de la madre de Lola. Está sola. Pasea la mirada por los reservados con una energía nerviosa.

«Bingo».

Les digo a los demás que esperen y me levanto del banco del reservado. Cuando me ve caminar hacia ella, apenas me mira.

—¿Meredith Hoyt? —pregunto.

Se queda inmóvil y veo suspicacia en sus ojos oscuros.

—¿Sí?

De repente, siento una inmensa gratitud por que haya llegado tan tarde; de lo contrario, es posible que no se me hubiera ocurrido nada que decir. Ahora que estoy seguro, las palabras surgen con facilidad.

—Sé que no somos quienes esperaba. Me llamo Drew, y mis amigos y yo la hemos llamado por lo de Lola. Creemos que podría ser la clave para encontrarla. Si nos concede un minuto de su tiempo, se lo explicaré todo.

Señalo la mesa donde esperan Autumn y Max.

Los mira y se cruza de brazos.

—Siento mucho haberla engañado para que viniera hasta aquí —añado—. Pensamos que, si le decíamos la verdad, no aceptaría quedar con nosotros, y es posible que esta sea una situación de vida o muerte.

Dejo que mis últimas palabras queden flotando en el aire, con la esperanza de que le piquen la curiosidad y me pregunte.

—¿De vida o muerte? —pregunta con una ceja arqueada.

Como si estuviera enfadada con su propia curiosidad. Y con nosotros. Sobre todo, con nosotros.

—Estamos recopilando información sobre la desaparición de Lola para la policía —le explico—. Somos una especie de... patrulla de vigilancia vecinal. Hemos estado colgando octavillas con su foto, haciendo llamadas e intentando seguir cualquier pista que ayude a las autoridades a encontrarla.

—¿Conocéis a la chica desaparecida? —Cambia el peso de pie. Todavía no ha salido disparada, eso tiene que ser una buena señal—. ¿Es amiga vuestra o algo así?

—Sí, la conocemos —digo, evitando con mucho cuidado tener que reconocer que ahora Lola ya no es más que una amiga, si es que sigue siendo siquiera eso—. Todos nos criamos con ella. El padre de Autumn es el sheriff de Washington City, y Lola y ella son mejores amigas desde...

Meredith vuelve a afilar la mirada.

—Espera. ¿Es la hija del sheriff? ¿Por qué no es su padre el que está aquí, entonces?

Qué gran pregunta. ¿Sería apropiado llamar gilipollas al sheriff delante de una completa desconocida? Supongo que no, si quiero sonar aunque sea remotamente creíble.

—Es una historia muy larga y, si puede sentarse un minuto con nosotros, se lo contaremos todo con pelos y señales. Por favor. Podrá marcharse cuando quiera. No se lo reprocharemos. Han pasado muchas cosas en la búsqueda de Lola y estamos intentando reunir todas las piezas para colaborar en la investigación. Su historia es una pieza importante.

Descruza los brazos y mira hacia la puerta. Pero casi alcanzo a ver la curiosidad que le arde en el rostro.

Al final, dice:

—Cinco minutos. Esto no hace ninguna gracia.

—A mí tampoco me la habría hecho —le digo con absoluta sinceridad, y luego la guío hacia la mesa.

Se acomoda en el extremo del banco que ocupa Autumn y yo vuelvo a ocupar mi sitio junto a Max. Apenas nos ha dado tiempo a sentarnos cuando la camarera se acerca otra vez a nuestra mesa. Le dedica una sonrisa cordial a Meredith, pero a los demás nos mira de reojo.

—Hola, Meredith. ¿Era a ti a quien estaban esperando estos tres? Me alegro mucho de que hayas venido.

Meredith le devuelve la sonrisa.

—Hola, Sandra. ¿Cómo estás?

—No puedo quejarme. —Echa un vistazo en torno a la mesa y posa la mirada en mí, aunque no tengo ni idea de qué he hecho para molestarla más que los demás—. ¿Puedo tomaros ya nota de las bebidas?

Pido un café para mí y me ofrezco a pagar también el de Meredith. Ella sonríe para agradecérmelo. Con un gesto de la mano, Autumn le indica que se conforma con el agua que ya nos había servido, y Max estudia la carta como si estuviera tomando una gran decisión vital.

—¿Me traes unos cuantos rollos de canela de esos gigantes?

Sandra frunce el ceño.

—Solo los tenemos por la mañana.

—Entonces ¿por qué están en la otra parte de la carta? —pregunta, y clava un dedo en una foto que ocupa casi media página. La camarera lo fulmina con la mirada y yo le arranco la carta de entre las manos—. Vale, vale —dice—. Tomaré una ración de patatas fritas.

Sandra lo anota, recoge las cartas que le tiendo y se aleja envuelta en una nube de indignación.

Una nube de indignación que entiendo perfectamente.

—¿Una ración de patatas fritas?

Se encoge de hombros.

—¿Qué? Las compartiré. Nos hemos saltado la comida, ¿recuerdas? Estoy muerto de hambre.

Autumn lo mira sin dar crédito. Sandra vuelve en un tiempo récord con los cafés y se vuelve de nuevo a la cocina. Meredith rodea con las manos la taza roja que le han puesto delante y se queda mirándola como si el café fuera a explicarle por qué ha decidido sentarse con nosotros.

—No tengo todo el día —dice mientras nos mira de uno en uno, al parecer ajena al hecho de que, si ella hubiera llegado a la hora, dispondríamos de tres cuartos de hora más. Posa la mirada en Autumn y su expresión se torna triste y amable—. ¿Es cierto que la chica desaparecida era tu mejor amiga?

Todo mi hilo de pensamiento se queda atascado en el «era». «Era» su mejor amiga. Ese pedacito de pretérito imperfecto me provoca una punzada de dolor en el pecho.

Autumn parece sorprendida, como si no se esperara que ya se lo hubiera contado, pero le sonríe.

—Sí. Conozco a Lola desde que éramos pequeñas.

Meredith desliza su taza de café sobre el tablero de mármol falso.

—¿Y tú? ¿De qué conocías a la chica? —me pregunta.

Vuelvo a corregir mentalmente el pretérito —de qué «conozco» a la chica—, y luego me planteo por qué insiste en referirse a ella como «la chica» en lugar de llamarla por su nombre.

—Es mi novia —contesto al fin.

Autumn se aclara la garganta y, durante un segundo, creo que va a contradecirme, pero no lo hace.

La expresión de Meredith se suaviza, me mira con lástima y lo odio. Pero esto es importante.

—Estamos intentando establecer una línea temporal —digo—. Sabemos que estuvo en esta cafetería, pero cualquier otra cosa que pueda contarnos sobre lo que vio nos ayudará a averiguar por dónde debemos seguir.

—Perdonad, pero sigo sin entender por qué sois vosotros quienes estáis haciendo todo esto. —Se vuelve hacia Autumn—. ¿Qué clase de patrulla de vigilancia vecinal investiga el caso de una chica desaparecida? ¿Por qué no ha venido tu padre? ¿Por qué no se está encargando él del seguimiento de la pista?

Quiero responder por ella, pero Meredith está plenamente centrada en Autumn. Decirle que soy el principal sospechoso acabará con esta conversación. Meredith y la pista que tiene en su poder se desvanecerán como el humo si se entera de toda la verdad.

Autumn sonríe con tristeza.

—Mi padre, por desgracia, va muy desencaminado. Cree que una persona de nuestra ciudad está implicada en la desaparición de Lola y se niega a considerar ninguna otra teoría. Es demasiado testarudo, y no queríamos que Lola pagara el precio de su tozudez. Pensamos que, si veníamos aquí y reuníamos la información necesaria, quizá conseguiríamos que nos prestara atención.

—¿Quién cree que está implicado?

—Alguien que le conviene. Le resulta fácil establecer una narrativa en torno a esa persona, así que quiere que sea verdad. Necesitamos saber qué pasó en realidad. Y usted puede ayudarnos, ¿no? ¿Está segura de que la vio?

Hacia el final de la frase, la voz de Autumn está tan cargada de esperanza que la impulsa hacia delante. Se inclina hacia Meredith como si esta fuera la guardiana de la llave del universo.

A la mujer le brillan los ojos.

—Sí, creo que sí.

La camarera nos deja una enorme fuente de patatas fritas encima de la mesa y Max se las acerca.

—¿Puede contárnoslo? —pregunta, y luego se mete unas nueve patatas a la vez en la boca.

Meredith lo mira como si se hubiera olvidado de que estaba ahí sentado, pero, a decir verdad, mi primo prácticamente se ha hecho una bolita en un rincón. La mujer asiente.

—Me gustaría ayudar, pero no sé si tengo mucho más que compartir. Aparte de lo que ya dije cuando llamé, claro.

Me cruzo de brazos sobre la mesa.

—¿Puede empezar por el principio y repasar la experiencia entera? A lo mejor sabe más de lo que cree que sabe.

—De acuerdo. A ver, tenía el día libre, así que vine a comer con una amiga. Se me había hecho un poco tarde e iba a toda prisa hacia la puerta cuando la vi en el aparcamiento.

Autumn señala la ventana.

—¿Dónde estaban? ¿En qué plaza?

—Pues... en esa de ahí. La que está junto a la entrada —dice.

Señala una plaza libre junto al coche de Max.

Ese gesto me deja clavado al asiento. Lola estuvo justo ahí, ayer mismo.

—Estaba de pie junto a la puerta del pasajero de la furgoneta —dice Meredith, que vuelve a agarrar la taza con las dos manos—. No me habría fijado en ella si no fuera porque se estaba rascando muchísimo el cuello. Parecía aturdida y, durante un segundo, pensé que estaba drogada. Sin embargo, después me di cuenta de que estaba cubierta de ronchas. Su padre llegó corriendo...

—Ese no es su padre —decimos Autumn, Max y yo al unísono.

Nos mira por turnos.

—Vale... el hombre con el que estaba llegó corriendo de la farmacia y le dio un antihistamínico, creo. Parecía muy preocupado por su estado de salud y la ayudó a subir a la furgoneta. Cuando el hombre se dio cuenta de que los estaba mirando, se sentó al volante y arrancó enseguida.

—¿Y dejó que se fueran sin más? Si sabía que era Lola, ¿por qué no llamó de inmediato a la policía? —pregunto.

La desesperación me tiñe la voz y hace que parezca más enfadado de lo que pretendía. Meredith se molesta y levanto las manos en señal de disculpa.

—Perdón. No estoy enfadado con usted. Solo intento entenderlo.

La mujer me mira con los ojos amusgados y bebe un sorbo de café.

—Habría llamado antes a la policía, pero no sabía que era ella. No con certeza. Vi a una chica pasando un mal rato y me quedé mirándola para asegurarme de que se solucionaba. Su cara me sonaba de algo, pero no era capaz de recordar de qué. No la reconocí hasta que me sonrió mientras la furgoneta se alejaba. En todas las fotos de la tele aparece sonriendo. Fue entonces cuando supe que era ella.

—¿Qué pasó después? —pregunto en un tono de voz demasiado alto. Demasiado intenso. Otra vez. Me obligo a recostarme contra el respaldo y me meto las manos debajo las piernas—. ¿Dónde fueron?

Bebe otro largo trago de café, hasta apurarlo, y señala la carretera.

—Tomaron esa dirección. Cruzaron la ciudad y luego giraron hacia el norte, por la costa.

—¿Está segura? —pregunta Autumn.

—Totalmente. Fueron hacia el norte. No sé nada más.

El silencio llena el reservado. Autumn mira por la ventana en la dirección que ha señalado Meredith. Max se come otro puñado de patatas fritas.

Esto no basta. No podemos seguir la autopista hacia el norte y ponernos a buscar una furgoneta a ciegas. Hay cientos de pueblecitos y de carreteras que salen de esa autopista. Lola podría estar en cualquier punto al norte de aquí y, teniendo en cuenta que estamos más o menos hacia la mitad del estado, es un trecho muy largo que cubrir antes incluso de que lleguemos a Washington. Además, puede que solo se dirigieran al norte para llegar a una gasolinera y que luego se dieran la vuelta y pusieran rumbo a México.

«Norte» no es una pista.

—¿Puede decirnos algo más sobre la furgoneta? —pregunto—. ¿Llevaba alguna pegatina o un permiso de aparcamiento? ¿Tenía matrícula de Oregón? ¿Había algo dentro? ¿Algo que pueda ayudar a identificarla?

Meredith guarda silencio, con la mirada clavada en la taza ahora vacía. Se concentra y frunce el ceño.

—No recuerdo ninguna pegatina. Creo que tenía matrícula de Oregón, pero la verdad es que no me acuerdo. Solo recuerdo a la chica. No me quito su cara de la cabeza.

—¿Hay cualquier otra cosa que le llamara la atención? —insiste Autumn, y la desesperación de su rostro me dice que está sintiendo el peso de este posible callejón sin salida tanto como yo—. Lo que sea.

Se le ilumina la cara.

—Ostras, sí. Habían estado donde Nana.

—¿Eh? —decimos todos a la vez.

—En Nana. Los Favoritos de Nana. Es una tienda de segunda mano que está un poco más arriba. Una verdadera joya de sitio.

Siempre sabes cuándo alguien ha ido allí de compras porque da unas bolsas de color rosa chillón con su logotipo estampado en el lateral. Lola tenía una bolsa de Nana en la furgoneta. Debían de haber ido allí antes de venir a la cafetería. A lo mejor podéis añadirlo a la línea temporal, ¿no?

Autumn y yo intercambiamos una mirada y ella sonríe.

—Sí, eso haremos —contesta.

La camarera se acerca y le pregunta a Meredith si quiere que le sirva otro café, pero ella pone la mano encima de la taza y niega con la cabeza.

—No, gracias. Tengo que irme.

La camarera se aleja hacia otra mesa y Meredith nos dedica una sonrisa triste.

—Lo siento. Ojalá tuviera más respuestas para vosotros. Ojalá se me hubiera ocurrido seguirlos o algo así... Me pareció que era ella, pero, la verdad, hasta que os habéis presentado aquí, no estaba segura.

—Nos ha ayudado mucho. Gracias —le digo con una sonrisa—. Es la mejor pista que tenemos desde que Lola desapareció.

Se desliza por el banco del reservado hacia el final de la mesa, pero vacila antes de marcharse.

—Está claro que estáis decididos a encontrar a vuestra amiga, por eso habéis venido hasta aquí. Pero no quiero enterarme de que habéis sido los siguientes en desaparecer, así que no seáis tontos, ¿vale? Llevadles esta información a los profesionales y dejad que se encarguen ellos.

—Sí, señora —es nuestra respuesta mascullada y conjunta.

Nos lanza una conmovedora mirada a cada uno antes de llevarse el bolso al pecho y salir de la cafetería.

Max lanza una patata frita hacia el otro lado de la mesa.

—Vaya mierda, ¿eh? No nos ha servido de nada.

Autumn recoge la patata frita y se la lanza a él; le rebota en el pecho.

—¿Es que no has escuchado lo que nos ha dicho, pedazo de burro? Acaba de decirnos que en esta ciudad hay más gente que podría haber visto a Lola. ¿Cómo no va a servirnos eso?

Max le tira otra vez la misma patata frita y se le queda enganchada en el pelo.

—¿Tienes que ser siempre tan lista para todo?

Le doy un manotazo a Autumn antes de que vuelva a lanzarle la patata.

—Oye, esta camarera ya nos odia. Habría que intentar que no nos echen de aquí. Ya tenemos bastantes problemas.

Ambos se cruzan de brazos y me miran con el ceño fruncido, pero dejan de hacer el tonto.

—Está claro que tenemos que ir a esa tienda, pero aún no hemos terminado aquí.

—¿Vamos a pedir más patatas fritas? —pregunta Max con una sonrisa.

La fuente está vacía.

—No, vamos a buscar más indicios. Tenemos que reunir todos los detalles que podamos para llevárselos a Roane y ahogarlo en pruebas. Y, si lo único que tenemos es una anécdota que nos ha contado una señora en una cafetería, no bastará. Necesitamos pruebas tangibles o estaremos elaborando una historia, no una línea temporal.

Autumn asiente y luego baja la mirada hacia la pantalla de su teléfono.

—Tienes razón. Antes de irnos, tenemos que demostrar que Lola estuvo aquí, pero la tienda de segunda mano cierra a las seis y media.

Mierda. Falta muy poco.

Echo un vistazo en torno a la cafetería.

—¿Aquí tienen cámaras?

—Allí arriba. —Autumn señala el techo por encima de mi hombro izquierdo. Me vuelvo en el asiento y veo una cámara pequeña y negra colocada encima del pasillo que lleva al cuarto de baño—. ¿Cómo vas a conseguir las imágenes?

—¿Encanto?

Max se ríe de mí en mi cara.

—Sí, vale. Buena suerte. Tengo que hacer pis.

Salta por encima de mi regazo y aterriza en el suelo de linóleo como un puñetero gimnasta. Sandra la Gruñona lo ve desde el atril de recepción y le lanza una mirada que habría hecho encogerse a cualquiera al que le importara una mierda. Max desaparece por el pasillo y ella se acerca a Autumn y a mí mientras arranca una hoja de su cuadernillo de comandas. La estampa contra la mesa.

—¿Os traigo ya la cuenta? —pregunta.

Como si tuviéramos elección.

Saco la cartera. No llevo mucho dinero encima después de haber fotocopiado la última tanda de octavillas, pero sí el suficiente para pagar la cuenta y dejar una buena propina. Pongo el dinero encima de la mesa, con la esperanza de reducir su enfado. Autumn añade un billete de cinco dólares y me mira a los ojos como si hubiera tenido la misma idea. Sandra se lo lleva todo a la caja registradora sin decir una sola palabra.

Cuando vuelve con el cambio, le dedico mi mejor sonrisa.

—El resto es para usted.

Mira lo que le queda en la mano y frunce el ceño como si se alegrase, pero, al mismo tiempo, no le gustara nada.

—Gracias.

—No, gracias a usted —digo mientras me pongo en pie—. ¿Sería tan amable de echarnos una mano con una cosa?

Se cruza de brazos.

—¿Qué?

—¿Vio aquí a una chica ayer? Más o menos a la hora de comer. Es de nuestra edad, tiene los ojos verdes, pecas, el pelo castaño oscuro y corto... —Me llevo la mano a la parte inferior de la barbilla para señalar la longitud—. Es posible que estuviera aquí con un hombre mayor, y creemos que se marchó con prisas.

—¿Y a vosotros qué os importa eso? —pregunta Sandra.

Me da la sensación de que su actitud es protectora. Como si supiera de quién le estoy hablando, pero no quisiera decirles nada de ella a unos desconocidos. Me siento entusiasmado y frustrado a la vez. Cómo no, Lola se acabó ganando el cariño de la camarera.

—Está desaparecida y queremos encontrarla —interviene Autumn—. Nos gustaría saber si hay imágenes de ella en el sistema de seguridad de la cafetería.

Sandra levanta la cabeza hacia la cámara y luego nos fulmina con la mirada.

—No sé qué os traéis entre manos, chavales, pero me habéis dado malas vibras desde que entrasteis. No pienso deciros nada de ella ni de su padre...

—¡Ese no es su padre! —exclamamos de nuevo los dos, exasperados.

—No quiero saber nada de todo esto. Si de verdad está desaparecida, que la policía venga con una orden para reclamar las imágenes, pero no pienso entregarle nada a una pandilla de chavales desconocidos. Tenéis que iros.

—Por favor —dice Autumn con su voz más suave y de princesa Disney—. Puede que la...

Sandra sacude la cabeza y la interrumpe a media frase.

—No, no voy a seguiros el juego. Largo de aquí. No es broma.

Joder.

Le deseo un buen día y Autumn le da las gracias, aunque no sé por qué. Sandra no ha sido ni útil ni agradable. ¿Que le damos malas vibras? Si alguien tenía que darle malas vibras, ¿no debería haber sido el secuestrador al que sirvió la comida ayer?

Salimos de la cafetería y nos dirigimos al Liberty. No me doy cuenta de que Max no está con nosotros hasta que tiro de la puerta del pasajero. Está cerrada. Las llaves las tiene él.

—Todavía nos queda la tienda —dice Autumn—. Sabemos dónde ir a continuación.

Quiero darle la razón, pero, si no conseguimos ninguna prueba física, Roane no cederá. Si queremos que nos haga caso, tendremos que eliminar cualquier posible resquicio de duda. Y creo que eso significa que se nos ha acabado la suerte.

Esperamos en el aparcamiento helado hasta que Max sale tan tranquilo por la puerta diez minutos después, silbando flojito. Mientras camina, le da vueltas a su móvil en la mano. Parece... contento. Y eso me saca de mis putas casillas.

—¿Cuánto me quieres? —pregunta.

No veo más que la sonrisa que lleva dibujada en la cara.

—¡Anda que no has tardado! No sé si te acuerdas de que tenemos un poquito de prisa. La tienda de segunda mano cierra dentro de diez minutos.

Carraspea.

—Te he preguntado que cuánto me quieres.

Le lanzo una mirada asesina.

Farfulla algo acerca de que no se le aprecia como merece y aprieta un botón en el móvil. El mío me empieza a vibrar en el bolsillo.

—¿Me estás llamando? —pregunto, pero, cuando miro la pantalla, me doy cuenta de que no es una llamada.

Me está enviando fotos. Muchos mensajes con fotos. Abro la primera y retrocedo, sorprendido.

«Lola».

Paso a toda velocidad unas diez o doce fotos granuladas en blanco y negro. Melena oscura hasta la barbilla, chaqueta con las mangas de flores, gorro blanco... y el desconocido sentado frente a ella en un reservado. En el mismo puto reservado en el que acabamos de estar nosotros.

En varias de las fotos, Lola está sonriendo, pero el hombre está de espaldas a la cámara en todo momento. Y, aunque no fuera así, la calidad de las imágenes es terrible. Dudo que alguien sea capaz de identificarlo a partir de esas fotos. Es como si alguien hubiera puesto una imagen en escala de grises bajo una lupa grasienta cubierta de arañazos. A duras penas distingo una nariz afilada cuando gira la cabeza hacia un lado.

—¿Cómo...? ¿Cómo cojones las has conseguido? ¿Sandra te ha enseñado las cintas? —pregunto.

Se ríe, abre el Liberty y se mete. Autumn y yo nos vemos obligados a subirnos al coche para oír su respuesta. Mi primo se saca un plátano del bolsillo trasero antes de sentarse y le da un mordisco mientras cierra la puerta.

—Estás de broma, ¿no? Esa mujer no nos habría ayudado por nada del mundo. Lo supe desde el principio.

—Entonces ¿cómo?

—Mientras vosotros le preguntabais como dulces angelitos, encontré el sistema de seguridad en el armario que hay enfrente del baño y rebobiné la cinta hasta dar con las imágenes de ayer a la hora de comer. Saqué unas cuantas fotos, agarré un tentempié de la cocina y me largué. Os lo dije: labores detectivescas.

Le doy una palmada en la espalda.

—Te quiero muchísimo.

Me sonríe, como siempre, de oreja a oreja y, durante un instante, me recuerda tanto a papi que siento una punzada de culpabilidad y tengo que apartar la mirada para librarme de ella.

La cabeza de Autumn asoma entre los asientos delanteros, el cuerpo entero le tiembla de emoción.

—Quiero verlas.

Le paso mi móvil y sonríe desde el asiento de atrás.

—Vamos a conseguirlo. Vamos a encontrarla.

Le devuelvo la sonrisa.

—Primero, vamos a encontrar a Nana.

VEINTIUNO
MARY

Solo soy consciente a medias de que Wayne entra en mi habitación para ayudarme a recoger el resto de mis cosas. Enrolla el póster de «Don't Worry, Be Happy» y lo mete en un lado de la caja. Me acerca las zapatillas con el pie. Pone la manta amarilla del sofá encima de la caja, me lanza la chaqueta y, de pronto, estoy fuera, bajando las escaleras a trompicones hacia la furgoneta. Todo me parece muy lejano, como si el mundo entero hubiera dado un paso atrás y ya no hubiese nada con sentido a mi alcance.

Se me entumece el cuerpo. Ni siquiera siento el frío de noviembre bajo la camisa.

Wayne mete mi caja en la parte trasera de la furgoneta. La octavilla de Ben está guardada a buen recaudo en un calcetín, al fondo. No sé qué está pasando. Wayne ha mentido a un agente de policía. Me ha mentido a mí. Me ha robado la tarjeta de visita. Puede que a mí también me haya robado de algún sitio. Y no sé qué hacer.

No tengo más opción que subirme a la furgoneta y dejar que Wayne me lleve adondequiera que vayamos. No tengo ningún otro sitio al que ir.

Pero en mi cabeza hay una voz que me grita que no me vaya con él.

«Nunca permitas que te lleven a una ubicación secundaria».

La idea me paraliza. Cuando me detengo, Wayne retrocede y se choca conmigo. Se da la vuelta y me agarra por los hombros, sorprendido, pero me clava los dedos con demasiada fuerza en los brazos.

—Mary, mira por dónde vas, por favor.

Murmuro un «lo siento» y me hago a un lado para dejarlo pasar. Mientras lo veo subir las escaleras, siento el fantasma de sus manos creando moratones en forma de huellas dactilares. Unos segundos más tarde, reaparece con otra caja —está llena de ollas y sartenes— y con una bolsa de lona que no había visto en mi vida. Las mete en la parte de atrás de la furgoneta y vuelve al salón, donde lo esperan otro par de cajas. La bolsa de lona se desestabiliza y empieza a resbalarse. Me acerco a las puertas traseras abiertas para intentar sujetarla y, en ese momento, una ráfaga de recuerdos helados me golpea directamente en la cara.

Estoy dentro de la furgoneta vacía, en un rincón de la parte de atrás.

Traquetea por un camino de tierra.

Toma una curva y ruedo hasta chocar con la pared lateral.

La cara apretada contra la moqueta y agujas de pino.

Ventanas oscuras.

Y pánico.

Jadeo y todas las imágenes desaparecen. La mañana que amenaza tormenta ocupa su lugar y baña la furgoneta en una luz solar débil. Wayne se coloca de nuevo a mi lado y empuja la caja de documentos personales que sacó la primera noche que pasamos aquí hacia el interior de la furgoneta, junto a la bolsa de lona.

—¿Estás bien?

Digo que sí con la cabeza. Demasiado rápido. Demasiadas veces. Me obligo a sonreír.

—Sí, la bolsa me ha dado un susto tremendo. Ha estado a punto de caerse.

La mira.

—No pasa nada. Solo son mantas y cachivaches. —Señala el asiento del pasajero—. Espera en la furgoneta. Abróchate el cinturón. Bajo al sótano a cargar unas cuantas cosas y nos vamos. Dame solo unos minutos, no tardaré.

Siento una presión que me rodea el pecho y lo oprime hasta que apenas puedo respirar.

Dios, necesito aire, y la mera idea de sentarme a su lado en esa furgoneta me eriza el vello de la nuca.

Intento buscar palabras para suplicar una alternativa, aunque sea temporal.

—¿Pue...? ¿Puedo esperar junto al río?

Me sonríe.

—¿Quieres despedirte de tu columpio favorito?

Asiento.

—Cómo te gusta ese chisme. —Mira su reloj de pulsera—. Vale, pero solo un minuto. Y solo si te pones la chaqueta. Vas a pillar una pulmonía aquí fuera.

Vuelvo a asentir, porque en este momento es la única forma de comunicación que manejo, y él desaparece de nuevo en el interior de la casa antes de que me dé tiempo siquiera a ponerme las mangas de la chaqueta. Enredo los dedos en el dobladillo e intento contar respiraciones regulares mientras camino, pero no sirve de nada.

Nada sirve de nada.

Porque Ben Hooper está desaparecido. Y Wayne me ha mentido acerca de mi madre. Y acerca de la visita de Bowman. Quiere que nos marchemos de aquí cuanto antes sin ningún motivo y me ha clavado los dedos en los brazos y no consigo quitarme de encima la sensación de que no estoy a salvo a su lado.

Pero no tengo adónde ir. No tengo a nadie más a quien acudir. Sí, recuerdo a mi madre como la mujer del sofá rojo, pero no sé dónde encontrarla. Ni siquiera sé cómo cojones se llama. El vecino viejo y simpático ha desaparecido. Bowman se ha ido. Y yo también estoy a punto de irme, acompañada de un hombre que apenas me deja salir al aire libre.

Me siento en el borde del columpio del río, que cruje bajo mi peso. Reproduzco mentalmente lo ocurrido a lo largo de los últimos cinco días. Wayne mirándome con urgencia desde la entrada de la comisaría. Su expresión de alivio cuando vio que estaba a salvo... y que, además, no me acordaba de él. Lo mucho que insistió en que le permitieran traerme de vuelta a esta montaña. Sus dudas sobre si llevarme de nuevo al pueblo. Su empeño en que hiciéramos un trayecto de dos horas para comprar unos *leggings* después de que los que él me había comprado me quedaran pequeños.

Cuando me cortó fresas y después me culpó por comerme unos huevos a los que no soy alérgica.

Cuando me pidió un batido de fresa.

Cuando salimos a toda velocidad de la cafetería en cuanto empezamos a llamar la atención.

Los suelos que iban a cambiarnos en casa, que luego se convirtieron en suelos y armarios, y que ahora resulta que están terminados en cinco días.

La foto de la completa desconocida que intentó colarme como la de mi madre.

Si no fuera por el certificado de nacimiento y por todas esas fotos en las que aparecemos juntos, casi pensaría...

El miedo me estalla en las venas. Ahora sí que no puedo respirar.

No puedo respirar.

No puedo moverme.

Porque la idea se autocompleta: casi pensaría que Wayne ha hecho todo lo que no toca porque tiene la hija que no toca.

Palidezco de golpe. La punta de la nariz se me convierte en hielo y la cabeza me da tantas vueltas que tengo la sensación de que estoy a punto de caerme de boca al río.

Ay, Dios. ¿Y si...?

¿Y si no es mi padre? ¿Y si yo no soy Mary?

¿Y si no me llamo así?

Me levanto al instante del columpio y me pongo a caminar de un lado a otro por la orilla: el cuerpo entero me pide a gritos que me mueva. Mis zapatillas blancas se llenan del barro que les sube por los lados cada vez que doy un paso. El cielo se retuerce sobre el río y tiñe el agua de un gris hostil.

«¿Y si no soy Mary?».

«¿Y si no soy Mary?».

«¿Y si no soy Mary?».

La pregunta me corroe por dentro. Me sujeto las sienes. ¿Quién soy si no soy Mary Boone?

Miro hacia la casa en busca de Wayne, pero no lo veo por ninguna parte. La furgoneta está aparcada junto a la puerta del sótano, pero a él no lo veo.

Una rama se quiebra a mi derecha, entre el montón de leña y los primeros árboles del bosque. Me doy la vuelta de golpe, casi esperando verlo allí plantado, mirándome de hito en hito. Pero no hay nada, solo la pila de leña cubierta con una lona y el bosque.

La brisa cambia, ahora baja de la parte alta del río. Arrastra el aire fresco y húmedo del bosque, y con él, un olor repugnante. Como a carne en mal estado o a huevos podridos, pero mucho peor. Huele como si el bosque se estuviera descomponiendo y, obedeciendo a un instinto, retrocedo para apartarme y meto un pie en el agua. El chapoteo altera el silencio y algo se mueve más adelante. Levanto la mirada por encima del columpio, hacia los árboles que hay más allá, y distingo un animal.

Un coyote.

Está a unos tres metros y medio de distancia, absolutamente inmóvil. Tan inmóvil que se mimetiza a la perfección con las ramas que tiene detrás. Los pelos que tiene alrededor de la boca están teñidos de sangre y lleva algo entre los dientes.

Se me para el corazón. Mientras nos miramos a los ojos, me pregunto si el pánico inducido por Wayne no habrá sido un sinsentido, porque ahora estoy a punto de morir mutilada en una montaña que huele a carne podrida.

Sin quitarle ojo al animal, me agacho hasta sumergir las yemas de los dedos en el agua helada que me rodea los pies. Las arrastro por el fondo hasta dar con una piedra del tamaño aproximado de un bote de mermelada, pero con una punta larga y afilada en un extremo.

Empiezo a levantarme despacio, con el agua goteándome por los dedos y la piedra preparada a un costado. No sé qué narices podría a hacer con ella si el coyote me atacara, pero, en cuanto vuelvo a estar erguida, se escabulle entre los árboles.

Tras dejar caer al suelo lo que estaba masticando.

Aunque mi pobre corazón se reinicia justo cuando el animal desaparece, no puedo evitar dirigir mi atención hacia lo que ha dejado caer. El otro lado de la pila de leña está lleno de fango, pero parece que el coyote ha cavado un gran agujero en el suelo. Saco los pies del agua y doy un paso hacia el columpio, consciente de que, a pesar de que me estoy acercando, en realidad no quiero averiguar qué hay ahí detrás.

Rodeo el columpio por la parte exterior y escudriño lo que hay en el suelo. Seguro que es una ardilla muerta o algo igual de asqueroso.

Las piernas me piden que corra. Que coja mi piedra y me largue de aquí, pero no puedo dejar de avanzar hacia el agujero. El olor, la sangre... todo el miedo que tengo en el cuerpo intenta descubrir qué hay ahí detrás para poder reaccionar a ello.

Me detengo a unos centímetros. El agujero tira de mí, me suplica que mire dentro y...

Lo veo de golpe, con todo detalle. Un denso segundo de imágenes grabadas para siempre en mi memoria como un tatuaje horripilante. Marcas de dientes de animales en el lado de una cara parcialmente cubierta de tierra. Sangre. Piel desgarrada. Unos ojos lechosos y abiertos. Unas heridas gigantescas en el cuello mutilado. Una gorra a cuadros rojos y negros, medio tapada. Un brazo asomando por el agujero. Sin la mano.

Que está tirada a dos metros, donde la ha soltado el coyote.

El ácido me sube por la garganta, se me queda atrapado detrás de los dientes y vuelve a bajar mientras mi mirada se clava en el rostro conocido de un hombre.

El coyote ha desenterrado el cadáver de Ben Hooper.

VEINTIDÓS
DREW

No sé qué me esperaba de una tienda llamada Los Favoritos de Nana, pero, desde luego, no es esto. Aparcamos delante de un edificio no muy grande, con ese revestimiento playero de tablones de madera y unos postigos de color blanco sucio que parecen mugrientos incluso bajo la luz mortecina. Un pájaro sale volando de detrás de uno de ellos en dirección al océano y Max casi se caga del susto mientras saca el cuerpo larguirucho del asiento del conductor.

—Mierda —dice, aún agachado a pesar de que hace mucho que ya se ha ido.

A Max no le gustan los pájaros.

Autumn se ríe e intenta convertirlo en una tos cuando las luces del interior de la tienda se apagan y una mujer mayor con el pelo completamente blanco y unas gafas rosa chillón sale con las llaves en la mano. Se queda plantada en la puerta cuando nos ve a todos allí de pie y esboza una sonrisa.

—Anda, ¡hola! Me temo que tendréis que volver mañana, chicos. La tienda está cerrada por hoy.

Se vuelve para echar la llave.

Cojo mi teléfono y la octavilla del asiento y me acerco a ella.

—Verá, es que no hemos venido de compras. Esperábamos que pudiera ayudarnos a encontrar a alguien.

Me mira volviendo la cabeza por encima del hombro, con la llave aún en la puerta.

—¿Cómo dices?

Le digo nuestros nombres y le tiendo el papel. Deja las llaves colgando en la cerradura mientras se recoloca el enorme bolso sobre el otro hombro y coge la octavilla. El bolso de la anciana es del mismo color que sus gafas. Y que sus pantalones de yoga. Lo de esta mujer es rosa sobre rosa sobre rosa.

Estudia la foto con detenimiento y se lleva una mano a la boca para tapársela.

—¿Está desaparecida?

Hago un gesto de asentimiento.

—Desde hace varias semanas. Hemos hablado con una mujer en la cafetería de más abajo y nos ha dicho que la vio con un hombre mayor y una bolsa de su tienda.

Autumn avanza hasta colocarse a mi lado.

—¿Estuvo aquí?

La mujer nos mira primero a uno y luego a otro, y después a Max, que sigue inquieto por culpa del puñetero pájaro. A continuación, señala la foto con la cabeza.

—Sí, vinieron ayer a comprar ropa. Se llevaron bastantes cosas. Hasta zapatillas. Parecían buena gente.

Sí, una es buena gente.

Busco las fotos que Max ha sacado de las imágenes de la cafetería y vuelvo la pantalla hacia ella para que pueda verlas.

—¿Son estas las dos personas que vinieron aquí?

La mujer escudriña el móvil a través de las gafas de culo de vaso y asiente con vehemencia.

—Sí. Tiene el mismo pelo y me acuerdo de la chaqueta porque tenía unos botones preciosos. Aunque esta foto no es muy buena. ¿De dónde la habéis sacado?

—De la cafetería —contesta Autumn, y cambia de tema al instante—: ¿Recuerda algo del hombre que la acompañaba? ¿O del vehículo que llevaban?

—¿Por qué queréis saber esas cosas?

—Estamos intentando recabar información para contribuir a la búsqueda —contesto—. Cuanto más pueda decirnos, más datos podremos aportarle a la policía para que, con suerte, la encuentren cuanto antes. Por favor, su familia está muy preocupada por ella, y creemos que el hombre con el que está podría ser peligroso.

La anciana da un paso atrás y se choca con la puerta cerrada.

—¿Creéis que ese hombre, el que estuvo en mi tienda, es un peligro para esa chavala tan maja?

Parece tan sinceramente horrorizada que siento una oleada de culpabilidad por lo que tengo que decirle a continuación.

—Creemos que podría tenerla secuestrada. Por eso estamos aquí. Necesitamos cualquier información de la que disponga.

—Pero si eran muy amables —insiste ella—. Compartían sonrisas y risas, y la chica se puso la ropa nueva antes de salir. Todo parecía normal. —Cada una de sus palabras suena un poco más aguda e histérica que la anterior—. Si hubiera sabido que estaba en peligro, no la habría dejado salir de la tienda de ninguna de las maneras. Por Dios. ¿Qué pasa si no la encuentran...?

Autumn estira una mano y la posa en el hombro de la mujer.

—Espere un segundo, ¿vale? Nadie la está culpando, es imposible que usted supiera lo que le estaba pasando a esa chica, sobre todo, si se comportó con normalidad. La culpa no es suya.

—Pero estuvo en mi tienda...

—¿Cómo se llama? —le pregunta Autumn.

—Eloise. Me llamo Eloise.

—Muy bien, Eloise, ¿culparías a los trabajadores de la cafetería por no haberla ayudado? Porque todos la vieron con el mismo hombre y tampoco les pareció que pasara nada. Tú no te la llevaste, no miraste para otro lado, no le hiciste ningún daño. Ese hombre sí. Lo que necesitamos es que pienses y nos digas si viste u oíste algo que podamos comunicarle a la policía.

Eloise asiente como si fuera un acto reflejo, como si en realidad no nos estuviera escuchando, pero un segundo después dice:

—No vi en qué coche iban. Solo los vi a ellos. La chica era joven, de vuestra edad. Él era... callado. Serio. Tenía ojeras, pero ella también. Compraron, él la ayudó a cargar las bolsas y luego se fueron. La verdad, no le di mayor importancia.

Recupero la octavilla para que no vuelva a mirarla y a asustarse.

—¿Estaría dispuesta a llamar a la línea de colaboración ciudadana para contar todo esto? La policía ha establecido una línea directa para que la gente que ha visto a Lola pueda notificarlo, y sería de gran ayuda que, además de recibirla a través de nosotros, la información estuviera también respaldada por una llamada.

Abre los ojos como platos.

—Sí, por supuesto. Llamaré ahora mismo. Haré cuanto esté en mi mano.

—¿Tienes un bolígrafo? —le pregunta Autumn—. Te apuntaré el número.

Eloise hurga en su gigantesco bolso y saca un bolígrafo y un taco de notas adhesivas rosas. Autumn garabatea dos números y se los devuelve.

—El primero es el de la línea directa, y el segundo es el del móvil del sheriff. Va un poco lento comprobando las llamadas de la línea de colaboración ciudadana, así que, si no le importa llamarle directamente, sería muy útil.

Eloise mira el segundo número con el ceño fruncido.

—¿El número personal del sheriff?

—Es su padre —le digo—. Y un poco imbécil.

Mi intención era guardarme la segunda parte de la frase, pero se me escapa. A Eloise se le escapa una carcajada de sorpresa.

—Será un honor para mí incordiar a tu padre si así hacemos que esa chica tan maja vuelva a casa.

Le damos las gracias mil veces y vuelve a abrir la puerta de la tienda para empezar a hacer llamadas. Me invade un deseo muy concreto. El deseo de poner a más gente como ella al mando. De poner a Eloise en el lugar de Roane y ver lo rápido que Lola vuelve a casa. Que se haya involucrado en nuestra misión de una manera tan inmediata me hace pensar que quizá nuestro pequeño y zozobrante bote salvavidas consiga mantenerse a flote.

Nos damos la vuelta para irnos, pero Eloise nos chilla desde la puerta y asusta a otro de los pájaros del nido que hay detrás de los postigos. Esta vez Max se mete a toda velocidad en el coche y se queda allí.

Cuando me vuelvo, los ojos de la anciana son enormes.

—¡Dijeron algo importante! Antes de irse, la chica... Lola dijo que quería cambiarse de ropa antes volver a Alton porque el viaje de vuelta era muy largo.

Noto un zumbido extraño en los oídos y me doy cuenta de que he dejado de respirar.

—Espera, ¿mencionó específicamente Alton? ¿Está segura?

—¡Sí! Segurísima. Lo recuerdo porque mi hermano vivía allí y, cuando me enteré de dónde venían, no me extraño que se quejara del trayecto largo. Alton está en medio de la nada, superaislado. Mi hermano odiaba que estuviera tan lejos de todo, así que se mudó a Florence hace un par de años. Alton está a unas dos horas y media de aquí.

Hago un gesto con las manos para que pare y reconducirla hacia Lola.

—Pero ¿dijo de manera específica que tenían que volver hasta allí?

Asiente.

—Sí.

Autumn me agarra el brazo con la fuerza inhumana a causa de la emoción.

—¿Y estaría dispuesta a proporcionarles esta información a mi padre y a los de la línea de colaboración ciudadana?

Eloise se apoya una mano en la cadera y sonríe.

—Cariño, no pienso parar de llamarlo hasta que coja el coche y él mismo venga hasta aquí a tomarme declaración —responde la anciana y, después, se mete en la tienda.

Aturdido, vuelvo al coche de Max.

Lola está en Alton.

Hostia puta.

Max no deja de apretar y aflojar los puños sobre el volante. Todos permanecemos sentados en silencio en el coche mientras observamos a Eloise cantándole las cuarenta a Roane a través de la puerta de cristal.

Al final, a Autumn se le dibuja una enorme sonrisa en la cara.

—Hostia, tíos. Sabemos dónde se la llevó.

—A Alton —dice Max.

Puto Alton.

—Vale, ¿y ahora qué? —pregunta Autumn—. ¿Nos vamos a casa? ¿Hemos terminado?

Miro a Max. Max me mira. Autumn da golpecitos impacientes con el pie contra el suelo de la parte de atrás. No sé qué contestarle. Deberíamos volver a casa. Tenemos aún más de lo que habíamos venido a buscar. Tenemos incluso una testigo extra y una localización. Si nos vamos a casa ahora, llegaremos poco después de las nueve. Pero...

—No me da buen rollo —dice Max—. Estamos muy cerca de encontrarla y ¿nos vamos a casa?

Exacto.

—Entonces ¿qué queréis hacer? —pregunta Autumn.

Me restriego la cara con las manos y vuelvo a sacar las fotografías del vídeo de la cafetería. Las repaso, veo a Lola y a ese hombre. Ojalá la cara del desconocido estuviera enfocada. Ojalá lo estuvieran los dos. Ojalá esta fuera la prueba irrefutable que necesitamos para que todos los recursos se centren en esta ciudad y en esta investigación. Sin embargo, esta mañana creía que ya la tenía: la llamada de Meredith Hoyt a la línea de colaboración ciudadana.

—Es que... ¿y si tu padre considera que esto no es suficiente? —le pregunto—. ¿Y si le echa un vistazo a todo lo que tenemos y no le hace ni caso porque he sido yo quien ha venido hasta aquí para encontrarlo? ¿Y si me acusa de coaccionar a una testigo o algo así?

Autumn se agita, inquieta, en la parte de atrás.

—No creo que sea capaz de ir tan lejos, ¿no?

—Hace unas horas, le llevé la llamada de Meredith y me acusó de falsearla para librarme. ¿Por qué iba a pensar que esto es distinto? Si hay alguna pista que pueda presentar como contaminada por el principal sospechoso, lo hará. Ya nos lo ha demostrado.

—Punto para Drew —murmura Max.

—Lo siento, Autumn. Sé que es tu padre, pero no quiero volver a casa y dar por hecho que hará lo correcto..., y que después no lo haga y me joda vivo. Si volvemos, nuestros padres no van a quitarnos ojo durante mucho tiempo. ¿Qué pasa si el sheriff no se cree lo que hemos descubierto?

Agacha la cabeza, varios mechones de pelo largo y rojo le caen por delante de la cara y, durante un segundo terrible, creo que está llorando. En cambio, cuando levanta la vista, lo que le veo en los ojos es ira.

—No, tienes razón. Lola se merece algo mejor que dejar esto en manos de mi padre. Pero no podemos ir a buscarla nosotros solos. En eso Meredith tenía razón: no podemos investigar esto por nuestra cuenta. Es demasiado peligroso.

—Lo dije una vez y lo diré de nuevo: si hay que pegarle un puñetazo a Ted en la cara, yo se lo pego. No tengo miedo.

Max lanza un puñetazo al aire por encima del volante y el suspiro que se me escapa del pecho pesa por lo menos cincuenta kilos.

—No pienso hacer que nos maten a todos por intentar localizar a un secuestrador —digo—. No es no, Max. Hoy no vas a pegarle un puñetazo a nadie.

—Jo, vale.

—Creo que tenemos que modificar el plan original. Hemos venido hasta Waybrooke para reunir pruebas de que Lola estuvo aquí y así obligar a Roane a investigar, pero ¿y si lo puenteamos? Si sabemos que Lola está en Alton, ¿por qué no les trasladamos el caso a ellos? Estoy empezando a pensar que la única manera que tenemos de conseguir que Roane se sume al equipo es arrebatarle cualquier poder de decisión al respecto. Por eso tenemos que llevar las pruebas a otra comisaría. A alguien imparcial, que sea capaz de ver lo que tenemos y actuar a partir de ahí. De esa manera, Roane no tendrá más remedio que trabajar con ellos y escuchar lo que tengan que decirle; de lo contrario, quedaría como un perfecto incompetente.

—Bueno, también podría convencer a la comisaría de Alton de que eres culpable, y entonces tendrás a dos comisarías intentando cazarte —dice Max.

Lo miro fatal.

—Me has ayudado mucho con tu comentario. Gracias.

—Entonces... ¿quieres echarle encima al Departamento de Policía de Alton y utilizar el orgullo y la reputación de mi padre como cebo?

Me vuelvo para calibrar su reacción, pero no consigo descifrar su mirada.

—¿Es demasiado?

Sonríe con ganas.

—Qué va. Es perfecto. Solo me cabrea que no se me haya ocurrido a mí antes.

Se me escapa una carcajada de sorpresa.

—¡Así se habla! —exclama Max—. Nuestra labor detectivesca continúa. Próximo destino: Alton.

Autumn levanta un dedo cuando Max enciende el motor.

—Tenemos un pequeño problema —advierte—. Eloise nos ha dicho que Alton está a dos horas y media de aquí en coche. Eso quiere decir que no llegaremos hasta las nueve, y la mayoría de las comisarías de los pueblos pequeños suelen cerrar sobre las cinco o las seis. Supongo que tendrán a un par de agentes de guardia para que se ocupen de las peleas de bar y similares, pero ninguno de ellos con la autoridad necesaria para manejar el tipo de información que tenemos. Deberíamos esperar hasta mañana por la mañana. Así evitaremos que un agente cualquiera, cabreado porque le ha tocado hacer el turno de noche, se ría de nosotros en nuestra cara.

Eso... es lógico. Pero no quiero reconocerlo.

Busco la comisaría de Alton en el móvil y, en efecto, ha cerrado hace una hora.

—Joder. Tenemos que parar en algún sitio a hacer noche.

Max se encoge de hombros.

—Ya vamos a ganarnos una buena por habernos saltado clases

y por haber salido de la ciudad sin avisar. Ya puestos, mejor lo hacemos todo antes de volver y enfrentarnos a las consecuencias, ¿no?

—En ese caso, tenemos que buscar un sitio decente donde alojarnos —exige Autumn—. Porque ya te digo yo que no pienso dormir en esta mierda de coche.

—¡Oye! —protesta Max.

—Buscaremos algo en Alton —digo—. Así ya estaremos cerca y podremos dedicar el resto de la noche a recopilar toda la información que tenemos y a pensar cómo podemos hacer que nos tomen en serio. Iremos a la comisaría a primera hora de la mañana.

—Crucemos los dedos para que sean mejores polis que Roane —farfulla Max en voz baja—. Y mi coche no tiene nada de malo, capulla.

Estoy seguro de que Autumn lo ha oído porque aprieta los labios.

—No voy a compartir una cama con dos pringados como vosotros. Eso es pasarse de la raya.

Ah, claro. Pirarse del instituto, hacerse pasar por la secretaria de una comisaría, tenderle una emboscada a una testigo, ser expulsada de una cafetería, robar grabaciones de seguridad, angustiar a una anciana y pasar la noche fuera de casa... Todo eso es superrespetable, pero dormir en la misma cama que lo hace un chico es donde esta chica marca su límite infranqueable.

Max arranca el Liberty y, ni siquiera le ha dado tiempo a incorporarse a la carretera principal, cuando el móvil de Autumn suelta un pitido estridente en el asiento trasero. Todos damos un respingo y ella coge aire de golpe.

—¿Qué? —pregunto.

La pantalla le ha iluminado el rostro. Le ha iluminado todas y cada una de las pecas de la nariz y el ceño fruncido de preocupación.

—Es mi padre.

—¿Qué?

A Max se le escapa un ruidito que bien podría habérsele escapado a un ratón al llevarse un pisotón.

Autumn me mira y aprieta los dientes. Pulsa el botón de aceptar llamada y activa el altavoz.

—¿Hola?

—¿Dónde. Estás? —grita Roane.

Ostras, menudo escalofrío me acaba de dar.

—Estoy ocupada.

—¡Autumn! Ni se te ocurra torearme. Sé que te has marchado del instituto con Max y con Drew. —¿Son imaginaciones mías o ha escupido mi nombre como si fuera un chicle mohoso?—. El guardia de seguridad le ha dicho al director que os había visto salir a los tres, ¿y ahora no paro de recibir llamadas de una mujer de Waybrooke que quiere que coja el coche y vaya a tomarle declaración porque ayer vio a Lola Scott en su tienda? Dice que el número se lo ha dado nada más y nada menos que mi hija. ¿Qué leches estáis haciendo?

Autumn le lanza una mirada asesina a la pantalla.

—Estoy ocupada haciendo tu trabajo. Si te molestaras en buscar de verdad a Lola, a lo mejor no tendría que hacerlo.

Y le cuelga.

—Deberíamos apagar los móviles para que no pueda rastrearlos.

La miro, boquiabierto.

—¿Qué? —me dice—. Ya te lo dije, estoy comprometida al cien por cien. Ya se le pasará.

—Uf, mierda —murmura Max—. Uf, mierda, mierda, mierda.

Lo miro a los ojos. Tiene toda la razón: uf, mierda.

Cuando todo esto acabe, tendré que pasarme años cubriéndome las espaldas para evitar que el sheriff convierta cualquier multa por exceso de velocidad en una noche en el calabozo, pero me cuesta que eso me importe tanto como debería. No hay nada peor que perder a Lola y tener que despertarme cada día sin saber si está viva o muerta. Revivir todas y cada una de las palabras que nos gritamos en aquel coche. Buscar el móvil con desesperación cada vez que suena y que nunca sea ella.

Comparado con eso, Roane es un gatito con un cuchillo de mantequilla.

Max gira hacia el norte por la autopista.

—Creo que ya oigo a Roane llamando a mi madre. Me va a matar.

—Pues moriremos juntos.

Me lanza una mirada de agradecimiento, apaga el móvil y lo deja caer en el posavasos como el ladrillo inútil en el que se ha transformado a partir de ahora. Empiezo a hacer lo mismo, pero las palabras de mi primo me han hecho reflexionar. Mis padres no van a matarme, pero estoy seguro de que no saber dónde estoy los está matando a ellos. Hace tres horas que tendría que haber vuelto a casa del instituto. Me imagino a papá sentado otra vez en las escaleras, vigilando una puerta que esta noche no volverá a abrirse.

Al menos Roane sabe que Autumn está a salvo. Relativamente. Porque, a ver, estamos persiguiendo a un secuestrador.

Abro el chat familiar y, mientras me pienso la respuesta, ojeo las preguntas de mis padres, que exigen saber dónde estoy. Sus últimos mensajes me suplican que los llame, y me duele leer el dolor que rezuman. No me atrevo a escuchar los mensajes de voz, porque entonces no tendré valor para seguir con todo esto.

No quiero que se preocupen. Merecen saber lo que está pasando.

> Yo: Lo siento. Sé que estáis preocupados. No habría
> hecho esto si hubiera tenido otra alternativa.
> Volveré pronto, pero no esta noche. Estoy bien,
> Max está bien, Autumn está bien.
> Yo: Hemos encontrado algo importante.

Les envío la foto granulada de Lola con el gilipollas de la nariz puntiaguda en la cafetería.

> Yo: Los Scott tienen que ver esto. Está viva,
> y ayer estuvo en Waybrooke.
> Yo: Dos testigos la vieron, y una habló con ella.
> Roane se niega a investigarlo y estamos buscando
> a alguien que quiera hacerlo. Estamos muy cerca,
> lo noto. Decidle al señor Scott que Roane
> la está cagando, que vaya a la comisaría y pida
> una actualización, que la estamos buscando.
> Yo: Perdonadme, pero tengo que hacerlo.
> Tengo que encontrarla o esto acabará conmigo.
> Yo: Estoy bien, os lo prometo. Os quiero mucho
> a los dos.
> Yo: Nos vemos mañana.

Apago el teléfono, sabiendo con absoluta certeza que esto es lo peor que les he hecho en la vida. La culpa me persigue por la autopista.

VEINTITRÉS
MARY

Las nubes de color gris pizarra empiezan a dejar caer la lluvia mientras vomito en el suelo. Es como si la tormenta intentara lavar lo que ha ocurrido aquí, pero no puede.

No hay nada capaz de deshacer esto.

Wayne mató a Ben Hooper.

Me dijo que entrara en la cabaña y lo mató.

Wayne es un asesino.

Lo único que veo es la cara sonriente de Ben Hooper. A su pobre familia colgando octavillas como la que Bowman le ha dado al hombre responsable de su muerte hace una hora.

Dios mío.

¿Por eso ayer no llevaba la chaqueta puesta cuando entró en la casa? ¿Se la había manchado de sangre al matar a hachazos a este pobre hombre? ¿La escondió en el bosque para poder entrar y seguir jugando al papá devoto como si no hubiera pasado nada? ¿Y después qué? ¿Esperó a que me echara la siesta para volver a salir y cavar la tumba?

Yo aquí intentando convencerme de que Wayne no podría haberme apartado de mi madre porque no me ha levantado la voz en ningún momento, y él, mientras tanto, ocultando cadáveres en el patio. No puedo ser más gilipollas.

Echo un vistazo al agujero entre la broza. Los ojos de Ben Hooper contemplan la tormenta como si le costara tanto como a mí creerse lo que le ha ocurrido. Si Wayne es capaz de hacer esto y después entrar y sonreír como si no hubiera sucedido nada, ¿de qué más es capaz?

¿Y qué va a hacerme a mí?

Me invade la rabia, una rabia incandescente. No. Ni de puta coña. A mí no me va a hacer desaparecer.

La tormenta arrecia y aporrea el suelo. Otra rama cruje detrás de mí. Me doy la vuelta y esta vez no me equivoco. Wayne está justo detrás de mí.

Mientras la tormenta nos va empapando lentamente, mira el agujero del suelo y luego me mira a mí. Adopta una expresión de aburrimiento máximo y chasquea la lengua con disgusto.

—Ay, Mary. Siempre tienes que fastidiarlo todo.

Me quedo mirando su puta cara impasible y le golpeo en la sien con la piedra. La cabeza entera se le desplaza hacia un lado, cae al suelo apoyando la rodilla derecha, con los ojos desenfocados, mientras un río de sangre le corre por la mejilla.

Y echo a correr.

Su rugido de dolor se entrevera entre los árboles a mi espalda. Avanzo a toda velocidad por el bosque, tan rápido como me lo permiten las piernas. Las ramas me arañan la cara. Las piedras se me clavan en las suelas demasiado finas de las zapatillas. Las espinas se me enganchan a la chaqueta, tiran, forcejean, desgarran.

No tengo ni idea de dónde está Wayne. Ni de si está aturdido, sangrando, agonizando... o persiguiéndome por el bosque. No me atrevo a mirar y el pulso que me ruge en los oídos no me permite oír nada. Corro como si me fuera la vida en ello, porque no me cabe duda de que así es.

Al principio, no sé hacia dónde dirigirme, teniendo en cuenta que acabo de encontrar el cadáver de mi vecino. Pero Ben mencionó que estaba casado. Si queda algo de justicia en este mundo de mierda, su mujer estará en casa, porque, si Wayne no está muerto, dudo que llegue mucho más allá de la casa de al lado.

La lluvia cae a cántaros entre las hojas y me empapa la ropa y el pelo hasta que parece que acabo de salir del río. Aparezco entre los árboles y, durante un segundo, creo que he llegado al patio del vecino, pero es un claro lleno de hierba que me llega hasta las rodillas y de rocas enormes del tamaño de mesas de pícnic. El cielo gris y furioso se extiende ante mí y un trueno hace temblar las ramas.

Me apresuro a cruzar el claro en dirección a la zona de árboles más cercana para ponerme a cubierto cuanto antes. Con un respingo, me doy cuenta de que detrás de esos árboles hay humo. Humo de chimenea.

Está en casa.

Muevo las piernas más rápido. Me arden los pulmones. Voy a conseguirlo. Puedo hacerlo.

Oigo un estrépito entre los árboles que he dejado atrás y vuelvo la cabeza para mirar hacia allá. El estómago se me llena de miedo cuando veo a Wayne surgir de entre las ramas y adentrarse en el claro. Mira de un lado a otro, como un loco, hasta que me ve. Tiene el cuello y la parte superior de la camisa cubiertos de sangre. Me clava una mirada gélida y me escondo de nuevo entre los árboles.

No pienso volver a mirar atrás.

—Te encontraré... —grita.

Aunque en realidad no lo dice. No esta vez.

De repente, recuerdo todo lo que pasó.

Lo recuerdo acercándose a mí por la espalda mientras abría el buzón de casa. Arrastrándome a la fuerza hacia su vida, hacia este sitio. Recuerdo que me desperté en la parte de atrás de una furgoneta que subía por una montaña, traqueteando en la oscuridad. Recuerdo que estaba tumbada de lado, cagada de miedo, intentando comprender lo que estaba ocurriendo. Recuerdo que utilicé un truco que había visto en YouTube para romper la brida que me ataba las muñecas. Recuerdo que me hice la dormida cuando la furgoneta se detuvo junto a la cabaña y que, después, me puse de pie antes de que Wayne abriera la puerta de atrás. Recuerdo que me lancé contra ella en cuanto empezó a abrirla y que lo dejé sentado de culo en el camino de entrada mientras yo echaba a correr hacia la carretera, llamando a mi madre a gritos en plena noche.

Recuerdo los árboles, las ramas como dedos.

Recuerdo el aire frío de la noche en los brazos desnudos.

Recuerdo su voz detrás de mí, como si quisiera que supiera que estaba allí. Que estaba cerca. Que no me escaparía.

«Vuelve aquí ahora mismo, jovencita».

Esta vez no grita. Solo caza.

Los recuerdos se me entremezclan con la visión de los árboles, alternan entre la tormenta que brama ahora mismo a mi alrededor y lo que ocurrió hace cinco noches. No hubo ningún accidente de coche, no hubo ningún viaje desde McMinnville ni hay reformas en casa. Solo Wayne, persiguiéndome por el bosque hasta que, no sé cómo, acabé en aquel camino.

No puedo respirar.

Veo una casa entre los árboles. Ya casi estoy. Atisbo la pintura azul y las volutas del humo de leña que sale de la chimenea de ladrillo. El contorno de una ventana salediza con una luz en el interior.

Mi salvación.

Estoy tan cerca que creo que, si consiguiera reunir el aliento suficiente, la mujer de Ben me oiría gritar. Me falta el aire. Estoy ardiendo. No siento las piernas, las manos, la cara.

Tres metros y me libero de los árboles. Veo el césped, marrón y apagado.

Metro y medio.

La puerta mosquitera se abre. ¿He gritado? ¿Me ha oído alguien?

Me precipito entre los últimos árboles, irrumpo en el césped muerto y una anciana retrocede hacia el pequeño porche. Tomo una bocanada de aire para gritar...

Y una mano me rodea la garganta desde atrás. Otra me aprisiona la boca y atrapa el sonido con una opresión dolorosa. Los árboles me engullen de nuevo cuando Wayne me arrastra otra vez hacia el cobijo de las ramas. Le araño las manos, pero solo consigo que me apriete con más fuerza, hasta que siento que me está partiendo la garganta por la mitad. Mi campo visual se llena de puntos negros que bailan de un lado a otro, y Wayne respira en ráfagas pequeñas y silenciosas junto a mi mejilla. No afloja la presa sobre mi garganta.

—Ay, Mary —me susurra al oído. Su barba rasposa me araña la piel mientras lucho por conservar la consciencia—. Me las vas a pagar por esto.

Los puntos negros se extienden hasta ocuparlo todo y me desvanezco.

VEINTICUATRO
DREW

Aparto la cortina de nuestra habitación de motel y miro hacia la carretera por como mínimo milésima vez. Las calles de Alton han permanecido tranquilas desde que llegamos a la ciudad. Las tiendas oscurecidas de la calle Mayor están en silencio. La farola parpadeante del aparcamiento vacío del motel era el único movimiento hasta que se apagó al salir el sol.

Este sitio parece el lugar al que vienen a morir los sueños.

No me imagino a Lola aquí.

Detrás de mí, Max sigue roncando, así que dejo que la cortina se me deslice entre los dedos e intercepte de nuevo la luz de la mañana. Mi primo está en una de las camas dobles, despatarrado, con la cabeza colgando por un lado del colchón y la boca abierta. Parece una de esas estrellas de mar que tienen los bracitos delgados. Otro ronquido de barítono emerge de su garganta y casi hace temblar los cuadros abstractos de las paredes del motel.

Autumn duerme a un lado de la otra cama, cuyo viejísimo edredón ha tirado al suelo porque, según «su majestad», «en estos sitios nunca los lavan». Está hecha un ovillo bajo las sábanas y no se ha movido en toda la noche.

Me vuelvo otra vez hacia la ventana. Faltan diez minutos para las ocho, la hora a la que abre oficialmente la comisaría. Me obli-

291

go a ser paciente, pero no puedo evitar volver a mirar por la ventana.

Tendría que estar cansado, porque apenas he pegado ojo en toda la noche, pero no lo estoy. Es porque esta ciudad tiene algo, y porque sé que Lola vino hacia aquí hace solo dos días. Su sombra perdura en Alton. No puedo explicarlo, pero me siento más cerca de ella en este lugar.

Suelto la cortina una vez más y me acerco a la ordenada pila de documentos que descansa sobre la cómoda. Me he pasado casi toda la noche preparando mi presentación. Por suerte, la oficina del motel tenía una impresora y a la chica del mostrador de recepción no parecía importarle que la utilizara.

He impreso copias de todas las fotos de la cafetería, una imagen del Instagram de Lola en la que lleva la chaqueta y se la ve mucho mejor, una nueva octavilla de persona desaparecida y una cronología de todo lo que sabemos que ocurrió desde la noche de su desaparición hasta la de su reaparición en Waybrooke.

Puede que no sea el informe policial perfecto, pero cuenta la historia de una chica preciosa, valiente, complicada, irritante y perfecta y de lo que creemos que le ocurrió.

Hojeo las páginas por millonésima vez en busca del orden correcto en el que presentárselas a la policía de Alton, pero vuelvo a quedarme atascado en las fotos de la cafetería. La chaqueta es lo más identificable en esas imágenes, creo que eso es lo que más me preocupa. Las caras están granuladas, borrosas. Espero que la chaqueta baste. ¿Cuántas chicas parecidas a Lola y con una chaqueta única y personalizada puede haber por ahí?

No. Es suficiente. Tiene que serlo.

Los atronadores ronquidos de Max se interrumpen cuando se da la vuelta y se tumba boca abajo. Ya he tenido bastante paciencia. Me pongo la sudadera y le doy una patada a su colchón.

Se incorpora con un sobresalto.

—¿Qué coño pasa?

—Hora de levantarse —digo mientras me dirijo hacia la cama de Autumn. Sé que, si quiero conservar mis pelotas intactas, no me conviene darle una patada a su colchón, así que la sacudo suavemente agarrándola por el hombro hasta que se frota los ojos—. Venga, tenemos que ir a la comisaría.

Gruñe, pero echa las sábanas hacia atrás y se levanta.

Dejo que se espabilen y, mientras tanto, cojo las llaves y me voy a recepción a devolverlas. Veo destellos de escarcha en el parabrisas del Liberty cuando paso a su lado camino de la oficina.

Me encuentro a la misma chica de anoche sentada detrás del mostrador. Lleva el pelo teñido de negro y mucho delineador de ojos. A juzgar por lo inyectados en sangre que los tiene, parece haber dormido tanto como yo. Se apoya la barbilla en la mano y me guiña un ojo cuando entro.

—Vaya, hola. ¿Necesitas la impresora otra vez? —pregunta.

Niego con la cabeza y dejo las llaves sobre el mostrador negro y brillante.

—No.

Sonríe y las recoge.

—Me gusta tu vibra de «me importa todo una mierda».

Hago caso omiso de su comentario y paseo la mirada por el pequeño vestíbulo. No es mucho más grande que nuestra pequeña habitación. Hay una mesita preparada para «el desayuno», aunque en realidad solo hay café, unos cuantos plátanos y varias cajas de cereales de tamaño infantil. Más arriba, en la pared, hay un tablón de anuncios y, enfrente, dos sillas iguales a las de nuestra habitación.

—Bien —me dice la chica al mismo tiempo que me tiende una factura—. Todo perfecto.

Me recorre de arriba abajo con la mirada para dejar claro que lo de «perfecto» lo dice en más de un sentido. Le doy la espalda para que no me vea fruncir el ceño. No es que no sea guapa —el delineador de ojos le queda muy bien—, es que no es Lola.

Me detengo y me sirvo un poco de café en un vaso de papel desechable. Lo remuevo con un palito de madera para intentar que se enfríe y, cuando me fijo en el tablón de anuncios, me quedo paralizado. Está completamente cubierto de octavillas de personas desaparecidas. Todas del mismo hombre.

Se me encoge el estómago.

El rostro sonriente de un anciano llamado Ben Hooper me devuelve una mirada en blanco y negro. El cartel dice que hace dos días que se le vio por última vez mientras daba un paseo. El número del Departamento de Policía de Alton está impreso en la parte inferior, pero la cara ocupa la mayor parte del espacio. Su sonrisa se me clava dentro mientras bebo un sorbo de café. Sabe a tierra, pero me obligo a tomármelo de todas formas.

—No recuerdo que estas octavillas estuvieran aquí anoche —le digo a la chica del mostrador.

Pone los ojos en blanco.

—Es que no estaban. Su mujer se ha dedicado a pegar octavillas en todas las superficies posibles de la ciudad. Ha venido muy temprano y ha ocupado el tablón entero. No me extraña que el viejo se largara. Esa mujer está un poco chiflada.

Sé muy bien lo que es ir por ahí pegando octavillas para sentir que, al menos, estás haciendo algo. La frivolidad con la que esta chica habla de ello me revuelve el estómago. Como si no importara. Como si su desesperada esposa fuera un bicho raro por intentar siquiera encontrarlo.

Aunque puede que solo sea mi propia experiencia proyectándose en la vida de otra persona.

Me trago la bilis con sabor a café que me sube por la garganta y aparto la mirada del rostro del hombre desaparecido. Cojo un plátano para Autumn y otro para Max.

—Gracias —digo, ya camino de la puerta.

—De nada, pero yo...

La puerta se cierra y me impide oír el resto de sus palabras.

Mis amigos me están esperando junto al Liberty. Max me lanza las llaves del coche y yo le lanzo los plátanos. Autumn lleva mi pequeño montón de «pruebas» aferrado contra el pecho y esta vez, cuando se sube al coche, ocupa el asiento del pasajero. Mi primo no protesta. Se sienta atrás y se come su plátano. Le ofrece el otro a Autumn, pero ella esboza una mueca, así que se lo come él también.

El corto trayecto hasta la comisaría está cargado de un silencio espeso. Los nervios se me retuercen en el estómago ya alterado. No tengo ni idea de cómo va a salir esto. Durante nuestra sesión de planificación estratégica de anoche, Autumn defendió que relacionar la chaqueta con la cafetería bastará para convencer a la policía de que hable con Meredith y Eloise. Espero que tenga razón, porque no tenemos plan b.

La comisaría aparece dos manzanas más allá. Es un edificio pequeño, de una sola planta, con un aparcamiento diminuto delante. Solo hay dos coches patrulla y dos sedanes aparcados en él. El cartel del Departamento de Policía de Alton, decorado con una insignia dorada, está junto a la puerta y, de repente, me veo de nuevo en Washington City y oigo que las puertas de la comisaría de Roane se cierran de golpe a mi espalda mientras todo el mundo me mira con odio desde dentro.

Me entran sudores fríos por todo el cuerpo.

Joder. Tengo ganas cero de convertirme en sospechoso en otro condado.

Freno en un semáforo en rojo.

Si esto sale mal, me gustaría pensar que seguiré adelante, que encontraré a otra persona que me escuche, pero ¿y si nadie se pone de mi parte? ¿Y si no puedo hacer nada por recuperar a Lola y solo estoy empeorando la situación? ¿Y si Roane me está esperando con las esposas y no puedo seguir investigando las pistas que hemos encontrado? ¿Y si...?

—Eh, *bro*. El semáforo está en verde —dice Max desde el asiento de atrás.

Parpadeo para salir del trance y levanto el pie del freno. Conduzco el Liberty hacia una comisaría que, con cada segundo que pasa, me recuerda más a un agujero negro. Aparco lo más lejos posible de la puerta y Autumn enarca una ceja al mirar todas las plazas vacías que tenemos al lado.

—¿Estás bien? —me pregunta.

—No.

—Drew —dice, y levanta los papeles—. Ya no es solo tu palabra. Nos tienes a nosotros, y hay dos testigos que la vieron. La policía no tiene motivos para rechazar todo esto, y menos aún para ponerte en el punto de mira.

—A menos que Roane se presente aquí y los convenza de que eres un sociópata —dice Max desde la parte de atrás.

Autumn se da la vuelta, hecha una furia.

—Cierra. El. Pico.

Mi primo se encoge y se baja del coche.

—No hagas caso de esas tonterías —me dice Autumn—. Nosotros podemos. Recuerda el discurso: venimos porque tenemos información sobre una chica desaparecida. Les damos las fotos y les contamos lo de Meredith y Eloise. A partir de ahí, ellos se encargan.

Respiro hondo y la sigo hasta el exterior del coche, pero arrastro los pies. Para ella es fácil sentirse segura; tiene menos que perder. Si no la creen, vuelve a casa y la castigan. A mí podrían arrestarme.

Cruzamos el aparcamiento y vacilo ante la puerta.

Max me da una palmada en el hombro.

—Acabemos con esto.

Dentro, nos topamos con un frenesí de actividad. A pesar de la tranquilidad del aparcamiento, la oficina es un hervidero. Hay agentes uniformados por todas partes, repartiendo carpetas, contestando al teléfono y sujetando cosas en un gran tablón de anuncios en la parte del fondo. Unas cuantas personas trajeadas y con una insignia en el cinturón se pasean entre ellos. Todos hablan a la vez y veo la octavilla de persona desaparecida de Ben Hooper en medio del tablón de anuncios.

—¿Qué está pasando? —pregunta Autumn en un susurro lo bastante alto como para que la oigamos.

—Ha desaparecido un anciano —contesto—. He visto un cartel en el motel cuando he ido a devolver las llaves. Deben estar organizando una partida de búsqueda.

—¿Ves? —dice Max—. Esto demuestra que hay policías que sí saben investigar.

Sí, bueno. Eso ya lo veremos. Pero la evidente urgencia que se respira en la estancia hace que me sienta un poco mejor. Puede que, al final, esto no sea un desastre.

Uno de los agentes uniformados nos ve parados junto a la puerta, se acerca al mostrador y se apoya en él. Es alto y tiene el pelo corto tan rojo como el bigote.

—¿Necesitabais algo, chicos?

Me quedo completamente paralizado. Me mira, quizá porque soy el que está en el medio y medio paso más cerca que Max o Autumn, pero me siento como si estuviera estudiando a un sospechoso. Como, si por el mero hecho de estar aquí, hubiera hecho algo malo. Como si supiera quién soy. Como si estuviera convencido de que soy culpable. ¿Habrá hablado con Roane? Seguimos teniendo apagados los móviles, así que ¿cómo va a saber que hemos terminado aquí...?

—Hola —dice Autumn, que se acerca al mostrador cuando ve que no soy capaz de hablar—. Necesitamos hablar con alguien acerca de una persona desaparecida.

—¿Una persona desaparecida? —repite—. ¿Te refieres a Ben Hooper?

Ella niega con la cabeza y coloca la octavilla de Lola sobre el mostrador.

—No, a nuestra amiga Lola. Tenemos razones para creer que está aquí, en Alton, y necesitamos hablar de ello con alguien.

El pelirrojo mira hacia atrás y se restriega la cara con las manos.

—Vale, a ver, ahora mismo tenemos bastante lío. Aquí no suele haber tanto barullo, pero resulta que también ha desaparecido un anciano de la zona. ¿Por qué no os sentáis? Os atenderemos en cuanto podamos.

Señala el banco que hay a la derecha de la puerta. Es un asiento largo y de madera apoyado en la pared, lo bastante grande para que quepamos los tres. El agente vuelve al grupo que se está formando alrededor del tablón y nosotros esperamos.

En cuanto pone el culo en el banco, Max empieza a mover la rodilla sin parar.

—Esto es bueno, ¿no? Es decir, no nos han dicho que nos larguemos, así que seguimos según lo planeado, ¿verdad?

En teoría.

Autumn me mira.

—¿Estás bien?

—Sí.

—¿Cuánto crees que tendremos que esperar? —pregunta Max.

Por lo visto, más de una hora. Pierdo la cuenta de las veces que miro el reloj de la pared, pero veo el minutero avanzar y avanzar hasta que son más de las nueve y tengo el culo dormido sobre este banco implacable.

Max está desplomado contra la pared. Dormido. Juro que puede quedarse sobado en cualquier lugar y en cualquier momento.

Al menos no se ha puesto a roncar.

Autumn ha abandonado el banco y ha optado por caminar de un lado a otro por delante de la entrada a unos mil pasos por minuto. Parece más angustiada a cada segundo que pasa, lo cual me resulta curioso, porque a mí la espera me está produciendo el efecto contrario. Poco a poco, me voy tranquilizando.

Por fin, el grupo que rodeaba el tablón se disuelve y todo el mundo se dirige hacia la puerta. Autumn se pega a la pared contraria cuando una decena de agentes abandona el edificio. Hasta ahora, no me había dado cuenta de que las placas indican que los policías proceden de distintas ciudades.

Han recurrido a agentes de otras ciudades para que los ayuden a buscar a Ben Hooper.

Roane nunca ha llamado a nadie de fuera de su comisaría para nada, salvo que alguien lo haya obligado. Ha preferido mantenerlo todo «dentro de su círculo de confianza». Una expresión que, por lo que sé, se traduce más o menos como «bajo mi control».

El agente Pelirrojo es una de las pocas personas que quedan en la comisaría.

Deja sobre el mostrador una pila de octavillas idénticas a las del motel.

—¿Aún aquí?

Hago una mueca.

—¿Esperaba que nos hubiéramos marchado? Nos ha dicho que esperáramos.

—Cierto. ¿No tenéis clase?

Digo que no al mismo tiempo que Autumn dice que sí.

Nos mira por turnos.

—Vale, ¿de dónde sois todos? No tenéis pinta de ser chavales de por aquí.

—De Washington City —responde Autumn.

Suelta un silbido suave.

—Estáis un poco lejos de casa, ¿no os parece, chavales?

Otra vez lo de «chavales». Me parece despectivo. Como si fuera imposible que tuviéramos algo importante que decir solo porque somos «chavales». Y los chavales no deberían estar en una comisaría de policía a las 9.15 de la mañana de un día lectivo cualquiera a ochenta kilómetros de su casa.

Autumn se acerca al mostrador y le entrega la octavilla de Lola por segunda vez.

—¿Ha visto a esta chica?

Me coloco a su lado. La apoyo. Ninguno de los dos nos molestamos en despertar a Max.

El agente Pelirrojo nos mira de arriba abajo, pero coge la octavilla. Por seguirnos la corriente, supongo. Le echa un vistazo y aparenta leer la información de la parte inferior antes de mirar la foto.

—Se parece a muchas chicas. ¿Desapareció en Washington City?

Autumn asiente.

—¿Y vosotros sois sus amigos?

Asentimos otra vez y Autumn nos presenta a los tres.

No parece hacerle mucha gracia que hayamos venido en coche hasta aquí durante un día lectivo solo para enseñarle una octavilla. Pero Autumn lo tiene todo controlado. Como siempre.

—Tenemos información sobre su desaparición y necesitamos que alguien nos tome declaración. Oficialmente. Mi padre es sheriff, así que sé cómo funciona esto. Y, si usted no quiere hacerlo, necesito que nos derive a alguien dispuesto a hacerlo, porque no vamos a marcharnos de aquí hasta que alguien nos tome declaración.

Pelirrojo suspira.

—Pasad.

A pesar de que era lo que esperaba, me quedo ahí plantado como un idiota durante dos segundos hasta que mi cuerpo empieza a moverse. Sigo a Autumn hacia uno de los dos escritorios que hay en el centro de la sala principal. El agente Pelirrojo se acomoda en la silla de oficina del lado del ordenador, y nosotros ocupamos las dos sillas metálicas que miran hacia la mesa.

El policía aprieta unas cuantas teclas en el ordenador, coge una libreta y un bolígrafo y centra su atención en nosotros.

—Muy bien. Contadme qué pasa.

Esta vez, hago lo que tendría que haber hecho desde el principio. Cuento la verdad. Toda la verdad, incluso las partes desagradables.

Empiezo en el embarcadero y relato hasta el último detalle tal como ocurrió. La pelea, la ruptura, el momento en el que la dejé allí. El momento en el que me di cuenta de que había desaparecido. Las semanas transcurridas desde entonces, nuestra búsqueda, la investigación chapucera de Roane, el robo de las grabaciones de la línea de colaboración ciudadana. Los orígenes de la chaqueta y lo que significa que la mencionen en la grabación. El encuentro con Meredith en Waybrooke. Lo que hemos descubierto gracias a Eloise.

Con cada nuevo dato que aporto, me preparo para que nos eche. Sobre todo al llegar a la parte de «nos colamos en la comisaría y robamos pruebas», pero, aparte de fruncir el ceño y de hacernos señas con la mano para que continuemos, ni siquiera reacciona, y eso me parece raro de cojones. Es policía. Acabamos de decirle que le hemos robado pruebas a otro policía. ¿No justifica eso un sermón a media declaración?

Pero él solo escribe.

Lo. Anota. Todo.

De hecho, cuanto más hablamos, más se echa hacia delante en el asiento. Escucha con más atención, si es que eso es posible. Hace preguntas. Cuando abre el expediente del caso de Lola en el ordenador y coloca nuestras fotos granuladas de la cafetería junto a la imagen del informe, palidece casi por completo. Nos pide que le facilitemos más datos acerca de la furgoneta. De la chaqueta. De Lola.

En un momento dado, levanto la mirada y veo que Max está de pie detrás de la silla de Autumn. ¿Cuánto tiempo lleva ahí? Teniendo en cuenta la sonrisa de oreja a orea que tiene en la cara, yo diría que el necesario para darse cuenta de que esto va bien.

El agente Pelirrojo incluso llama a Eloise personalmente. La anciana no contesta, pero él le deja un mensaje, en un tono de voz muy oficial, pidiéndole que le devuelva la llamada. Estoy seguro de que la anciana se pondrá en contacto con él en cuanto lo oiga. Luego, hace una llamada menos divertida.

A Roane.

Es lo bastante listo como para hacerla desde otra sala. Vuelve al cabo de unos minutos con cara de enfado, pero decidido, y eso me parece una buena señal. Manda a Autumn a hablar con su padre y empieza a teclear de nuevo. Luego, menciona la posibilidad de dividir la partida de búsqueda para tratar de encontrar tanto a Ben como a Lola.

Y revivo.

No me había sentido tan esperanzado en mi vida. A lo largo de todos y cada uno de los minutos de preocupación de las últimas veinticuatro horas, a lo largo de la tortura que ha supuesto pensar cómo podíamos conseguir ayuda y cómo debíamos contar esta historia, no me he atrevido a pensar en ningún momento que de verdad conseguiríamos cambiar algo. Sin embargo está ocurriendo.

Autumn vuelve un minuto después, colorada pero sonriente.

—Le he colgado —dice ella—. Ya estaba en la autopista. Nos quedan unos cuarenta y cinco minutos para que entre por esa puerta y se ponga a gritar. Preparaos.

Miro el reloj. Las 10.05.

Que Roane nos tenga acorralados debería hacer que me sudaran las manos, pero el agente Pelirrojo —bueno, el agente Mc-Curry, que tiene nombre— quiere hacernos muchas más preguntas. Hemos venido para eso, así que a tomar por culo con Roane. Aguantaré lo que me eche.

Tardamos mucho rato en contestarlo todo y repasamos la cronología dos veces más para asegurarnos de que lo ha apuntado todo en el informe. Sin embargo, al final baja la vista hacia las varias páginas de notas que ha tomado y se recuesta contra el respaldo de la silla mientras se frota la cara.

—Hostia. Esto es muy fuerte.

Asentimos. Como posesos.

Deja caer las manos y luego nos mira a los ojos uno por uno.

—No voy a fingir que lo que habéis hecho los tres para llegar hasta aquí está bien, y tampoco pienso justificar cómo habéis conseguido hasta la última prueba que me habéis facilitado. Estoy seguro de que os enfrentaréis a las consecuencias en casa y no puedo hacer gran cosa al respecto, pero entiendo por qué lo habéis hecho. En cualquier caso, necesito que, a partir de ahora, dejéis que lo gestionemos nosotros, ¿de acuerdo? Se acabaron los robos, las labores detectivescas y las fugas.

Max muestra su sonrisa de oreja a oreja y sé que es porque lo ha llamado «labores detectivescas».

Autumn esboza un gesto de indiferencia.

—La única razón por la que hemos venido es que nadie más hacía nada. Si se encargan ustedes, ya no tenemos motivos para seguir.

Yo no digo nada, porque no pararé hasta que Lola esté en casa. El agente McCurry me mira de hito en hito, como si supiera lo que estoy pensando. No obstante, la puerta de la comisaría vuelve a abrirse antes de que le dé tiempo a intentar doblegarme.

Entra otro agente, este mucho más joven que Pelirrojo. De hecho, parece poco mayor que nosotros. Puede que sea por sus enormes ojos azules.

Tiene el pelo castaño algo alborotado, y el uniforme también. Es como si hubiera dormido en la oficina o algo así.

—Hola, McCurry. Se me han acabado las octavillas. ¿Tenemos ya más preparadas?

El agente McCurry se pone de pie y, con un gesto de la mano, invita al otro a acercarse.

—Bowman, te necesito un segundo.

El policía más joven se acerca y se detiene junto al escritorio.

—¿Qué pasa?

—Estos son Drew, Autumn y Max y están buscando a su amiga desaparecida. Tienen argumentos para creer que está en Alton, así que les he estado tomando declaración. Me recuerda a ese turno de noche tan raro que tuviste. ¿No recogiste a una chica adolescente hace unos días?

Autumn me mira con los ojos más abiertos que he visto en la vida, e imagino que los míos deben de tener el mismo aspecto. ¿Han encontrado a una adolescente? ¿Está aquí? ¿Saben ya dónde está?

El poli joven coge la foto de Lola y frunce el ceño.

—Sí, pero no era una persona desaparecida. Tuvo un accidente de coche. Su padre vino a buscarla y se la llevó a casa. De hecho, vuelvo ahora mismo de hacerles una visita.

Ladea la cabeza, todavía examinando la foto.

—Aun así, entiendo la confusión. Tienen la misma edad. La misma chaqueta. Pero esta no es la chica que recogí el otro día.

No puedo... Soy incapaz de procesar esto.

Autumn es rápida como el rayo.

—Pero, si llevaba la misma chaqueta —dice—, tiene que ser ella. Es única. La hice yo.

—¿Estás seguro, Bowman? —pregunta el agente McCurry, que le entrega también las fotos de la cafetería y el resto de sus notas.

El agente se concentra de nuevo. Estudia todas las imágenes, aguza aún más la vista cuando llega a la octavilla, pero, finalmente, niega con la cabeza.

—Mirad, siento lo que habéis pasado, chavales —dice como si no fuera solo un minuto mayor que nosotros—, pero creo que lo que os habéis encontrado en la cafetería es un error de identificación, que, por desgracia, os ha traído hasta aquí. Yo mismo verifiqué la identidad de esta chica, vi toda su documentación y volví a comprobarlo todo, hasta el anuncio de su nacimiento en el periódico de McMinnville. Ojalá pudiera daros mejores noticias, pero lo siento. No es ella.

A Autumn se le escapa un sonido que es en parte exhalación y en parte sollozo. Max le pone una mano en el hombro y ella no se la quita de encima.

Pero ¿yo? Yo estoy perdiendo la cabeza.

—Pero... si ha dicho que son idénticas. ¿Qué probabilidades hay de que dos chicas que son idénticas y que tienen la misma chaqueta acaben en la misma ciudad, pero no sean la misma?

Oigo que mi voz se eleva una octava a causa del pánico, pero no puedo evitarlo.

Con una expresión triste en la cara, Bowman deja los papeles encima de la mesa.

—He dicho que se parecen un poco. Estamos hablando de dos chicas distintas. Lo siento. Os habéis equivocado de persona.

VEINTICINCO
MARY

DÍA 5

Siento que me muevo, pero parpadeo y no veo nada.
Parpadeo otra vez y veo la espalda de alguien y el suelo bajo unas robustas botas de trabajo.

Parpadeo por tercera vez y vuelvo a no ver nada.

Sigo moviéndome y no lo entiendo.

¿Qué está pasando? ¿Me llevan cargada?

Distingo de nuevo el suelo por debajo de mí. Me fijo en las botas, que pisan helechos y hierba muerta, y mi cerebro ensambla todos los detalles de golpe. Estoy echada sobre el hombro de alguien. Colgada como una bolsa de lona. Estiro los dedos en busca de un punto de agarre, tengo que huir. Veo una parte del camino de entrada. Levanto la cabeza y un codo me impacta en la cara. Sé que duele, pero no lo noto.

Una vez más, no veo nada.

Ya no puedo parpadear. Los párpados no me responden, pero siento algo frío en un lado de la cara. Creo que ha pasado un rato. Ahora todo está helado. Tengo algo húmedo en la nariz, goteándome por la mejilla.

Y recuerdo.

307

Como una inundación repentina. Como una presa que explota. Sus golpes han devuelto todas las piezas a su lugar.

Recuerdo mi casa. Recuerdo a mi familia. Recuerdo que, tras escapar de la furgoneta, me escabullí entre los árboles y corrí montaña abajo, desesperada por volver con mi madre. Con mis amigos.

A la vida que él intentaba robarme.

Recuerdo que me alcanzó. Que me agarró por el pelo y me estampó la cara contra un árbol. Que la sangre me manaba a chorros por la nariz y que el dolor me rebotaba en el cerebro. Que le di un golpe desesperado y frenético en los huevos. Que me soltó. Recuerdo las ramas arañándome la cara mientras corría a ciegas entre los árboles. Hasta que el suelo desapareció bajo mis pies y caí.

Y caí.

Y caí.

Caí por un terraplén escarpado, chocándome con todo lo que me encontraba en el camino: árboles, rocas, ramas.

No tengo ni idea de cómo acabé en la zanja ni del lapso de tiempo que separa estos recuerdos. A lo mejor, una vez que recogió sus pelotas del suelo del bosque, ya no fue capaz de encontrarme. O se negó a saltar por el mismo saliente por el que me había caído yo. Debí de salir a rastras del bosque para intentar encontrar el camino y pedir ayuda. Para intentar alejarme de Wayne.

Un hombre que está claro que no es mi padre.

Es el extraño que me separó de mi familia.

Wayne Boone es mi secuestrador.

Un crujido largo se abre paso en la oscuridad, y consigo abrir un párpado lo justo para vislumbrar una sola bombilla colgando de un aplique. Estoy tumbada sobre algo que apenas cede bajo mi peso y, en las tinieblas, una cosa fría me rodea el tobillo y me muerde la piel.

El pánico repta por la negrura y me cubre como una manta hecha de piedras.

No puedo estar aquí.

«Tengo que huir».

Tengo que alejarme de Wayne. Las personas como él no dejan testigos. Pero no sé cómo lograr que mi cuerpo se mueva. Siento que todas las extremidades me pesan demasiado. Que son demasiado inútiles. Y la humedad fría que me resbala por la cara es sangre, sin duda.

No consigo hacerme reaccionar y solo lo oigo a él.

«¿No te acuerdas de mí?».

«¿Mary?».

«Nos vemos enseguida».

«Mary».

«Una vez que lleguemos a casa, no tendremos que volver salir durante mucho tiempo».

«Mary».

«Que duermas bien, Mary mía».

«Mary. Mary. Mary».

«Siempre
tienes
que fastidiarlo
todo».

La oscuridad me invade el resplandor rosáceo de los párpados y no puedo hacer nada por evitarlo, da igual lo mucho que me esfuerce y las veces que me obligue a volver. No puedo hacerlo. Ya no me quedan fuerzas para luchar.

Pienso en mi familia, en lo desesperados por volver a verme que deben de estar. Los oigo gritar mi nombre, buscándome, y una última pieza encaja en su sitio.

Sé cómo me llamo.

VEINTISÉIS

DREW

«Lo siento. Os habéis equivocado de persona».

Esas palabras me retumban inútilmente en el cerebro. No lo comprendo. ¿Cómo es posible que una chica que se parece a Lola —misma edad, mismo pelo, mismo color de ojos, misma chaqueta personalizada— no sea ella? ¿Tiene una doble correteando por ahí?

¿Qué probabilidades hay de que se den siquiera tres de esas coincidencias a la vez?

Parece que el agente McCurry opina lo mismo, porque no pasan ni dos segundos antes de que se ponga en pie.

—Quedaos aquí —dice—. Voy a hablar con él.

Sigue al agente Bowman hasta la sala de la fotocopiadora, situada al fondo de la comisaría.

Los observo a través del gran ventanal interior. Ambos están de pie junto a la máquina hablando en voz baja. Los tres nos inclinamos hacia delante, desesperados por oír lo que dicen. Sin embargo, lo único que captamos son movimientos de brazos agitados —el agente McCurry— y miradas resignadas —del otro tipo.

Cada vez que los labios del agente McCurry se mueven, el agente Bowman niega con la cabeza.

—No parece que Pelirrojo vaya a salirse con la suya —murmura Max.

Me pongo de pie y echo un vistazo al resto de la comisaría; ninguno de los demás agentes ha vuelto aún. Tengo que acercarme más o no me enteraré de qué está pasando, así que me dirijo con sigilo hacia la pared del fondo, lejos de la ventana, y voy aproximándome poco a poco hasta quedar junto a la puerta de la sala de la fotocopiadora, pegado a la pared.

—Esto no me cuadra —dice el agente McCurry—. ¿Qué posibilidades hay de que recogieras a una chica idéntica a esta hace cinco noches? ¿Y si la chica que recogiste es Lola Scott?

Se me tensa todo el cuerpo.

Oigo un crujido de papeles y el suspiro del agente Bowman por encima del ruido de los botones que aporrea en la fotocopiadora.

—La chica que recogí se llama Mary Boone. Tiene diecisiete años, es de McMinnville y su padre me facilitó al menos seis tipos de documentos de identidad distintos. Sin quejas. Es un residente ocasional, dueño de una de las cabañas de pesca. Lo verifiqué yo mismo.

—¿Tan seguro estás? —pregunta el agente McCurry—. ¿Estás tan convencido como para no hacer caso de lo que dicen estos chicos?

Joder, qué bien sienta que una persona con cierta autoridad diga todo lo que a ti te gustaría poder decir.

—Por supuesto que no —responde Bowman con otro suspiro—. Pero ¿crees que habría dejado que una adolescente se marchara de aquí si me cupiera la menor duda de a quién le estoy entregando su custodia? Se llevó un buen golpe en la cabeza durante el accidente. Tendrías que haberla visto, no se acordaba ni de cómo se llamaba. ¿Crees que dejaría a una persona tan vulnerable en manos de cualquiera que se presentara aquí diciendo que es familiar suyo? ¿Tan descuidado piensas que sería?

El agente McCurry se queda callado un momento.

—Claro que no. No pretendía insinuar nada de eso... Es solo que... A ver, estos chavales tienen una historia de la leche, y hay demasiadas cosas que cuadran. Demasiadas similitudes y testigos oculares. No puedo pasar de ello solamente porque no estés de acuerdo.

—No te he pedido en ningún momento que pases de ello. Ve a comprobarlo personalmente. Si quieres, hasta te llevo. Le he prometido a la mujer de Ben Hooper que iría a verla y a ponerla al corriente antes de terminar la jornada, y los Boone viven al lado. Vente conmigo y nos pasamos a ver a Mary y a su padre.

—Sí... vale. Me parece una solución razonable.

—Ojalá tuviera mejores noticias. Para ti y para ellos. Pero Lola Scott y Mary Boone no son la misma persona.

La rotundidad de su tono hace que todas nuestras pruebas me parezcan menos sólidas, menos sustanciales. «Lola Scott y Mary Boone no son la misma persona». Lo dice como si fuera un hecho. Como si no existiesen más posibilidades y tener que guiar al agente McCurry hacia la misma conclusión fuera un fastidio.

—Mientras tanto —continúa Bowman entre más crujidos de papeles—, estos chicos tienen que volverse a su casa. De verdad que me gustaría que pudiéramos hacer algo más por ellos, pero estorbándonos no van a ayudar a su amiga. Les pides el número de teléfono y los llamas cuando lo hayas comprobado todo, pero no tienen por qué estar aquí.

«Joder». Me agarro la cabeza con ambas manos, pero no consigo que deje de darme vueltas.

«Lola Scott y Mary Boone no son la misma persona».

«Tiene diecisiete años, es de McMinnville».

«Se llevó un buen golpe en la cabeza».

«No se acordaba ni de cómo se llamaba».

Tienen a una chica idéntica a Lola, con sus pertenencias, que no se acuerda de quién es y, aun así, ¿esto es un callejón sin salida? ¿Cómo es posible? Después de todo lo que hemos hecho, ¿va a terminar así?

Una mano me toca el hombro y me sobresalto. Autumn está a mi lado y las lágrimas le ruedan por ambas mejillas. Se las enjuga, pero llegan más.

—¿De verdad no es ella? —susurra.

De repente, ya no puedo estar aquí. La desesperación del rostro de Autumn es un espejo de la mía. No lo soporto. Me aparto de la pared y salgo por la puerta delantera. Me apoyo en el ladrillo frío del exterior.

Esto es demasiado. Todo esto.

No se me ocurre ninguna hipótesis que explique que una extraña idéntica a Lola lleve puesta su chaqueta, por muy convencido que el agente Bowman crea que está. Una extraña tan idéntica a Lola, de hecho, que tres personas que se criaron con ella, la testigo de la cafetería y la anciana de la tienda de segunda mano la confunden con ella.

Pero el agente se muestra inflexible. La que está en la montaña no es ella. Es la puñetera Mary Boone.

¿Y si se equivoca?

No tengo manera de averiguarlo. No van a enseñarme una foto de Mary Boone así sin más. Es una chavala, ¿no? Igual que nosotros. A menos que acampe en la montaña y me dedique a buscar la furgoneta rarita de su padre durante las veinticuatro horas del día, me he quedado sin opciones.

Tengo que irme a casa. Aquí no puedo hacer nada más por Lola.

Y eso hace que me entren ganas de vomitar encima del coche de policía más cercano. Pero, en lugar de eso, tengo un ataque de ansiedad en la puerta de la comisaría que se suponía que iban a ayudarnos.

No sé cuánto tiempo paso allí, pero es un buen rato. El suficiente para que el frío me traspase la sudadera y se me meta en los huesos, para que las lágrimas me irriten los ojos.

Autumn abre la puerta y sale. Tiene los ojos rojos e hinchados. Se detiene a mi lado y apoya el hombro en la pared. No me pregunta si estoy bien, cosa que le agradezco, sino que se saca un papel doblado del bolsillo y me lo pasa.

Parece una de las octavillas de Ben Hooper. Le doy la vuelta y veo algo escrito con un rotulador y con la caligrafía retorcida de Autumn en el reverso.

Ridge Road, 93. Alton, Oregón.

—¿Qué es esto?

Se encoge de hombros.

—Te conozco. Sé que no serás capaz de dejar el tema si no obtienes algún tipo de certeza. Necesitas ver a la tal Mary con tus propios ojos. Esa es la dirección de Ben Hooper.

Casi se me cae el papel.

—Perdona, ¿qué?

—Han dicho que eran vecinos, ¿no? Mary y Ben. Así que ve a comprobarlo por ti mismo.

—Pero ¿cómo has...?

Señala la puerta con el pulgar.

—Cuando el pelirrojo se levantó para ir a discutir con el otro policía, no bloqueó la pantalla. El expediente de Ben Hooper seguía abierto en el escritorio. Copié la dirección antes de que volviera.

Esta es la dirección real de Ben Hooper. «Los Boone viven al lado». Mary Boone —tal vez Lola— está a una casa de distancia de la dirección que tengo en la mano.

315

—Ve, Drew. Por todos nosotros. Ve a ver si es ella.

—¿No vienes? —le pregunto tras dar un paso hacia el Liberty.

Niega con la cabeza.

—Mi padre llegará dentro de diez minutos. Tienes que encargarte tú. Max ha tirado una cafetera al suelo para ganar unos minutos y que puedas irte sin que se enteren.

Con dos cojones, ese es mi Max.

La abrazo. Ella se ríe.

—Pírate antes de que mi padre entre en el aparcamiento a lo *Fast and Furious*.

—Gracias, Autumn. Gracias.

—Encuéntrala.

Echo a correr hacia el Liberty y salgo pitando del aparcamiento; en el primer semáforo en rojo, introduzco la dirección en el GPS. La determinación me revolotea por todo el cuerpo.

Tengo un plan. Y dentro de —miro la hora de llegada en el GPS— once minutos, estaré cara a cara con esa chica y tendré mi respuesta.

Doble o Lola.

Pero es ella. Tiene que ser ella. Lo demás no tiene sentido.

Al final del pueblo, giro hacia la derecha para enfilar un camino que desaparece entre los árboles. Justo cuando tomo el desvío, un coche de policía pasa volando en dirección contraria por la carretera principal. Con las luces encendidas. El logo de Washington City en el lateral.

—Uf, por los pelos —murmuro.

Y, si Roane ha hecho alguna llamada antes de salir, lo más seguro es que mis padres y mi tía vayan justo detrás. Me he largado justo a tiempo.

El camino de tierra serpentea montaña arriba y, cada pocos minutos, se divide en más vías estrechas y entradas privadas. Al final, se endereza, bordeado de árboles frondosos a ambos lados, y el GPS empieza a fallar. Pero ya estoy en Ridge Road, a la altura de los números 85 y 88.

Cuando el número de árboles disminuye en el margen derecho, reduzco la velocidad para buscar el número de la siguiente casa. Un viejo buzón oxidado tiene estampado un 91. La cabaña de madera que hay detrás se yergue en silencio.

Caigo en la cuenta de no sé a qué vecino estoy buscando. ¿Será el de este lado? Aminoro aún más la marcha y observo la cabaña durante un largo instante; después, vuelvo a pisar el acelerador. No creo que ahí dentro haya nadie, tiene pinta de estar cerrada.

Unos cuatrocientos metros más allá, veo el domicilio de los Hooper. Es una casa estilo rancho, pequeña, y, junto al porche, hay un cartel con su apellido pintado en letras amarillas.

La recta se acaba y me encuentro serpenteando de nuevo por el bosque en busca de la siguiente casa. Acabo encontrándola a alrededor de un kilómetro y medio, en el lado contrario de la carretera. En el patio hay dos ancianas rastrillando hojas. El buzón pintado con los colores del arcoíris las sitúa en el 128 de Ridge Road. El apellido que aparece en el buzón es Brown, no Boone.

Mierda. Tiene que ser la cabaña de madera. Me he pasado de largo.

Con el pulso latiéndome a toda velocidad en los oídos, doy la vuelta al final del camino de entrada de las mujeres. Luego, recorro de nuevo las curvas sin dejar de pensar en la cabaña.

No sé cómo voy a hacerlo. ¿Aparco en el camino de entrada vacío y espero a que vuelvan sentado en las escaleras? ¿Llamo a la puerta y espero que haya alguien en casa? ¿Y si me abre ella y resulta que no es ella? ¿Y si el agente Bowman tiene razón?

Creo que no debería llamar. Basta con que esté aquí. Podría aparcar al otro lado de la calle y fingir que se me ha averiado el coche. ¿Levanto el capó? ¿Me dedico a toquetear los tubos y los cables de la batería como si supiera algo de motores hasta que la vea?

La cabaña asoma entre los árboles, me detengo a unos cuatro metros y medio del camino de entrada y apago el motor. Me empiezan a sudar las manos.

Dios, ¿y si no es Lola?

¿Y si lo es?

Me entran náuseas.

Me decido por la opción de la falsa avería de coche y entonces la veo. Hay una furgoneta aparcada a la izquierda de la cabaña, en una pendiente, junto a la puerta de un sótano. Oculta entre la casa y los árboles. Una furgoneta gris de pintura desconchada.

Por el rabillo del ojo, veo que una rama se mueve y me quedo inmóvil.

Un hombre sale de entre los árboles a unos quince metros de mí y cruza el patio dándome la espalda. Se dirige a la puerta del sótano.

Lleva algo echado al hombro.

El cuerpo entero se me enfría de golpe cuando distingo la forma inerte que se balancea boca abajo detrás de él. Chica. Pelo castaño y corto. Chaqueta vaquera con flores de color pastel en las mangas.

Lola.

VEINTISIETE

MARY

Creo que podría estar muerta. Otra vez.

La misma oscuridad impenetrable me envuelve y espero a que pase. Espero la llegada de otro alud de dolor o de... algo distinto. Algo más permanente, tal vez. Pero el limbo se prolonga. La oscuridad me oprime, me contiene.

Las palpitaciones que siento en la cara acaparan mi atención. Me llevo la mano a la nariz y, cuando la aparto, está mojada. Me doy cuenta de varias cosas a la vez. Una, en el limbo no hay sangre ni narices palpitantes. Dos, no estoy muerta. Ni siquiera estoy inconsciente. Estoy tumbada en un lugar muy oscuro. Tres, creo que esta vez sí que tengo rota la nariz.

Y cuatro, tengo un frío de la hostia.

Estiro los brazos para intentar orientarme y choco con algo que tengo cerca de la mejilla. Extiendo los dedos y noto el frío poroso de un muro de hormigón. Respiro tan rápido que me duelen los músculos de alrededor de los pulmones y me da vueltas la cabeza. Puede que vuelva a desmayarme. Pero no puedo. Tengo que alejarme de...

Wayne.

El terror me provoca un estremecimiento que me recorre la columna vertebral de arriba abajo y compite con el frío. Intento darme la vuelta. No estoy tumbada en el suelo. Bajo la mano y palpo algo parecido a una lona debajo de mí. La sigo, estirando el brazo hacia un lado, y rodeo una especie de tubo con los dedos. Una estructura metálica. Estoy en un catre plegable. En uno de esos que se ponen en las tiendas de campaña para no dormir directamente sobre el suelo.

¿Dónde coño estoy?

Me incorporo un poco más y, mientras los ojos se me acostumbran a la oscuridad, apenas distingo unas esquirlas de luz. Unas franjas finas de luz diurna que forman un rectángulo.

Es una puerta. Incrustada en la pared que tengo a la derecha. La lluvia azota ese costado de la casa. Me vuelvo hacia el lado contrario de la habitación y atisbo el contorno de unas escaleras que ascienden hasta desaparecer entre las sombras. De pronto, sé dónde estoy.

Ya no estoy en la cabaña.

Estoy debajo de ella. Me ha metido en el sótano.

Cada vez me cuesta más respirar. Tengo que salir de aquí antes de que Wayne vuelva a terminar lo que ha empezado. Me llevo la mano a la nariz y una punzada de dolor me atraviesa la cara. El cuello me arde donde intentó estrangularme hasta que me desmayé.

No puedo dejar que vuelva a ponerme las manos encima.

Me impulso para sacar las piernas del catre mientras calculo mentalmente dónde está la casa y qué dirección me llevará más deprisa hacia la protección del bosque —qué dirección esperará Wayne que tome— cuando algo me raspa la piel del tobillo. Oigo un traqueteo metálico cada vez que me muevo. Me inclino hacia delante y, a la luz de las rendijas de la puerta, veo una gruesa cadena plateada enrollada en el suelo. Un extremo desaparece en las sombras y el otro está sujeto a unas esposas, una de las cuales me rodea el tobillo.

El pánico se me acumula en el estómago. Voy a vomitar. Tiro de la cadena con manos frenéticas, pero está sujeta a algo que hay en las profundidades de la habitación y se tensa. Por más que tire, no va a soltarse. Estoy atrapada aquí dentro.

Unas lágrimas calientes me resbalan por la cara. Suelto la cadena y tiro los eslabones del catre de una patada. Quiero gritar. Quiero tirar estas paredes abajo con mis propias manos. Quiero romperle este catre en la cabeza a Wayne.

Una luz cobra vida en lo alto y me llevo tal susto que choco de espaldas contra la pared de hormigón. Una bombilla solitaria cuelga de un cable suelto e ilumina el resto del sótano mientras se balancea. Paredes de hormigón agrietadas. Suelo de tierra. Justo delante de mí, hay un banco de trabajo largo y vacío salvo por unas cuantas cajas que tiene apiladas encima. La cadena plateada que me retiene el tobillo serpentea por el suelo irregular y se enreda en un poste de cimentación metálica junto a las escaleras. El corazón me da un vuelco. Es imposible romperla.

Las escaleras crujen y miro hacia allí. Wayne está sentado en el último peldaño. Veo el interruptor de la luz justo junto a su cara. No he oído a nadie bajar las escaleras. Y eso significa que lleva aquí todo este tiempo.

Observándome.

Suspira y se apoya la cabeza en las manos. Como si él tampoco pudiera creerse que esto esté ocurriendo.

—Estoy muy decepcionado contigo —dice, tras un largo minuto de silencio—. Creía que estábamos avanzando mucho. Por fin te había llevado hacia el buen camino y me obedecías. Las cosas volvían a ser normales, como cuando eras pequeña. Luego tuviste que joderlo todo otra vez, como siempre. ¿Qué narices te pasa?

No le contesto porque mi mente es un caos. ¿Cuando era pequeña? Recuerdo todo lo anterior a esto. Y a él no lo recuerdo. Antes de que me secuestrara, no había visto a este hombre en mi vida.

—No sé qué hacer contigo —continúa—. ¿Cómo voy a confiar en ti si estás tan decidida a volver a caer en todos tus errores?

Me mira con furia, como esperando una respuesta, así que digo lo primero que se me ocurre.

—¿A qué te refieres?

—Me refiero a las putas de tus amigas, sus fiestas repugnantes y su comportamiento inapropiado. Hablo de tu música asquerosa, tu ropa de furcia y las salidas a escondidas. La bebida. Los chicos. El pecado. ¿Por qué no dejas todo eso atrás? ¿Por qué? ¿Por qué tengo que tomar medidas tan drásticas para salvarte?

¿Música, bebida y salir a escondidas?

«¿De qué cojones está hablando?».

—¡No me ignores, Mary!

Doy un respingo.

—No soy Mary.

No era mi intención decirlo. Las palabras me salen solas. Son un error.

Wayne se levanta de golpe de las escaleras y grita:

—¡Sí lo eres! Estoy harto de este puto juego. ¡Siempre igual, cada vez que te encuentro! Tienes que parar antes de que vuelvas a ir demasiado lejos. ¡Sabes muy bien quién eres! Eres. Mary. Boone.

«Cada vez que te encuentro...».

Madre mía. ¿Qué significa eso?

—¡Dilo! —me grita—. ¡Di que eres Mary!

Tengo la boca tan seca que me sale como un resuello fantasmal:

—Soy Mary.

Vuelve a sentarse en el escalón y a apoyar la cabeza en las manos. Se le escapa un sollozo que le sacude el cuerpo entero.

Cuando finalmente lo entiendo, es como si me hubieran dado un puñetazo.

De verdad cree que soy Mary Boone. Necesita que sea Mary Boone.

Su insistencia en que soy la chica tranquila que no sale de casa y adora a su padre, que ni ve ni lee ni escucha nada inapropiado, era su manera de intentar convertirme en ella.

Y eso hace que todo esto resulte aún más aterrador. ¿Cómo escapo de un hombre que está tan desquiciado como para creer que soy su hija cuando es él quien me ha secuestrado? No es solo peligroso, es un demente.

Y... ¿qué le pasó a la verdadera Mary Boone?

—No sé qué hacer contigo, Mary —masculla—. ¿Por qué te empeñas en jugar a esta tontería, a fingir que no eres mi hija para que te deje marchar para siempre? Insistes e insistes hasta que no me queda más remedio que hacerte daño. ¿No te das cuenta? Te quiero demasiado para permitir que te eches a perder.

Una vez más, me quedo callada. Siento demasiada rabia. ¿Hasta que no le queda más remedio que hacerme daño? ¿Como si esto fuera culpa mía?

—Vaya, ahora no me hablas, muy madura —murmura.

Me limpio las lágrimas y la sangre de la cara.

—No estoy fingiendo. Solo quiero irme a casa.

—¡Ya estás en casa! —brama—. ¿Por qué siempre me haces lo mismo?

Retrocedo de golpe y me doy un cabezazo contra la pared.

—¡Yo no he hecho nada!

Vuelve a ponerse en pie de un salto. En un abrir y cerrar de ojos, cruza la habitación de tres zancadas y me da un revés tan fuerte que caigo del catre al suelo. Me aparto el pelo de la cara y me llevo la mano al pómulo en llamas.

—No me levantes la voz, pedazo de zorra. No pienso tolerar que me faltes el respeto. —Se apoya en el banco de trabajo—. Creía que ya habíamos superado esto, pero está claro que eres incapaz de permanecer en el buen camino. A lo mejor todos mis esfuerzos han sido en vano. A lo mejor no hay forma de salvarte.

Estoy demasiado asustada para abrir la boca. No sé qué más cosas podrían hacerlo estallar. Pero no decir nada...

—¡Que no me ignores! —grita.

Me estremezco y se me caen las lágrimas.

—Per... —Se me quiebra la voz—. Perdón, lo siento mucho.

Aprieta las manos sobre el banco de trabajo y luego vuelve a acercarse a mí. Me agarra del brazo y me toca la piel con tanta suavidad que apenas noto sus dedos. Me ayuda a levantarme del suelo y a volver al catre.

Cuando me mira, su expresión se ha tornado gélida y hueca, y hace que me cague de miedo.

—Ya sé cuánto lo sientes. Tal vez sea culpa mía. No tendría que haber sido tan permisivo. Tendría que haber solucionado el problema de raíz la primera vez en lugar de buscarte, una y otra vez, para intentar sacarte el mal a golpes de dentro. Pero, aunque sea lo último que haga en la vida, conseguiré que te mantengas pura y buena, Mary. Te lo juro. Esta vez lo haremos juntos.

Se yergue y sube las escaleras a zancadas. Contengo la respiración hasta que sus botas desaparecen, la puerta se cierra y el sótano se sume en el silencio.

Sus palabras me parecen letales. El pánico me entumece el

cuerpo, pero no tengo tiempo para eso. Me pongo de pie a pesar del dolor y agarro la cadena para intentar arrancarla de un poste que sé de sobra que no cederá. Tiro hasta que los eslabones metálicos me desgarran la piel y me sangran las manos, y luego sigo tirando hasta que me falta el aliento y me duelen los brazos.

Necesito algo para romper las esposas. Me estiro hacia el banco de trabajo, pero las cajas me quedan a unos centímetros de los dedos. Mierda, no llego. Me vuelvo hacia el catre. A lo mejor las patas son desmontables o consigo romper una. Al menos tendré algo con lo que defenderme cuando vuelva, aunque no me sirva para liberarme.

Lo arrastro para apartarlo de la pared y algo metálico cae al suelo. Sobre la tierra, veo un tornillo con la cabeza tan desgastada que está casi lisa, y enseguida entiendo por qué. Me quedo inmóvil como un cadáver.

Hay nombres grabados a mano en el hormigón.

ALISON

KRISSY

COURTNEY

ARELY

BEKAH

CARLY

SHEENA

ASHLEY

Cada uno con una caligrafía diferente. Algunos nombres están más oscurecidos que otros, erosionados por el tiempo, descoloridos a causa de la humedad que se filtra a través de la pared. Pero algunos son tan recientes que parece que los hubieran tallado hoy.

Miro el tornillo. La mano me tiembla tanto que casi se me cae dos veces antes de lograr empuñarlo. La respiración me araña los pulmones.

No soy la primera.

Ha secuestrado a más chicas.

Hostia puta.

Hostia, hostia, hostia.

¿Están todas... muertas? ¿Hay más cadáveres en el patio trasero? ¿A cuántas falsas Marys ha encadenado a este catre? ¿Grabaron todas su nombre en la pared para que alguien supiera que estuvieron aquí antes de que Wayne...?

Joder, creo que voy a hiperventilar.

Busco el nombre más reciente con la mirada. Todavía hay polvo de hormigón en las letras.

La puerta del patio trasero se abre a mi espalda y pego tal salto que casi me caigo encima del catre. Me doy la vuelta, dispuesta a sacarle los ojos a Wayne con el tornillo, pero no es Wayne.

Hay un chico de mi edad en la puerta.

Con el pecho agitado. Con los ojos desorbitados.

Un chico con una sudadera de los Beastie Boys.

VEINTIOCHO

DREW

La miro a los ojos. Ella me mira a los ojos. Ninguno de los dos pestañea.

Durante al menos cinco segundos.

Mi mente es incapaz de procesar lo que estoy viendo en este sótano pequeño y húmedo. Ni a la chica que está ahí plantada, mirándome como si fuera una amenaza. Tiene los ojos verdes ensombrecidos por moratones. El pelo castaño y corto. Una chaqueta de flores. Pecas. La nariz ensangrentada. La mejilla abierta.

No es... Esta chica no es...

Me desmorono por dentro, como si hubiera estado conteniendo una avalancha de emociones y, por fin, fuera demasiado para soportarla. La pena me sepulta y caigo de rodillas.

—Tú no eres Lola —susurro.

La completa desconocida que tengo delante baja la mirada hacia la pared. La imito y veo varios nombres grabados en el hormigón. El más reciente es como un puñetazo en el pecho.

Lola

La chica niega con la cabeza, el miedo de su expresión se transforma en tristeza.

—No, no lo soy.

VEINTINUEVE
MADISON

DÍA 5

El chico me mira como si se estuviera derrumbando. Se le llenan los ojos de lágrimas y se las enjuga con el dorso de la mano. Aún no le he preguntado siquiera quién es cuando vuelve a ponerse en pie.

—Hay que sacarte de aquí —dice—. Rápido. Antes de que vuelva.

El chaval desconocido empieza a rebuscar entre las cajas del banco de trabajo y yo lo miro boquiabierta, intentando entender qué está pasando. Debe de haber venido buscando a Lola, pero me ha encontrado a mí.

Ha llegado una chica demasiado tarde.

Saca de la caja unas tijeras de podar con los mangos largos.

—Con esto no podremos cortar la cadena grande, pero a lo mejor sí nos vale para la pequeña de las esposas.

Su voz es áspera.

Quiero darle las gracias. Quiero decirle que siento no ser Lola. Quiero decirle que le agradezco de puto corazón que esté poniendo su vida en peligro para salvar a una extraña. Sin embargo, no me salen las palabras, así que asiento con la cabeza.

—Todo va a ir bien —dice mientras apoya un lado de las tijeras en el suelo y mete la cadena de las esposas entre las dos cuchillas—. Voy a sacarte de aquí. Intenté llamar a emergencias cuando lo vi cruzar el patio contigo al hombro, pero aquí arriba no hay cobertura, así que fui corriendo a casa de la vecina y le pedí que llamara a la policía; tiene teléfono fijo en casa, como los de antes. La ayuda está a punto de llegar.

—¿La señora Hooper? —susurro.

Me mira con los ojos abiertos como platos.

—¿La conoces?

—No. Pero ese tío de ahí arriba ha matado a su marido.

Se le pone la cara del color de la ceniza y empieza a moverse más deprisa, abriendo y cerrando las tijeras con todas sus fuerzas. Las cuchillas mellan el metal, pero no se rompe. El chico continúa y la cadena cede un poco más con cada golpe.

—¿Hay más chicas aquí? —pregunta, aunque el tono de su voz me dice que ya sabe la respuesta.

—No. Estoy yo sola.

Asiente y vuelve a apretar.

—A lo mejor se ha escapado —sugiero para intentar devolverle una pizca de esperanza—. Lola podría estar...

—¿Esa chaqueta tiene las letras «L.E.S.» cosidas en la etiqueta de la cadera? —pregunto.

Levanto el dobladillo. Veo el bulto de una etiqueta.

Las letras «L.E.S.» están cosidas con hilo de color oro rosa.

—Es de ella —dice—. Lola Elizabeth Scott. Si se hubiera escapado, ya habría llegado a casa y, si hubiera llegado a casa, yo no estaría aquí. Así que, si no está aquí y no está en casa..., nunca llegó a salir de este sitio.

De pronto, tengo la sensación de que la tela me culebrea sobre la piel. ¿Wayne me ha dado la chaqueta de una chica muerta?

Sabía que la lista de nombres de la pared debían de ser de otras víctimas, pero la realidad de Lola hace que los demás también sean más reales. Mucho más trágicos. Más horribles. Son la prueba de todo lo que ha ocurrido aquí. Y la expresión en el rostro de este chico cuando llega a la misma conclusión que yo es una imagen que no me borraré de la cabeza hasta el día en que me muera.

—Te pareces a ella —dice.

—¿A qué te refieres?

—Os parecéis. El mismo pelo. Los mismos ojos. La misma altura. Las mismas pecas. Aunque tu cara es distinta.

Cuando pronuncia esta última frase, se le quiebra la voz.

Me llevo las manos a la cara.

¿Nos parecíamos todas? ¿Wayne quiere cazar a la misma chica una y otra vez?

¿Me parezco también a Mary Boone?

—Cuando lo vi traerte hasta aquí con esa chaqueta puesta... —dice, y cierra las tijeras una vez más.

Levanta la vista hacia mí.

—Pensaste que la habías encontrado.

Otra lágrima le resbala por la mejilla y se la seca con el hombro de la sudadera. Cierra las tijeras con más fuerza. Las esposas me rasgan la piel del tobillo, pero no digo nada.

Unas botas retumban en el suelo por encima de nosotros y nos quedamos inmóviles.

—Vete —le digo, e intento coger las tijeras—. Lárgate de aquí. Yo termino esto.

Me mira como si estuviera loca.

—No lo entiendes. Si te encuentra aquí, estás muerto. No tienes por qué morir intentando salvar a una desconocida. Cuéntaselo todo a la policía. Alguien tiene que saber lo que ha pasado

—le suplico, desesperada por que salga de aquí antes de que él también acabe enterrado detrás del montón de leña—. Diles que me llamo Madison Perkins. Dile a mi madre...

No puedo terminar la frase porque se me cierra la garganta.

El chico les da otro tijeretazo a las esposas. El metal casi a medio cortar.

—Soy Drew.

—¿Qué?

—Que me llamo Drew. Tú te llamas Madison. Ya no somos desconocidos. Me iré cuando tú te vayas. No va a volver a hacerle esto a nadie, nunca más. ¿Entendido?

Me mira con furia en los ojos azules y el argumento se me muere en la garganta.

—Vale.

El metal gime y suelta las tijeras. Se apoya en la pared de hormigón para hacer palanca y tira de la cadena de las esposas. Con fuerza. Tengo que cambiar el peso a la otra pierna para que no me tire al suelo, pero el metal se dobla cada vez más hasta que parece que está a punto de romperse.

Lo va a hacer de verdad.

Va a sacarme de aquí.

Una sombra cae sobre nosotros. La silueta de Wayne llena la puerta del patio. Abro la boca para gritar, pero él ya está dentro. Drew se da la vuelta para frenar el ataque, pero es demasiado tarde.

Wayne se abalanza sobre él con un grito y ambos caen al suelo convertidos en una maraña de puños.

Ruedan, se retuercen y se golpean el uno al otro. Se detienen en el tramo de tierra que hay justo al pie de la escalera. Wayne levanta el puño y se lo estampa a Drew en la sien. La cabeza se le va hacia un lado, pero gira sobre el suelo y se quita al hombre de encima. Con una serie de movimientos rápidos, toma la delantera. Se coloca a horcajadas sobre Wayne y le asesta un buen puñetazo en la herida que tiene en el cráneo. Al encajarlo, deja escapar un chillido.

Drew le pega otro puñetazo en el pómulo y mi secuestrador escupe sangre en el suelo. Aunque los golpes del chico son fuertes, ni siquiera el mejor puñetazo del mundo podría igualar la batalla contra un asesino.

Tengo que ayudarlo.

Apoyo los pies en el muro de hormigón como había hecho Drew y tiro de las esposas para intentar terminar lo que él había empezado. Por el rabillo del ojo, veo que Wayne lanza un codazo, bloquea el siguiente golpe con el antebrazo y le da un puñetazo al chico en toda la cara. Oigo un chasquido, como el de dos piedras al chocar, y el muchacho retrocede a trompicones mientras se lleva las manos a los chorros de sangre que le salen de la nariz. Wayne se desplaza hacia la derecha y lo empuja con tal ímpetu que Drew cae de espaldas junto al banco de trabajo.

El hombre se deja caer sobre el pecho de su oponente y le rodea el cuello con las manos. Grito con tanta fuerza que siento que me he desgarrado el interior de la garganta. No puedo ver morir a este chico. No después de que haya irrumpido en la guarida de un asesino en serie para salvarme.

Me pongo en pie de un salto, levanto el catre metálico y lo estrello contra la espalda de Wayne.

Gruñe.

—¡Deja de dar por culo!

Se lo estampo otra vez. Y otra. Aparta una mano de la garganta de Drew y agarra la estructura del catre para arrancármelo de las manos. La cadena me impide acercarme y lo lanza hacia las escaleras, fuera de mi alcance.

Drew tiene la cara roja e intenta zafarse de la presa de Wayne, pero este se recoloca, le pone una rodilla en el pecho y aprieta para impedir que sus costillas se expandan.

Quiere matarlo más rápido.

«No, no, no...».

Drew desvía la mirada hacia mí, presa del pánico. Busco con desesperación cualquier cosa que lo ayude, pero Wayne ha sido muy cuidadoso con todo: el rincón donde ha colocado el catre, la longitud de la cadena. En esta esquina de la habitación no hay nada.

Excepto las tijeras de podar.

Las veo en el suelo, medio escondidas debajo del catre, y las cojo. Oigo un gorgoteo que escapa de la garganta de Drew mientras mueve la cabeza de un lado a otro, y bajo las tijeras contra la nuca de Wayne. Mi secuestrador grita de dolor. Drew tampoco se ha rendido. Aprieta el puño y se lo clava a su rival justo al final de la caja torácica.

Wayne se queda sin aire en los pulmones. Los golpes lo desequilibran y Drew inhala de golpe. Le planta los pies al hombre en el pecho y lo empuja hacia atrás.

La caída es estrepitosa. Se golpea la espalda contra la esquina del banco de trabajo y una de las cajas de cartón cae al suelo a su lado, entre la puerta y mi cuerpo. Los contenidos de la caja se desparraman por encima de él y sobre mis piernas. Intenta agarrarme el tobillo y yo retrocedo.

—Mary —gime.

Grito y agarro el primer objeto pesado que encuentro. Se lo lanzo con todas mis fuerzas y algo negro y cuadrado lo golpea justo en la sien y después rueda hacia el banco.

Wayne Boone se queda muy quieto.

Drew rueda hacia un lado e intenta incorporarse, aún jadeando. Me tiende una mano y se la agarro. Nos ayudamos a ponernos en pie y nos alejamos de Wayne hasta que la cadena se tensa. Me lanzo hacia las tijeras, las cierro sobre el metal y las retuerzo; tiro de las esposas con toda la fuerza que me queda en la pierna hasta que... crac.

La cadena más pequeña se rompe y me libera el tobillo.

Wayne sigue sin moverse. Miro a su espalda y veo lo que le he tirado.

—¿Es una batería de coche? —susurra Drew, con la voz ronca y áspera por el intento de estrangulamiento de Wayne.

—Sí. —Le empujo por el hombro hacia el pie de la escalera—. Vamos. Arriba.

Señala hacia la puerta que lleva al exterior.

—Sí, los cojones. Yo no pienso pasar por encima de él, ¿tú sí?

—Buen argumento.

Lo agarro del brazo, esquivamos el catre y enfilamos las escaleras. Apenas he subido la mitad de los peldaños cuando siento que el brazo de Drew desaparece de mi mano.

Wayne —con la cara roja, lleno de sangre y furioso— tira de él hacia atrás agarrándolo por la sudadera. Lo veo descender a cámara lenta. Cae de hombros sobre el catre. La lona se desgarra bajo su peso y la nuca de Drew se estampa contra el suelo de tierra.

Se le desenfoca la mirada.

Wayne le clava el tacón de la bota.

—¡No!

Drew no se mueve.

Mi secuestrador me mira como un animal salvaje. La batería ha duplicado el tamaño del corte que tiene en la mejilla y la sangre le chorrea por la barbilla y el cuello. Tiene el pecho agitado y los puños apretados a los costados. Unos puños que probablemente utilice para matarme a golpes.

Lo miro a los ojos... y echo a correr.

—¡Serás zorra! —grita, y salta hacia mí.

Me faltan tres escalones para llegar arriba cuando me agarra un tobillo y tira hacia atrás. Me desplomo y me golpeo la barbilla contra el borde de un escalón. Siento que la sangre se me agolpa entre los dientes y lo único que noto es el sabor metálico. La habitación gira a mi alrededor y me cuesta enderezarme.

Wayne me da la vuelta. Me cierra los dedos alrededor de la garganta. Pero no estoy para mierdas.

Acumulo la sangre que tengo en la boca y se la escupo a la cara.

Se echa hacia atrás y sigo el ejemplo de Drew: doblo la rodilla para plantarle la zapatilla en el pecho y lo empujo con todas mis fuerzas. Estira los brazos para intentar agarrarse a algo, pero solo hay aire.

No espero a que aterrice. En cuanto me libro del peso de su cuerpo, ruedo como puedo por el suelo y me levanto. Le oigo aterrizar con un crujido que siento en los huesos mientras corro hacia la cocina.

Una peste a huevos podridos lo impregna todo.

Las cuatro llaves de la cocina están abiertas al máximo, pero los fogones no están encendidos. Están llenando la casa de gas.

Y la chimenea está encendida.

«Aunque sea lo último que haga en la vida, conseguiré que te mantengas pura y buena».

«Esta vez lo haremos juntos».

Me cago en la puta. Va a volar la casa entera con los tres dentro. «Joder, joder, joder». Rodeo la isla a toda velocidad y cierro todas las llaves, pero el aire está cargado de gas y no paro de toser. Tengo que salir echando hostias. Tengo que sacar de aquí a Drew.

Contengo la respiración y me lanzo hacia la puerta delantera. Intento descorrer el cerrojo. Se mueve, pero la puerta no cede. El pánico me oprime la garganta. No puedo respirar. Empiezo a aporrear la puerta y me doy cuenta de que me he olvidado de la cerradura del pomo.

Giro el pestillo y la puerta se abre. Inhalo una bocanada de aire fresco al mismo tiempo que un puño me agarra del pelo.

—¡No!

Wayne tira con fuerza y me arrastra de nuevo hacia el interior. Me duele todo el cuero cabelludo y siento que me arranca mechones enteros de pelo. Me inmoviliza contra la pared que separa mi dormitorio del suyo y se cierne sobre mí.

Y qué espectáculo para mis ojos. Tiene la cara cubierta de sangre. Le he dado pero bien.

—Deja de resistirte, Mary —grita, y su saliva me salpica el rostro—. ¡Esto es lo que necesitas!

—¡Que te jodan!

Levanto una rodilla, apuntándole a los huevos.

Pero se gira hacia un lado y fallo. Me agarra por la pechera de la chaqueta y me tira por encima del respaldo del sofá. Caigo sobre la mesita de café, que se rompe debajo de mí.

Me duele todo.

Ruedo por el suelo, apoyo la mejilla en los tablones y jadeo entre las pelusas de polvo y el hedor a azufre.

—Puta desagradecida —dice, desde detrás del sofá—. Después de todo lo que he hecho por ti, ¿así es como me tratas? ¡Lo estoy haciendo por ti! Por los dos.

Arrastro el brazo por el suelo y lo escondo debajo de mí.

—¿Se supone que tengo que darte las gracias por intentar matarme? —digo con la voz ronca—. Qué gracioso.

—¡Estoy intentando salvarte! —grita.

Empiezo a ponerme de rodillas. Una de sus botas retrocede para darme una patada que estoy segura de que me romperá las costillas. Me lanzo hacia delante y pego la espalda a la pared que hay al lado de la chimenea. Wayne falla, se tambalea y vuelve a intentarlo.

Cojo la palita metálica del estante de la chimenea y se la clavo en la pierna. Ruge de dolor y se aparta dando tumbos. La sangre le empapa la parte delantera de los vaqueros y la pala se me resbala de las manos cuando retrocede y se la lleva consigo, aún enterrada en la pierna. La fuerza de la patada que iba a asestarme debe de habérsela hincado hasta el hueso.

Se agacha para arrancársela, pero yo ya he cogido el atizador. Me agarro al alféizar de la ventana y me impulso para ponerme de pie. Una oleada de dolor me recorre las piernas, pero no puedo prestarle atención. Ahora no.

Empuño el atizador como si fuera un bate, como llevo practicando durante seis putos años, y lo levanto por encima de un hombro. Lo bajo con todas mis fuerzas y le doy en el antebrazo. El golpe hace que suelte la pala y repito el movimiento.

Lo alcanzo en la cara. El metal me vibra en las manos al chocar contra el hueso. Lo hago recular por la sala. Tropieza con el brazo del sofá y luego lo rodea. Sigo hostigándolo, guiándolo hacia la puerta del sótano.

Los brazos me tiemblan como si fueran espaguetis, pero no puedo parar, porque, si toma ventaja, estoy muerta. No más adelante. No en algún momento. Ahora mismo.

Es él o yo.

Rodeo el sofá y bateo de nuevo. Levanta la mano a toda velocidad y agarra el extremo del atizador con el puño. Tiene los ojos desorbitados y desenfocados. Parpadea tres o cuatro veces, deprisa, como si quisiera ver bien y no pudiera.

—Mary... —balbucea, y la sangre le resbala por la barbilla.

Toda la rabia, el odio y el miedo de estos días inconcebibles me inundan de golpe, como un maremoto de ira.

—¡Ese no es mi nombre, gilipollas! —le grito antes de tirarlo escaleras abajo de una patada.

Lo veo caer en picado y aterrizar hecho un guiñapo en el suelo. Justo donde estaba Drew.

Que ahora no está.

Me quedo unos segundos más en lo alto de la escalera para asegurarme de que Wayne no se levanta. Un hilillo de sangre le cae por la oreja y le baja por el ángulo antinatural del cuello. No se mueve. No respira.

Y sonrío.

La puerta mosquitera se abre de golpe y me doy la vuelta al instante, muerta de miedo. Pero solo es Drew.

—¿Está muerto? —pregunta mientras intenta recuperar el aliento.

Le digo que sí con un gesto de la cabeza.

Él también esboza una sonrisa, pero se le desvanece al mirarme a la cara. Sigo sin ser Lola.

Se me rompe el alma por él y por las chicas que no consiguieron escapar.

Oímos sirenas a lo lejos y me tiende una mano.

—Vamos. Date prisa.

Llego cojeando hasta él y la acepto. Salimos y se apoya en mí, así que lo agarro con más fuerza y él hace lo mismo. Bajamos las escaleras agarrados el uno al otro y nos alejamos de esta cabaña de pesadilla. Nos dejamos caer al suelo al final del camino de entrada y me vuelvo hacia la casa. Tengo grabados en la mente todos los nombres del sótano.

Alison.

Krissy.
Courtney.
Arely.
Bekah.
Carly.
Sheena.
Ashley.
Lola.

Observo a Drew mientras los coches patrulla suben a toda velocidad por el camino. Tiene la mirada clavada en la puerta del sótano. Estoy temblando. De pies a cabeza. Él también. Alguien grita mi nombre, aunque me llama Mary, y me estremezco a pesar de que sé que no es él. No es Wayne.

Wayne Boone está muerto.

El agente Bowman se precipita hacia mí, sin molestarse siquiera en cerrar la puerta del coche. Lo siguen cinco agentes más.

—¿Estáis bien? —pregunta cuando se deja caer a mi lado.

—No. Pero estamos vivos.

THE WILLAMETTE TIMES

Ya es oficial. CrimeFlx va a producir una de las docuseries más esperadas de la década: la historia del más reciente e infame asesino en serie de Oregón: Wayne Boone.

CrimeFlx, una nueva plataforma de *streaming* sobre crímenes reales, ha llegado a un acuerdo para producir una miniserie de cinco capítulos con entrevistas exclusivas a los familiares de las muchas víctimas de Boone y a los agentes de policía que consiguieron localizarlo y poner fin a su reino del terror.

El pasado otoño, la policía halló muerto a Boone, «un manitas autodidacta» oriundo de McMinnville, en su cabaña de pesca de Alton (Oregón), donde se había roto el cuello tras caer por las escaleras. Durante la investigación sobre su muerte, se encontraron los restos de un vecino de avanzada edad y de nueve chicas adolescentes tanto en la propiedad como en sus alrededores. Al principio, se pensó que a Boone le resultaba atractivo un tipo concreto de víctima, ya que casi todas ellas tenían el pelo corto y castaño, los ojos verdes y pecas. Sin embargo, cuando se estudió su pasado con detenimiento se descubrió una conexión mucho más sombría. Un registro exhaustivo de la casa de Boone en McMinnville llevó al hallazgo de otros restos enterrados bajo una losa de hormigón en el patio trasero: los de su hija, Mary Boone, una adolescente con el pelo castaño y corto, los ojos verdes y pecas.

Quienes conocían a la familia describieron un hogar complicado, con un Wayne Boone muy autoritario a la cabeza. Según declaró ante los investigadores un amigo de la familia, la esposa de Boone perdió la vida en un accidente de tráfico cuando Mary tenía nueve años y, tras el fallecimiento, el padre adoptó una actitud cada vez más protectora y controladora con su hija. A raíz de un incidente relacionado con la asignatura de Educación Sexual que Mary cursó durante el primer año del instituto, en el que Boone agredió verbalmente al director del centro por no defender la pureza en la educación pública, el padre decidió sacarla del centro y que estudiara en casa.

Estableció nuevas reglas. Solo televisión «decente». Nada de libros «obscenos». Nada de amigos «inmorales». Prohibido beber. Prohibido conducir. Prohibido trasnochar. Y, poco después, prohibido salir de casa. Estas normas preocupaban cada vez más a familiares y amigos. Cuando Wayne y su hija desaparecieron, no dejaron atrás más que preguntas, hasta que la muerte del hombre en Alton reabrió la investigación.

El Departamento Forense de McMinnville determinó que Mary Boone murió a causa de una fractura de cuello, con quince años. Las autoridades creen que Wayne Boone mató a su hija en un arrebato de ira después de que la joven se escapara para asistir a una fiesta de Halloween, el último lugar en el que alguien la vio con vida. Incapaz de afrontar lo que había hecho, Boone emprendió la misión de «encontrarla» y llevarla de vuelta a casa. Los secuestros comenzaron menos de un mes después de la muerte de Mary.

Boone utilizaba las redes sociales para elegir a sus víctimas. El historial de su ordenador sugiere que dedicaba centenares de horas a estudiar perfiles públicos en busca de su «Mary». Acechaba a las víctimas, a veces durante semanas, hasta que se le presentaba la oportunidad de llevársela a su cabaña, un lugar más remoto que su casa de McMinnville. Una vez allí, se encolerizaba ante la incapacidad de su víctima para convertirse en la hija que había perdido y, cuando la situación se le iba de las manos, el ciclo volvía a empezar. Boone ajustaba la edad de sus objetivos a la que Mary habría tenido de seguir viva y, de no ser por el grave error que cometió al elegir a la Mary número nueve, habría continuado con sus secuestros sin que nadie lo descubriera.

Boone cruzaba fronteras estatales para encontrar a sus víctimas, procedentes de cinco estados distintos, lo cual contribuía a evitar que lo descubrieran. Lola Scott, sin embargo, vivía demasiado cerca. Scott fue vista por última vez saliendo de una tienda de Washington City, su ciudad natal, poco antes de la medianoche del 29 de septiembre. Washington City está a alrededor de una hora en coche de la casa de Alton.

El novio de Lola, inicialmente sospechoso de su asesinato, la buscó sin descanso durante semanas y siguió todas las pistas posibles hasta ir a parar a la cabaña de Boone. Aunque llegó demasiado tarde para salvar a Lola, ayudó a liberar a la que habría sido la siguiente «Mary», Madison Perkins, de Bellevue, Washington. Juntos, los dos adolescentes lograron lo que ninguna de las otras víctimas había logrado: escapar de Wayne

Boone, el asesino ahora apodado Querido Papá, y poner fin a su reino del terror.

La docuserie de cinco capítulos sigue su angustiosa historia de supervivencia y se espera que bata récords de *streaming* cuando se estrene este verano. Los espectadores podrán ver imágenes inéditas de la famosa cabaña y entrevistas con Mark Roane, antiguo sheriff de Washington City y el hombre al que muchos consideran responsable de la resolución del caso. Roane trabajó de manera incansable para encontrar a Lola Scott y afirmó: «Supe que era una situación grave desde el principio. Una chica así no desaparece sin más. Enseguida me di cuenta de que se trataba de un caso al estilo Ted Bundy».

Los múltiples rostros de Mary Boone se estrena este verano en CrimeFlx. Los paquetes de *streaming* están disponibles a partir de 11,99 $.

EPÍLOGO
DREW

El sol sale para el cumpleaños de Lola.

No ha parado de llover en casi todo el mes, así que ver su luz en esta tarde de febrero es como si el universo me estuviera tendiendo una rama de olivo. Puede que hasta la madre naturaleza sepa que el día de hoy ya es bastante difícil sin un chaparrón.

El Trooper está parado al ralentí en el aparcamiento del embarcadero, pero no en nuestra plaza habitual. Como ya no me atrevo a aparcar en esa, lo hago en la del antiguo santuario de Lola. Hace tiempo que lo han recogido todo.

Ya no vengo nunca. Este lugar está embrujado. Quizá no en el sentido tradicional, pero aquí es donde comenzó nuestra pesadilla. Los créditos iniciales de una película de miedo que me tocó vivir demasiado de cerca. Puede que Lola no muriera en este lugar, pero para ella fue el principio del fin. Todo el aparcamiento y el río que hay más allá me provocan un terror escalofriante.

Así que, como no podía ser de otra manera, llevo horas aquí sentado, esperando que la oscuridad me lleve a mí también.

El río ruge al otro lado del parabrisas. Los picos blancos y espumosos del agua se agitan en la corriente sombría. Mantengo

345

la vista clavada en el torrente enfurecido y no en el *cupcake* que descansa en el salpicadero.

Aprieto el volante con las dos manos hasta que me duelen los músculos de los antebrazos.

Llevaba meses temiendo este día. Sabía que sería una auténtica pesadilla, pero, aun así, esta mañana me he sorprendido vistiéndome y bajando a la ciudad en cuanto ha abierto la panadería. Porque esto es lo que hago el día del cumpleaños de Lola. Voy a la panadería. Le compro un *cupcake* de *red velvet* con glaseado de queso crema y virutas doradas. Le ponemos una vela rosa y pide un deseo extravagante.

La paz mundial.

Que desaparezcan todas las enfermedades.

Que no vuelvan a romperle el corazón a nadie jamás.

Una vida perfecta.

Y entonces nos reímos, y ella se come el *cupcake* empezando por el glaseado. Luego, Autumn se acerca adondequiera que estemos y le regala otro *cupcake*. Y Lola finge sorprenderse de que le hayamos comprado uno cada uno, a pesar de que lo hacemos siempre.

No podía... no ir. No podía despertarme el día de su cumpleaños y no ir a comprarle su *cupcake*. Me sentiría como si estuviera pasando de ella, y eso estaría a solo un sutil paso de olvidarla por completo.

Algo que nunca haré.

De manera que, aquí estoy, sentado en mi puñetero coche, mirando el puñetero río y fingiendo que esa bomba de azúcar no me está hundiendo en la miseria. Que verla ahí plantada en el salpicadero, con su vela solitaria y todo, sabiendo que Lola nunca volverá a pedir un deseo, no me está haciendo pedazos.

Pierdo la sensibilidad en los dedos.

Nunca volverá a pedir un deseo de cumpleaños.

Nunca cumplirá los dieciocho.

Nunca abrirá otro regalo.

Nunca tendrá un coche propio, ni apagará la luz de su habitación, ni viajará, ni irá a la universidad, ni verá el mundo, ni vivirá. Nunca llegará a vivir de verdad.

Y todo es culpa mía.

Unas lágrimas aún por derramar me arden detrás de los ojos, pero no caerán. Suelto el volante y me aprieto los párpados con los dedos. El interior del coche se hace cada vez más pequeño.

Se supone que hoy es su día.

El recuerdo de aquel sótano húmedo y lúgubre me invade la mente.

«Tú no eres Lola».

«No, no lo soy».

Se me contraen los pulmones y, de repente, me falta el aire. Apago el motor del coche, dejo las llaves colgando del contacto y me lanzo al frío de febrero. Cierro la puerta de golpe y cruzo el aparcamiento a toda velocidad en dirección al embarcadero, desesperado por encontrar espacio, paz o algo que parece que no logro alcanzar. Me detengo justo donde el agua lame el hormigón, me apoyo las manos en las rodillas y me obligo a llenarme los pulmones de aire fresco.

No lo estoy llevando bien. Obviamente.

Cuatro meses después, sigo sin levantar cabeza.

Soy como una versión zombi de mí mismo. Lo máximo que consigo es tener un par de días de aturdimiento, hasta que otro recuerdo surge de la nada y me pega una hostia. Hoy no he tenido tregua, por eso he venido aquí en vez de atreverme a ir al cementerio con los demás.

Prefiero derrumbarme sin público.

Hace meses que mis padres me suplican que hable con alguien, pero no me decido a hacerlo. No tengo derecho a sentirme mejor cuando soy la causa de tanto dolor.

Puede que Wayne la matara, pero yo fui el que la dejó vulnerable y expuesta a la noche en la que él andaba al acecho de su siguiente Mary. Yo soy la razón de que sus padres vieran la foto de la cámara de seguridad de la cafetería y salieran pitando hacia Alton solo para toparse con Madison, igual que yo. Todo eso es culpa mía. Todo eso se lo he hecho yo.

No merezco sentirme mejor.

El teléfono empieza a sonarme en el bolsillo de la chaqueta y lo silencio sin mirar quién es. Me tumbo en el hormigón como si fuera un ángel de nieve. Mis padres no van a llamarme hoy. Si Max y Autumn necesitan algo, se presentarán aquí. No me interesa saber nada de nadie más.

Y menos de los periodistas.

Desde que saltó la noticia de la docuserie, me llaman cincuenta veces al día para pedirme una declaración. No tengo nada que decirles, como tampoco tuve nada que decirle a la gente del documental. Y, por lo que se ve, Washington City tampoco.

Cuando se supo que iba a emitirse la serie, el pueblo enloqueció colectivamente. En otras circunstancias, me habría hecho gracia, porque toda su ira iba dirigida a Roane, el exsheriff de Washington City. En los avances publicitarios, aparece jactándose de su habilidad como investigador, de que supo desde el primer día que aquello era obra de un asesino en serie.

Los gritos de los vecinos expulsaron de la ciudad a las furgonetas de los medios de comunicación. Y todo el mundo se empeñaba en pararme en cualquier punto de la ciudad para compartir su indignación.

—¡Roane es un cerdo egoísta!

—Creo que es el hombre más odiado del condado.

—¿Es que no tiene vergüenza?

—¿No te parece increíble que dimitiera? ¡Y ni siquiera fue por el caso! Se fue a trabajar de consultor para el estudio. Qué gilipollas.

Y mi comentario favorito:

—Menuda cara dura tiene ese hombre. ¿Cómo se le ocurre fingir que esta investigación no fue una chapuza porque intentó echarte la culpa desde el principio? Siento mucho que tengas que revivir esto, Drew.

Como si hace apenas unos meses no me hubiera convertido en el objetivo de todo su odio. Como si no hubieran querido echarme a mí también de la ciudad hasta que mis padres contrataron a un abogado para ponerles freno.

He pasado de ser el «cruel hijo de puta que mató a Lola» a convertirme en el «héroe que irrumpió en la guarida de un asesino en serie para salvar a una desconocida». Nunca he visto a tanta gente recular tan rápido. Ahora soy una joya. Ahora sienten mucho mi pérdida. Ahora me protegen de los medios de comunicación y me cubren las espaldas. Ahora quieren que alce mi horca contra la nueva persona más odiada del condado como si no me acordara de lo que es ostentar ese título personalmente.

Su apoyo es casi peor que el odio. Solo está hecho de culpa, y su culpa no me interesa. Ya tengo suficiente con la mía.

Vuelve a sonarme el teléfono. Lo silencio por segunda vez.

Respiro hondo y escucho el rumor del agua. Tengo muchísimas ganas de graduarme. Dentro de unos meses, podré marcharme de Washington City y no volver la vista atrás. No puedo estar aquí cuando estrenen el documental. Bastará con que un solo entusiasta de los crímenes reales me pida un selfi para que acabe en la cárcel.

Espero que Madison escape antes de que empiece a emitirse. Que se cambie de nombre. Que encuentre una ciudad nueva donde no tenga que ser siempre «la chica que escapó de Wayne Boone».

La imagen de su rostro me viene a la cabeza como una vieja costumbre. La veo magullada y asustada, vestida con la chaqueta de Lola, con el pie encadenado a un poste mientras me cuenta lo que ya sé. Que ella no es Lola. Que Lola está muerta. Suplicándome que me vaya y deje que la maten para que Wayne no me mate a mí también.

Nadie debería quitarle nada más. Nunca. Ya ha perdido bastante.

Qué coño, todos hemos perdido demasiado. Sobre todo, ella.

Cierro los ojos y pienso en ella, a mi lado, mientras vemos cómo las autoridades sacan el cadáver de Wayne del sótano en una camilla, envuelto con una sábana. Se me agarró al brazo con ambas manos, como si esperara que fuera a incorporarse y a arrastrarla de nuevo al sótano para el segundo asalto. Porque ese era el nivel de perversidad que lo habitaba. Era de las de para siempre. Era de las que te engañan y te hacen creer que ganará siempre.

Al final no ganó.

El hombre que había matado a tantas chicas indefensas terminó derrotado por una estrella nacional del sóftbol de diecisiete años en su propia casa. Las comisuras de los labios se me curvan al pensarlo. Me ha llegado el rumor de que lo incineraron y alguien tiró sus cenizas a la basura. Espero que sea verdad.

El móvil me suena por tercera vez y me lo saco del bolsillo con un resoplido. El brillo de la cara de Autumn me ilumina desde la pantalla. Me incorporo y pulso el botón de respuesta.

—¿Qué?

—Oye, ojo con el tonito, *bro*.

No. No es Autumn.

—¿Max?

Se ríe.

—Se me ha muerto el móvil, así que he tenido que coger el suyo prestado.

Dios, cómo odio a las parejas.

—¿Qué quieres?

—¿Sigues en el embarcadero?

Me quedo callado un instante.

—¿Cómo sabes que estoy en el embarcadero?

—Pues... no sé. Por nada. No tiene importancia.

—Max.

Oigo la voz de Autumn de fondo: «No se lo digas».

—¿Que no me digas qué? —insisto.

Ambos dicen «Mierda» al mismo tiempo y la línea se corta. Me quedo mirando la pantalla de inicio durante unos segundos. No sé qué está pasando, pero sé que hoy no quiero lidiar con ello.

Me pongo de pie. Debería marcharme antes de que lleguen. Buscar un lugar tranquilo en el que pueda castigarme en paz. Pero no quiero. Por muy embrujado que esté este sitio, por muy terrible que sea, es nuestro sitio. No puedo dejarla aquí sola el día de su cumpleaños.

Empiezo a subir por la rampa hacia el coche cuando alguien aparece en la parte de arriba. Me protejo los ojos del sol con la mano para ver quién es, y la sorpresa del rostro que me devuelve la mirada me golpea como una patada en las tripas.

Madison.

Está inmóvil en medio del bloque de hormigón, vestida con una sudadera negra con franjas blancas y anchas en los brazos y unos vaqueros ajustados rotos. Está... distinta. Tiene el pelo más largo y se ha teñido la parte inferior de azul. Pero sigue pareciéndose mucho a Lola. Especialmente, en los ojos.

Parpadeo mientras me cortocircuita el cerebro.

—Hola, Drew —dice.

Menos mal que no se parece a Lola también en la voz. Me trago el nudo en la garganta y balbuceo un saludo.

—Max y Autumn me han dicho dónde encontrarte.

Subo la rampa, pero no puedo mirarla a los ojos. Hace meses que no hablamos. Me encontró en Instagram unas semanas después de que nos dieran el alta en el hospital y me envió un par de mensajes para ver qué tal estaba, para preguntarme cómo lo estaba llevando. Para darme las gracias. Al final, dejé de responderle.

Porque soy un puto gilipollas.

Pasé de la chica que me salvó la vida porque se parecía demasiado a la chica que abandoné a su suerte.

Este es el último lugar en el que esperaba verla.

—¿Qué haces aquí? —pregunto.

La miro con disimulo, pero, por suerte, ella no me está mirando a mí. Ha desviado esos ojos verdes que me resultan tan inquietantemente familiares hacia el agua del río, así que me vuelvo para mirarla también.

—Solo quería saludarte. Hace mucho que no hablamos.

—Estás distinta.

Se le enrojecen las mejillas y se pasa una mano a lo largo del pelo.

—Tenía que cambiar algo. Cada vez que me miraba al espejo, veía a Mary. Su cara no para de salir en las noticias. Necesitaba alejarme de la asquerosa lista de atributos de ese tío.

—Pelo castaño hasta la barbilla, ojos verdes, pecas —recito en voz baja.

—Exacto. Tenía que parecer una persona nueva. Tomar algo de distancia.

—Te queda bien.

Sonríe.

—Gracias. Tú tienes una pinta horrible.

Su respuesta me arranca una carcajada.

—Gracias por fijarte. Bueno, en serio, ¿qué estás haciendo aquí? No creo que hayas venido para hablar de tu pelo.

Se vuelve de nuevo hacia el agua.

—Quería saber cómo estabas. Uno de los artículos mencionaba la fecha de su cumpleaños. Le he pedido a mi madre que me traiga. No... No sabía cómo ponerme en contacto contigo si no.

Esbozo una mueca de dolor.

—Lo siento mucho. No pretendía pasar de ti, es solo que era...

—Demasiado.

—Sí.

—No tienes por qué pedir disculpas por cuidarte. Además, si tenía algo realmente importante que decirte, podía hacerlo a través de Autumn.

La gran cantidad de datos acerca de la investigación que me ha facilitado Autumn a lo largo de los últimos meses adquiere un nuevo significado. Había dado por hecho que eran cotilleos del Departamento de Policía de Washington City, pero, teniendo en cuenta que lleva sin hablarse con su padre desde Navidad, supongo que no tiene mucho sentido. Roane se mudó para ocupar el puesto de consultor de la serie. La abuela de Autumn se ha ido a vivir con ella hasta que se gradúe.

Las actualizaciones debían de venir de Madison.

Noto que se me nota la sorpresa en la cara, así que cambio de tema.

—Te das cuenta de lo absurdo que es, ¿no? Que seas tú la que se preocupa por mí. Fue a ti a quien secuestraron. Fuiste tú la que perdió la memoria y tuvo que vivir con... Yo solo aparecí y...

—Y me salvaste la vida.

—No salvé a nadie. Encontré unas tijeras de podar y me caí por unas escaleras.

Se vuelve hacia mí y se cruza de brazos.

—Eso es mentira, Drew. Y lo sabes. Si no hubieras ido a buscar a Lola, yo no estaría aquí ahora mismo. Si estoy viva, es solo gracias a Lola y a ti.

Ahora sé que me está mintiendo. Wayne nunca buscaba nuevas víctimas cuando aún tenía una en casa. Encontraba a su «hija», se la llevaba a la cabaña y, cuando las cosas se torcían, la mataba y buscaba a la siguiente. Lola no tuvo nada que ver con la supervivencia de Madison porque ya estaba muerta antes de que Wayne la encontrara en las redes sociales.

—Los sentimientos vacíos no van a ayudarme ni a mí ni a nadie.

Madison se coloca un mechón de pelo detrás de la oreja y respira hondo.

—No es un sentimiento vacío. Es la verdad. He sobrevivido porque tú querías tanto a Lola que fuiste a buscarla. Si no hubiera sido por ella, en aquel sótano no habría aparecido nadie. Sin ti, habría muerto allí abajo. Jamás me convencerás de lo contrario.

Le doy la espalda. Aprieto los puños a los costados.

—Estás enfadado.

Asiento.

—Pero no contigo.

—¿Con Lola?

—No. Con todo lo demás. Me alegro de que estés bien, pero no quiero oír que mi amor por Lola te salvó, porque a ella no le sirvió de nada. Ella fue el motivo por el que me subí a ese coche e hice lo que hice, pero todo fue en vano, porque ya estaba muerta antes de que yo saliera de aquí. Y, quizá, si hubiera ido a buscarla antes, la habría salvado y habría evitado que tú pasaras por todo esto.

El escozor que siento en los ojos se convierte en lágrimas por primera vez desde hace semanas. Me seco la cara con las mangas de la sudadera y dejo escapar un suspiro.

—No estoy bien, Madison. No puedo ir al instituto. No puedo dormir. Apenas como. Veo recuerdos suyos mire donde mire, recuerdos de que le fallé.

La pena me parte el pecho y no sé qué hacer con ella. Le doy una patada a una piedra y la miro mientras rueda por la rampa y se hunde en el agua con un chapoteo.

—Lo siento —dice—. No quiero disgustarte ni hacerte aún más difícil el día de hoy. Si quieres estar solo, lo respeto, e incluso le diré a Autumn que te dé espacio. No sé si servirá de algo, pero se lo diré de todas formas.

Pongo los ojos en blanco.

—Y, si quieres, me vuelvo al coche de mi madre y desaparezco para siempre de tu vida, pero hiciste justo lo que te propusiste hacer: la trajiste a casa. Fuiste a buscarla y volviste con respuestas. Le ofreciste a su familia un punto final para su historia. Y eso no es poca cosa. Si necesitas llorarla, hazlo como consideres, pero no fuiste a Alton en vano. Me salvaste, salvaste a muchas otras chicas parecidas a Lola y a mí, y salvaste a nueve familias de toda una vida de preguntas.

—No quiero oír nada de eso. No puedo oírlo. Quería salvarla a ella.

Madison me coge las manos y me obliga a mirarla.

—¿Sabes que la policía encontró dos ordenadores escondidos en una bolsa de lona en la furgoneta? Revisaron todo lo que contenían y le dijeron a mi madre que Wayne empezó a buscarme al día siguiente de la desaparición de Lola. Al día siguiente, Drew. Eso significa que Lola murió casi antes de que os dierais cuenta de que había desaparecido.

Me siento como si me hubiera pegado una bofetada. Me zafo de sus manos.

—Nadie podría haberla salvado. Nadie. Y eso no es culpa tuya, es de Wayne, y ahora él también está muerto y el mundo es un lugar mejor y más luminoso. No le fallaste a Lola.

Sacudo la cabeza porque lo único que veo es a Lola cerrando con furia la puerta del Trooper y caminado hacia la oscuridad. Hacia las manos expectantes de Wayne.

—No se la habría llevado si no hubiera sido por mí —susurro.

—¡Venga ya, hombre! Wayne nos seguía durante días, durante semanas, antes de secuestrarnos. Ese era su patrón, porque era un pedazo de mierda y hacía cosas horribles. Lo tienen grabado en varias cámaras de seguridad vigilándome durante al menos dos semanas antes de que me cogiera junto a los buzones de mi apartamento. Si no se la hubiera llevado aquella noche, habría sido la siguiente. O al cabo de una semana.

«Si no se la hubiera llevado aquella noche, habría sido la siguiente».

De repente, no puedo parar de llorar. Madison me envuelve en un abrazo y me estruja con fuerza durante un buen rato. Y yo la dejo.

La idea de que Lola estuviera condenada pasara lo que pasase es terrible e insoportable y, por alguna razón, a la vez es ligera de una forma que no me esperaba. He estado totalmente centrado en que nuestra vida habría sido distinta si no hubiera roto con ella. Si aquella noche la hubiera llevado en coche a casa y me hubiera asegurado de que entraba sana y salva. Como si mis acciones fueran lo único que la llevó a una tumba en el bosque, pero nunca había pensado en que Wayne podría habérsela llevado del instituto al día siguiente, o mientras recogía las hojas del jardín de su casa. Madison me ha arrancado la culpa y se la ha devuelto a Wayne.

—¿Madison?

Me suelta y le lanzo una mirada al sedán plateado que hay aparcado junto al Trooper. La señora Perkins está de pie junto a la puerta del conductor y se la nota angustiada. No se lo reprocho. Me sorprende que haya dejado que su hija se acerque a menos de ochenta kilómetros de este lugar embrujado.

Madison levanta un pulgar para darle a entender que está bien.

—Sigue sobreprotegiéndome mucho.

La señora Perkins me sonríe con tantas ganas que me siento como si me estuvieran clavando un cuchillo en el pecho. La oí en el hospital el día que nos rescataron, llorando a mares cuando por fin se reunió con su hija. Horas más tarde, volvió a mi habitación, se abrió paso entre mis padres y me abrazó con muchísima fuerza mientras me empapaba de lágrimas la bata del hospital y me daba las gracias una y otra vez.

Tengo que apartar la mirada de ella antes de que vuelva a derrumbarme. Carraspeo y busco la mirada de Madison. Cada vez me resulta más fácil.

—Eso es bueno. Hazme un favor y no vuelvas a abrir el buzón en la vida.

Se le escapa una carcajada.

—En la vida. Nunca más.

Su risa también es distinta.

«Tú no eres Lola».

«No, no lo soy».

—¿Me haces un favor? —le pregunto.

Las palabras se me escapan de la boca antes de que la idea termine de formarse.

Hace un gesto de asentimiento.

—Claro. Lo que sea.

Levanto un dedo para que espere y me encamino hacia el Trooper. Cojo el *cupcake* y un mechero y vuelvo al embarcadero.

—Llevo horas con esto en el coche y no he sido capaz de encenderlo. Quería hacer algo por ella. Algo significativo. Pero no sé cómo.

A Madison se le ilumina la cara.

—Yo sí sé.

Se acerca a su madre. No oigo lo que dicen, pero la señora Perkins rebusca en el asiento trasero. Le da algo a Madison y, cuando veo lo que es, se me contrae el estómago.

Madison vuelve corriendo y me lleva hasta el agua. Extiende la chaqueta de Lola sobre el hormigón, manteniéndola fuera del alcance de las olas. Ella se sienta a un lado y yo al otro, y después coloco el *cupcake* con mucho cuidado en el centro de la prenda. Alargo la mano y enciendo la vela. La brisa del río intenta apagarla, pero la protejo con las manos.

—Feliz cumpleaños, Lola —susurra Madison.

Los ojos me escuecen de nuevo. Observo la llama y sé exactamente cuál habría sido su deseo de haber estado aquí para pedirlo. Habría sido un deseo grandioso que incluyera a todos sus seres queridos, para siempre. Así que lo pido por ella.

Deseo que todas las personas a las que ella quería estén bien.

La brisa apaga la llama y finjo que ha sido ella.

Todavía no estoy bien, pero sobreviviré a este día. Sobreviviré a los días que están por llegar. De alguna manera.

La desaparición de Lola me llevó al borde de un precipicio

oscuro y espantoso. Su muerte me arrojó al vacío. Pero no sé qué hacer con esta siguiente parte. Tengo que vivir la vida después de Lola de algún modo. No tengo elección.

Yo sigo aquí. Ella querría que lo aprovechara al máximo.

La madre de Madison vuelve a llamarla y ella suspira.

—Lo siento. Tenemos que irnos. Mañana por la mañana me presento a las pruebas para el campamento de sóftbol y necesito pasar por la tienda de deportes antes de que cierre. Si no, me quedaría más tiempo...

Agito la mano para que se vaya.

—Ya has hecho más que suficiente. Más de lo que crees.

Sonríe y la acompaño de vuelta al aparcamiento. Me aprieta el brazo como lo hizo fuera de la cabaña, y le digo de todo corazón:

—Cuídate, ¿vale? Necesito que estés bien.

La sonrisa de Madison está cargada de emoción.

—Yo también necesito que estés bien.

—Haré todo lo que pueda.

Asiente y se sube al coche con su madre. Les digo adiós con la mano mientras la señora Perkins sale marcha atrás.

No me sorprende lo más mínimo encontrarme a Autumn y Max aparcados unas plazas más allá. Tienen cara de sentirse culpables, pero les hago un gesto para que se acerquen. Nos sentamos los tres juntos cerca del agua, Autumn se echa la chaqueta de Lola sobre las piernas e intercambiamos anécdotas sobre ella hasta que el sol se oculta entre los árboles. Celebramos a la chica que nunca dejaremos de echar de menos. Ya es de noche cuando volvemos a los coches. Max y Autumn ríen y se cogen de la mano camino del Liberty. Yo me detengo en la parte superior del embarcadero y, mientras los veo alejarse, imagino lo que diría Lola en este momento. Algo como que son monísimos. Que se les ve muy felices. Que nuestra vida va a ser maravillosa.

Miro el río por última vez. El *cupcake* sigue posado en la rampa bajo la luz de la luna. El peso que llevo sobre los hombros se aligera un poquito. Lo justo para, al fin, poder respirar.

—Feliz cumpleaños, Lola —susurro.

AGRADECIMIENTOS

Mientras escribo estas líneas, aún faltan algo más de ocho meses para que se publique la novela, pero todavía no puedo creerme que esto me esté pasando a mí. Llevo mucho tiempo escribiendo, casi una década, y ha habido muchos días en los que me he cuestionado si este sueño llegaría a cumplirse, y ahora no solo se ha hecho realidad, sino que lo tienes en las manos. Así que la primera persona a la que me gustaría darle las gracias es a ti. Gracias por leerme. Gracias por darle una oportunidad a mi espeluznante novelita y gracias por formar parte del sueño. Significa muchísimo para mí.

Muchas gracias a mi agente, Mandy Hubbard. Estaba deseando escribir esta sección de mis agradecimientos. Llevas mucho tiempo en la brecha conmigo y nunca te has rendido, ni siquiera en los momentos en los que yo he querido hacerlo. Cada momento de pánico, cada correo electrónico, cada mensaje de texto, cada llamada telefónica me ha hecho sentir que tengo una compañera de verdad en todo lo que hago, y no podría haber hecho nada de esto sin ti. Cuando digo que eres una superheroína, lo digo de todo corazón. Gracias, por absolutamente todo.

A mi editora, Annette Pollert-Morgan, muchas gracias por sentir el potencial de esta historia. Desde el primer día, viste con total claridad el alma salpicada de sangre de este libro escalofriante. Entendiste todo lo que era importante para mí y me ayudaste a convertirlo en su mejor versión. Trabajar con alguien que me comprende tan bien como escritora ha sido un auténtico sueño. No podría haberlo hecho sin ti y ¡me ilusiona mucho lo que viene a continuación!

Otro gracias enorme para Dominique Raccah y Todd Stocke. Sin vuestro entusiasmo, este libro nunca habría visto la luz. Erin Fitzsimmons, Kelly Lawler, Liz Dresner y Laura Boren, habéis hecho que mi novela brille de una forma increíble. Y a Karen Masnica, Rebecca Atkinson, Michelle Lecumberry, Beth Oleniczak, Jenny Lopez, Thea Voutiritsas, Jessica Thelander, April Willis y el resto del equipo de Sourcebooks: todo el trabajo que se hace entre bastidores me deja estupefacta. Gracias por todo lo que hacéis.

Courtney Gould: eres un bote salvavidas en un mar de ansiedad. Toparme contigo en el lapso entre el acuerdo del libro y el anuncio fue un verdadero regalo del cielo. Me alegro de haberte obligado a ser mi amiga. Eres una auténtica joya de persona, una cómplice voluntariosa, una abusona cuando no estoy escribiendo y una amiga increíble. Me alegro mucho de haberte conocido. Brindo por que muchos de nuestros libros compartan estantería y por que tus años en la Secta de Megan sean agradables y animados.

Rachel Lynn Solomon: tu apoyo y tus consejos me han ayudado a seguir avanzando a trompicones durante mucho mucho tiempo. Ja, ja. Gracias por estar siempre ahí. Por la *fan fiction* de sábanas de seda de TBT (que, por supuesto, aún conservo). Por convencerme de que preguntara hace tantos años. Eres toda luz y tu disposición para ayudar a los demás es algo bellísimo. Me siento muy agradecida por ti y por todo lo que has hecho y sigues haciendo, querida amiga.

Sheena Boekweg: no sé cómo darte las gracias ni si hay palabras suficientes en este mundo para decirte cuánto te quiero y te aprecio por todo. Has sido una presencia firme y constante durante muchos años y siempre eres la más rápida en enviar un mensaje tranquilizador o tender una mano para levantar a los que te rodean cuando tropiezan. (Y, con lo torpe que soy, yo tropiezo mucho). Eres una de las mejores personas que conozco y tengo mucha suerte de poder llamarte amiga.

Jessie Weaver: ¡¡¡mi amor con cerebro de novela de suspense!!! Eres increíble. Muchas gracias por todo el apoyo y por la increíble frase promocional que escribiste para *Ese no es mi nombre*. A veces publicar es extraño, pero sobrellevarlo es un poco más fácil cuando tienes a personas hilarantes a las que mandarles mensajes privados sobre todas las cosas que surgen.

A mis parejas de crítica de *Ese no es mi nombre*: Kate, cuando nos perdimos en la Texas rural y nos reímos como locas hablando de asesinos con hachas, supe que tú y yo seguiríamos siendo amigas durante el resto de nuestra vida. Has leído más palabras mías que cualquier otra persona de este planeta y has creído en todas y cada una de ellas. Siempre he dicho que las parejas de crítica tienen un valor incalculable, pero el verdadero tesoro es cuando se convierten en algo más. En algo mucho más parecido a la familia. En algo como tú. Isabel, gracias por tratar este libro como si fuera importante y valioso, incluso cuando no era más que el atisbo de una idea presentada en mensajes de texto esporádicos. Es obvio que tus primeros comentarios ayudaron a que la idea esbozada de este libro se convirtiera en realidad, y no podría haberlo hecho sin ti. Dawn, intercambiar páginas contigo y tener esa responsabilidad me llevó hasta el final de un libro por primera vez en cinco años. No sé si lo habría logrado sin ti. Muchísimas gracias. Ash, nunca dejaré de agradecerte las horas de mensajes de texto en mayúsculas que me has enviado sobre este libro. Todos tus ánimos, tus propuestas y las horas que hemos pasado consolándonos por los detonantes de la trama han marcado la diferencia. D&H para siempre. (Quien sabe, sabe). Hartlee, tu constante entusiasmo hacia esta novela contribuyó a sacarme las palabras de dentro, incluso cuando no quería. Gracias. Nunca lo olvidaré.

A mis compañeros de debut de 2024: gratitud a puñados. Habría estado perdida sin vuestro apoyo, y nuestro grupo de Slack ha sido una fuente constante de «NO ESTOY SOLA» cuando a veces sentía todo lo contrario. Gracias por todo el consuelo y la celebración; ¡sois todos increíbles y os valoro mucho!

Una cantidad interminable de amor y gratitud a Alison, Bekah, Carly, Arely, Jena, Ashley, Holly, Ryan, Krissy, Karen, Matt, Kelly, Katie B, Katie D, Brittney, Jade, Kate C, Rachael, Kylee, Terri, mamá y cualquier otra persona que durante la última década me haya escuchado despotricar sobre los tiempos de espera del mundo editorial, hablar sin parar sobre mis nuevas ideas para libros o farfullar distraídamente sobre asesinatos. Gracias. Gracias a todos. Es lo que me ha traído hasta aquí.

Bekah, estoy convencida de que eres la única persona del mundo que puede sacarme fotos que me gusten de verdad. Sin ti, creo que mi foto de autora habría sido una flor, una pared de ladrillos o algo así. Tienes un talento increíble y eres una amiga increíble. Muchas gracias por hasta el último centímetro de espacio que ocupas en mi vida. Te como la cara.

A mis hijos, L y P. Llevo toda vuestra vida escribiendo, y saber que os habéis criado viéndome luchar por esto significa mucho para mí. Espero que siempre luchéis por lo que más queréis. Espero que recibáis tanto apoyo como el que vosotros me habéis dado a mí. Sois los pequeños humanos más generosos que conozco, y vuestra alegría es mi alegría. Os quiero. Sois mi sueño más querido e importante.

A mi padre: siempre me dijiste que podía hacer todo lo que quisiera, incluso cuando era pequeña y elegía un nuevo camino vital un día sí, otro no. Ni siquiera pestañeaste cuando anuncié que iba a ser científica acuática y me pasé dos días mirando tarros llenos de agua del grifo. Ni una semana después, cuando lo dejé para dedicarme a componer canciones. Ni la semana siguiente, cuando, poseída por los poderes mágicos de J. Lo, decidí que mi sueño era ser organizadora de bodas. Siempre supiste que haría algo grande en la vida, y eso me hizo sentir más cómoda siendo diferente en una ciudad que me hacía sentir que lo diferente estaba prohibido. Te echo de menos todos los días. Siempre te extrañaré.

Y, por último, a Brady. Me animas a dedicar tiempo sin pedir disculpas a esto que tanto me gusta. Me apoyas de todas las formas posibles, ya sea escuchándome cuando despotrico, celebrándolo cuando estoy emocionada o soñando mis sueños conmigo. Me ayudas a hacer hueco en nuestra ajetreada vida para esto que adoro, y eres un profesional de mantener la casa limpia (y, al mismo tiempo, mi cordura) cuando se acerca la fecha de entrega. No podría hacer esto sin ti. Haces que mis victorias parezcan también las tuyas, y nunca podré agradecértelo lo suficiente. Te quiero con todo mi corazón. Gracias por casarte conmigo dos veces. Besos.

Este libro se terminó de imprimir
en el mes de enero de 2025.